मुख़बिर

ब्रिगेडियर सुशील तंवर

राजपाल

स्थापित 1912
100 वर्षों की श्रेष्ठ प्रकाशन परम्परा
राजपाल

₹ 325

ISBN : 9789389373950

पहला संस्करण : 2024, तीसरा संस्करण : 2025

MUKHBIR (Short stories) by Brigadier Sushil Tanwar

मुद्रक : जी.एस. ऑफसेट, दिल्ली

राजपाल एण्ड सन्ज़

1590, मदरसा रोड, कश्मीरी गेट, दिल्ली–110006

फोन : 011–23869812, 23865483, 23867791

e-mail : sales@rajpalpublishing.com

www.rajpalpublishing.com

www.facebook.com/rajpalandsons

क्रम

मुखबिर

"ये आइना है या तू है जो रोज़ मुझको संवारे।"

यूँ तो अभिमन्यु ने एक दिन पहले ही बड़े शौक से इस नए गाने को अपने फ़ोन की कॉलर ट्यून बनाया था लेकिन आज रविवार की सर्द सुबह को इतनी जल्द फ़ोन पर बजती इस फ़िल्मी धुन से वह खिसिया सा गया था।

"कौन है यार, सुबह-सुबह। चैन से सोने भी नहीं देते।" मन-ही-मन बड़बड़ाते हुए उसने पहले तो फ़ोन को बिस्तर के दूसरे कोने में सरकाने की कोशिश की लेकिन फिर अपनी ज़िम्मेवारियों का ख़याल करते हुए आख़िर फ़ोन उठा ही लिया।

मेजर अभिमन्यु कश्मीर के बारामूला शहर में तैनात मिलिट्री इंटेलिजेंस की इकाई का इंचार्ज था। सारे इलाके में आतंकवादी संगठनों की हरकतों की जानकारी हासिल करने से लेकर स्थानीय लोगों के हाल-चाल के बारे में पता करने जैसे कई अहम कामों की ज़िम्मेवारी उसके सिर पर थी। और इस ज़िम्मेवारी को बखूबी निभाने के लिए सबसे अहम ज़रिया था मोबाइल फ़ोन।

किसी भी वक्त, कोई भी उन्हें फ़ोन कर के कुछ काम की बात बता सकता है। बस यही सोच कर अभिमन्यु और उसके साथी किसी भी कॉल को नज़रंदाज़ करने की ज़हमत नहीं करते थे। यही कारण था कि सिर्फ़ एक मोबाइल फ़ोन रखने की बजाय ज़्यादातर अफ़सरों के पास दो-तीन मोबाइल होना बड़ी आम बात धी।

"हेलो, कौन," अभिमन्यु की आँखें अधखुली और आवाज़ बेहद सुस्त थी।

"सलाम वालेकुम साहब। आप कहाँ हो। अब तक सो रहे हो क्या। मैं आज बाज़ार में आया हूँ। आपसे मुलाकात करनी है। कब आ जाऊँ मैं।"

दूसरी तरफ़ से लफ़्ज़ों की तेज़ बौछार करने वाले ने वैसे तो अपना नाम भी नहीं बताया था लेकिन आधी नींद में होने के बावजूद अभिमन्यु उस आवाज़ को पहचान गया था।

"यह क्या गुलाम हसन। इतनी सुबह-सुबह फ़ोन करने की क्या ज़रूरत है। अरे आपका घर है। कभी भी आ जाओ।"

इससे पहले गुलाम हसन कुछ और बोलने की कोशिश करता, अभिमन्यु ने फ़ोन पटक दिया था।

गुलाम हसन की उम्र तकरीबन पचास साल होगी लेकिन उसकी ज़िंदादिली किसी बीस साल के युवक को भी शर्मिंदा कर सकती थी। वह रफ़ियाबाद तहसील के रोहोमा गाँव का रहने वाला था और पिछले तीस सालों से एक ही काम कर रहा था। यह वह अजीबोगरीब काम था जो बिलकुल चोरी-छुपे ही किया जाता था। क्योंकि इसे कश्मीर वादी में न सिर्फ़ सबसे खतरनाक बल्कि सबसे शर्मिंदगी का पेशा भी समझा जाता था।

गुलाम हसन एक मुखबिर था। ऐसे लोगों को आम भाषा में सोर्स भी कहा जाता है और अक्सर उनका एक खास कोड वर्ड भी होता है। गुलाम हसन का कोड वर्ड था बिल्ला। मिलिट्री इंटेलिजेंस की बारामूला इकाई के लिए वह आतंकवादी गतिविधियों के बारे में खबर हासिल करता था। उसने सेना के साथ कई सफल ऑपरेशनों में भाग लिया था लेकिन अब गुलाम हसन बूढ़ा हो चला था। और फ़ौज के साथ इतने सालों तक जुड़े रहने के कारण बेहद बदनाम भी। लेकिन फिर भी उसने बारामूला की मिलिट्री इंटेलिजेंस यूनिट में आना-जाना नहीं छोड़ा था। उसका उनके साथ बहुत पुराना रिश्ता जो था।

मेजर अभिमन्यु को बारामूला आए कुछ महीने ही हुए थे। जब से उसने इस इकाई की कमान संभाली थी तब से गुलाम हसन उसको अक्सर आकर दफ़्तर में मिलता था। वह अभिमन्यु के साथ बैठ कर खूब बातें करता। कुछ नई, मगर ज़्यादातर पुरानी बातें। लेकिन इतने दिनों में उसने अभिमन्यु को आतंवादियों के बारे में कभी कोई पुख़्ता खबर नहीं दी थी।

शायद इसलिए आज सुबह अभिमन्यु ने बड़ी बेरुखी से उसकी आवाज़ सुन कर फ़ोन पटक दिया था। लेकिन गुलाम हसन तो सबसे अलबेला था। उसे भला ऐसे हथकंडों से क्या फ़र्क पड़ता था। वह ठीक नौ बजे अभिमन्यु के दफ़्तर पहुँच गया था।

"आओ चचा। आज बड़ी जल्दी आ गए। सब ख़ैरियत तो है ना।"

अभिमन्यु हसन के साथ हमेशा की तरह बड़ी तहजीब से गुफ़्तगू करने लगा।

"मैं तो आठ बजे ही आ गया था। सूबेदार साहब ने कहा कि पहले नाश्ता कर लो। उसके बाद आपसे मिलना। अब तो मुझे यहाँ का राशन खाते-खाते ना जाने कितने साल गुज़र गए हैं। मेरा तो हक है यहाँ। है ना।" उसका यह कहना था और अभिमन्यु

समझ गया कि आज भी गुलाम हसन के पास कोई खबर नहीं है और वह यूँ ही बस वक्त गुज़ारने आ गया है।

''अच्छा साहब, मेरी एक बात ध्यान से सुनो। अपने संतरी को समझाओ कि यहाँ गेट के अंदर जो भी बंदा मिलने आता है वह उसकी अच्छी तरह से तलाशी लिया करे। आज मुझे उसने ऐसे ही अंदर आने दिया। यह बहुत गलत है।''

''हसन, तुम तो हमारे पुराने बाशिंदे हो। तुम्हें सब जानते हैं। इसलिए बिना पूछताछ किए आने दिया होगा। यह कोई बात नहीं।''

''ना, ना मेजर साहब। ऐसा कभी मत सोचना। यहाँ तो किसी पर भी आँखें बंद करके भरोसा नहीं करना। कई साल पहले एक बार ऐसे ही वतरगाम वाली चौकी पर हमला हो चुका है। उनकी जान-पहचान वाला ही कोई बंदा अपने फेरन के अंदर बारूद छुपा कर ले आया था। इसलिए हमेशा होशियार रहना है।''

''हाँ-हाँ ठीक है। मैं इनको समझा दूँगा। और कुछ।''

अभिमन्यु को गुलाम हसन का इस तरह बात-बात पर नसीहत देना भी पसंद नहीं था। शुरू-शुरू के दिनों में तो वह ऐसे मशवरों से बड़ा खुश होता था लेकिन अब बार-बार पुराने किस्से दोहराना उसे कतई रास नहीं आता था।

उसने तय किया कि अगली मुलाकात में वह गुलाम हसन को समझाएगा कि इस तरह वक्त ज़ाया करने की बजाय कुछ ढंग की खबर लाए ताकि सुरक्षा बलों की मदद हो सके। कुछ हफ़्तों पहले भी उसने जब हसन से ऐसा ही कुछ कहने की कोशिश की थी तो वह इस बात को हँस कर टाल गया था। और फिर अपनी आदत के अनुसार हसन ने उसे एक और नसीहत दे डाली थी।

''आप अभी नए हो साहब। थोड़ा-सा सब्र रखो। अल्लाह आपको बहुत तरक्की देगा। यह काम करते-करते मेरे बाल सफ़ेद हो गए हैं। जिस दिन मेरे इलाके में आतंकवादियों की हरकत होगी उस दिन इंशाल्लाह सबसे पहले आप को ही खबर मिलेगी।''

वैसे मेजर अभिमन्यु को इस बात का अंदाज़ा भले ही ना हो लेकिन गुलाम हसन की कोशिशों में कोई कमी नहीं थी। वह हमेशा किसी सुराग की तलाश में रहता था मगर फिर भी मिलिट्री इंटेलिजेंस और सुरक्षा बलों के लिए वह कोई सफल ऑपरेशन नहीं करा पा रहा था। इसकी बहुत सारी वजह थीं। एक तो कश्मीर वादी में आतंकवादियों की तादाद पहले से कम हो गई थी और वे सुरक्षा बलों के दबाव के कारण पहले से कहीं ज़्यादा एहतियात बरतने लगे थे। इसके अलावा गुलाम हसन के पुराने कारनामों से तकरीबन सभी लोग वाकिफ़ थे। आतंकवादियों और

अलगाववादियों के समर्थक ना सिर्फ़ उससे बातें करने में परहेज़ करते बल्कि उसकी नज़रों से भी दूर रहते थे।

ऐसे में गुलाम हसन की कई कोशिशों के बावजूद उसे कुछ खास सफलता नहीं मिल रही थी हालाँकि उसकी पूरे इलाके में काफ़ी जान-पहचान थी।

फिर भी हसन अक्सर बारामूला आता और मिलिट्री इंटेलिजेंस के दफ़्तर में कुछ वक्त ज़रूर गुज़ारता था। उसके पास पुराने दिनों की दास्तानों का मानो खजाना था। लेकिन आजकल अभिमन्यु को इसके लिए वक्त निकालना मुश्किल साबित हो रहा था।

फिर एक दिन अभिमन्यु ने आख़िरकार हसन को अपने दिल की बात कह ही डाली।

"देखो हसन, आप बुज़ुर्ग हो। बहुत समझदार भी हो। हमारे लिए कई सालों से काम कर रहे हो। आपने इस यूनिट के लिए बहुत काम किया है। लेकिन वह सब माज़ी की बात है। वह वक्त बीत चुका है। जब से मैंने यहाँ कमान संभाली है तब से तो आपने ऐसा कोई खास काम नहीं किया।"

"आपको पता है कि अक्सर ऐसा कहा जाता है कि हर मुखबिर की, मतलब हर सोर्स की एक खास अवधि होती है। यानी कि शेल्फ़ लाइफ़। जिसके बाद उसकी उपयोगिता या उसका फ़ायदा खत्म हो जाता है। आप समझ रहे हैं ना कि मैं क्या कहने की कोशिश कर रहा हूँ।"

गुलाम हसन ने बड़े इत्मीनान से पूरी बात सुनी। उसके दिल में अभिमन्यु के इस रवैए से कुछ चोट तो पहुँची थी लेकिन उसने यह बिलकुल भी ज़ाहिर नहीं होने दिया।

उसने एक गहरी सांस खींची और फिर अपने उसी नसीहत भरे अंदाज़ में बोलना शुरू किया।

"साहब बड़ी मेहरबानी है आपकी। मैंने आपके लिए कुछ खास काम तो नहीं किया लेकिन फिर भी आप लोग मुझे वक्त देते हैं और मेरी छोटी-मोटी ज़रूरतों को पूरा भी करते हैं। मैंने इस यूनिट को कई सालों से बहुत करीब से देखा है। जाने कितने अफ़सर आए और चले गए लेकिन मैं और मेरे जैसे कई लोग अब भी यहीं हैं।"

"आप ही बताओ साहब कि हर दो-तीन सालों के बाद आने वाले अफ़सर के लिए हम अगर हर बार नए सिरे से खुद को साबित करने की कोशिश करेंगे तो कैसे काम चलेगा।"

अभिमन्यु यह सब समझता था लेकिन वह तो बस यह चाहता था कि उसके

साथ काम करने वाला हर इंसान उसे कुछ-न-कुछ भरोसे की खबर दे जिससे सफल नतीजा मिल सके।

"एक बात और साहब। पिछले कुछ सालों में यहाँ कश्मीर में हालात बहुत बदल गए हैं। पहले हर गाँव में, हर जंगल में इतने आतंकवादी थे कि हर दूसरे दिन एनकाउंटर होता था। अब आतंकी इतने कम हो गए हैं इतने सावधान हो गए हैं तो खबर भी कम हो गई। सब मोबाइल और नेट का इस्तेमाल करने लगे हैं और इसलिए आप लोगों को लगने लगा है कि हम जैसे पुराने लोग किसी काम के नहीं हैं।"

"ऐसा नहीं है हसन। मैं सिर्फ़ यह कह रहा हूँ कि कुछ तो पुख़्ता करो। पुरानी बातों से कब तक काम चलेगा।"

हसन के चेहरे पर अब भी कोई शिकन के निशान नहीं थे। हाँ, उसके मन में थोड़ा दुख होना तो लाज़िमी था।

"ठीक बात है साहब। लेकिन इतना ज़रूर है कि वह जो आप कह रहे थे न कि सबकी कुछ शेल्फ़ हाँ शेल्फ़ लाइफ़ होती है। यह बात थोड़ी गलत है। सब वक्त का खेल होता है। आप अपने लिए काम करने वाले किसी भी आदमी को कभी दरकिनार मत करना साहब क्योंकि कब, किसी को क्या सुराग मिल जाए यह अल्लाह ही जानता है। अपने खुद के तजुर्बे से यह बात कर रहा हूँ साहब।"

उस दिन हसन के जाने के बाद अभिमन्यु थोड़ा असमंजस में पड़ गया। उसे लगा कि शायद उसने हसन से ऐसे सख्ती से बातचीत करने में कुछ ज़्यादती कर दी है। आख़िरकार हसन उनकी यूनिट का पुराना सोर्स था। वह कई सालों से मुखबिरी कर रहा था। और वैसे भी कुछ ज़्यादा ज़रूरतें तो थीं नहीं उसकी। कभी थोड़ा राशन माँगता था और कभी फ़ोन का रिचार्ज करवाता था। कभी-कभार घर के खर्चे के लिए थोड़े-बहुत पैसे ले लेता था।

मगर अभिमन्यु इतने दिनों में यह भी समझ चुका था कि कश्मीर में आतंकवाद की आड़ में कई लोग मुखबिरी को अपना धंधा बना चुके हैं और इसलिए सभी के साथ थोड़ी बहुत सख्ती करना और उनके कामों की अक्सर जाँच-पड़ताल करते रहना बहुत ज़रूरी है।

गुलाम हसन जज़्बाती था मगर अभिमन्यु के लिए जज़्बात से ज़्यादा ज़रूरी था सफल प्रदर्शन करना।

इस बात को गुज़रे तकरीबन एक माह हो चुका था। उस दिन मेजर अभिमन्यु किसी सरकारी काम के कारण बारामूला से श्रीनगर जाने की तैयारी कर रहा था। वह अपनी सरकारी गाड़ी में बैठ ही रहा था कि उसे गेट से गुलाम हसन जल्दी-जल्दी

अंदर आता हुआ दिखा। उसने अपने ही अंदाज़ में मटमैले रंग का पठानी सूट, सिर पर बड़ी सी टोपी और धूल से भरे काले जूते पहने हुए थे। एक बार अभिमन्यु ने उससे मज़ाक भी किया था कि अगर गुलाम हसन कभी उसके ख़्वाब में आया तो भी उसने यही पोशाक पहनी होगी।

अभिमन्यु को बाहर जाता देख कर वह सीधा उसकी गाड़ी के पास आ गया था।

''कहीं जा रहे हो साहब। कुछ बात करनी थी। ज़रूरी है।''

एक पल को तो अभिमन्यु को लगा कि उसे नहीं रुकना चाहिए लेकिन फिर गुलाम हसन के चेहरे पर जल्दबाज़ी के निशान देख कर वह गाड़ी से उतरा और वापिस दफ़्तर आ गया।

''क्या हुआ हसन। सब ख़ैरियत तो है।''

''साहब, आतंकवादियों का एक नया ग्रुप हमारे इलाके में आया है। पिछले तीन-चार सालों में ऐसा कभी नहीं हुआ। वे कुल सात-आठ लोग हैं, जिनमें पाँच पाकिस्तानी हैं। हमारे गाँव से ऊपर दुनिवारी के जंगल में। वे ऊरी वाली तरफ़ से आए हैं। रफ़ीक बकरवाल गाइड ने बॉर्डर क्रॉस करवाया है। आप जल्दी से सब को होशियार कर दो।''

''अच्छा ठीक है लेकिन और कुछ पता है इन आतंकवादियो के बारे में। जैसे इनकी मदद कौन कर रहा है। खाना वगैरह कहाँ से लाते हैं।''

''नहीं साहब। अभी तो बस इतना ही पता है। मगर खबर पक्की है।''

''लेकिन चचा, इस खबर पर ऑपरेशन तो नहीं हो सकता ना। जब तक उनके एकदम सही ठिकाने का पता न लगे। वह कितना बड़ा जंगल है। कहाँ ढूँढते रहेंगे उन्हें। ऐसी खबर से कोई फ़ायदा नहीं है आजकल।''

हसन इस बात को सुन कर ज़रा मायूस हो गया था। उसने अभिमन्यु को दुबारा इस खबर की संगीनता को समझाने की कोशिश की लेकिन अभिमन्यु जाने की जल्दी में था।

उसने हसन को यही हिदायत दी कि ऐसी खबरें सुनी-सुनाई लगती हैं और महज़ इनकी बुनियाद पर ऑपरेशन करना मुश्किल है।

लेकिन हसन ने हिम्मत नहीं हारी और इलाके मे आए आतंकवादी गिरोह के बारे में और ज़्यादा सुराग पता करने की कोशिश में जुट गया। आख़िर उसे खुद को साबित जो करना था।

वैसे मेजर अभिमन्यु ने यूँ तो हसन की बात पर उस वक्त ज़्यादा तवज्जो नहीं

दी थी लेकिन ऐसा नहीं है कि उसने हसन द्वारा दी गई खबर को बिलकुल नज़रंदाज़ कर दिया था। वह अक्सर ऐसी अधपकी खबरों के साथ यही करता था ताकि उसके मुखबिर और ज़्यादा मेहनत करके अव्वल दर्जे की खबर लाएँ।

साथ ही उसने बाकी ज़रियों का इस्तेमाल करके अपनी तहकीकात भी शुरू कर दी थी। उसने बड़े तरीके से कुछ मुखबिरों को इलाके में हो रही गतिविधियों के बारे में जानकारी हासिल करने के लिए कहा। साथ ही वह पुलिस और दूसरी अन्य खुफ़िया एजेंसियों से विमर्श करने में जुट गया। लेकिन ऐसा करने में सावधानी बरतना भी ज़रूरी था ताकि खबर की गोपनीयता भी बनी रहे। इसलिए उसने किसी से ज़्यादा विस्तार में बात नहीं की क्योंकि अक्सर ऐसी खबर के फैलने के बाद कई पेशेवर मुखबिर मनगढ़ंत कहानियाँ बना कर फ़ायदा उठाने की कोशिश करते थे।

फिर भी कुछ ही दिनों में यह तो तय हो गया था कि आतंकवादियों का एक ग्रुप पाकिस्तान से ऊरी के रास्ते घुसपैठ करने में सफल हो गया था। कई सूत्रों ने इसकी पुष्टि की मगर इसके आगे उनका कुछ सुराग नहीं मिल पा रहा था।

तीन-चार रोज़ बाद गुलाम हसन अभिमन्यु से फिर मिलने आया। इस बार वह थोड़ा घबराया हुआ था। उसने दुबारा आतंवादियों के उस समूह की हरकत का ज़िक्र किया।

''साहब, वे आतंकी अब भी उसी जंगल में हैं। मुझे लगा था कि ये लोग इस रास्ते से गुज़र रहे हैं और यहाँ से सोपोर या बांदीपोरा निकल जायेंगे। पहले हमेशा ऐसा ही होता था। जब से हालात थोड़े ठीक हुए हैं तब से हमारे इलाके में तो इन्होंने रहना बंद कर दिया था। लेकिन यह ग्रुप तो यहीं टिक गया है साहब। आप कुछ करो।''

''क्या बात कर रहे हो हसन, यह तो मैं जानता हूँ कि कोई नया ग्रुप पाकिस्तान से घुसपैठ करके आया है। लेकिन अब वह कहाँ है इसके बारे में कुछ पक्का नहीं पता चल रहा। कोई कहता है बारामूला की तरफ़ मौजूद है। कोई बोल रहा है हंडवारा चले गए। तुम्हारे हिसाब से वे अभी रफ़ियाबाद में ही हैं। कुछ समझ नहीं आ रहा।''

''सुनो साहब, मेरा यकीन करो। जंगल में जल्दी ही फ़ौज भेज कर ऑपरेशन कराओ। अगर हमें वे मिलेंगे नहीं तो कम-से-कम दर-बदर तो हो जायेंगे। एक जगह चैन से तो नहीं बैठ पाएँगे। नए लोग हैं, क्या पता इसी हड़बड़ी में कुछ गलती कर बैठें।''

''नहीं हसन, ऐसे तो हम जंगलों की खाक ही छानते रह जायेंगे। कुछ और ठोस सबूत लाओ। वे किस तंज़ीम के हैं। कहाँ रहते हैं। कहाँ खाते हैं। कोई ठिकाना या हाइड आउट बनाया है कहीं? तुम तो इस खेल में पुराने, मंझे हुए खिलाड़ी हो। तुम्हें पता है कि क्या करना है।'' अभिमन्यु ने उसे समझाने की कोशिश की।

"पुराना हूँ इसलिए यह बोल रहा हूँ साहब। मैं जानता हूँ कि जंगल में तलाश करने में कुछ मुश्किलों का सामना करना पड़ेगा लेकिन अभी बस यही रास्ता है। आपके पास तो इतनी बड़ी फ़ौज है। एक दिन में पूरा जंगल छान सकते हैं। बाकी आपकी मर्ज़ी।"

हसन की बात में दम था लेकिन अभिमन्यु के तजुर्बे के अनुसार जब तक बिलकुल सटीक खबर न हो तब तक ऐसे ऑपरेशन करने में कोई खास फ़ायदा नहीं होता। और चूँकि इस तरह की खबरें बहुत आम थीं तो इसलिए ऐसे बड़े दर्जे का ऑपरेशन करने में फ़ौज भी थोड़ा झिझकती थी।

इलाके में सरगर्मियाँ तेज़ हो गई थीं। पूरा खुफ़िया तंत्र अपने-अपने तरीके से इलाके में आए नए आतंकवादियों के बारे में सुराग पता लगाने की कोशिश कर रहा था लेकिन किसी को कोई सफलता हासिल नहीं हुई।

मेजर अभिमन्यु की कोशिशें भी जारी थीं। फिर एक रोज़ उसने गुलाम हसन को संदेशा देकर दफ़्तर में बुलाया।

"क्या हुआ चचा। कुछ पता लगा उनके बारे में। लगता है कि आप कुछ कर ही नहीं रहे। ना कोई खबर, ना पता। बस गायब ही हो गए।" अभिमन्यु ने हसन को उकसाने की कोशिश की।

"साहब, मेरी दादी कहती थी कि जो लोग कुछ नहीं करते वो कमाल करते हैं।" हसन के पास हर कटाक्ष का जवाब था।

"वे सच में वहीं हैं साहब। हमारे गाँव की हवा बता रही है कि इलाके में गड़बड़ है। मैं फिर कहता हूँ कि आप जंगल में तलाशी करवाओ। वहाँ कुछ सुराग तो ज़रूर मिलेगा।"

"यह क्या मज़ाक है गुलाम हसन। अब हवा के रुख की बुनियाद पर फ़ौज से काम कराओगे।" अभिमन्यु थोड़ा खिसिया सा गया था।

"आप समझे नहीं साहब। यहाँ पर लोगों के हाव-भाव देख कर अक्सर अंदाज़ा हो जाता है कि कुछ ठीक नहीं है। मैं भी यही बोल रहा हूँ। मुझे पूरा यकीन है कि वहाँ जंगल में कुछ गड़बड़ है। इसलिए मैं तो तीन-चार दिन से घर भी नहीं गया। यहीं बारामूला शहर में अपने ममेरे भाई के पास रुका हुआ हूँ।"

अभिमन्यु यह सुनते ही झुँझला गया था।

"यह क्या हसन। इतने दिनों बाद तुम्हारे इलाके में हरकत हुई है जैसा कि तुम खुद कसमें खाकर यकीन दिला रहे हो। और अब तुम इसके बारे में कोई सुराग ढूँढने

की बजाय यहाँ बारामूला में आकर बैठ गए। अभी तो तुम्हें दो-चार दिन गाँव में रहना चाहिए। मेरी मानो तो किसी बहाने से जंगल का भी चक्कर लगाओ। कुछ तो सुबूत हासिल करो।''

यह सुनते ही हसन की हँसी छूट गई। बड़ी अजीब सी हँसी थी वह जिससे अभिमन्यु के चेहरे की शिकन और बढ़ गई थी।

''साहब, मैंने आपको बताया कि वो आतंकवादी पक्का जंगल में ही हैं। मैं यह पूरे यकीन के साथ कह सकता हूँ। आप वहाँ फ़ौज को तो भेज नहीं रहे और मुझे जाने को बोल रहे हो। मैं तो खुद एहतियात बरत रहा हूँ। बस इसलिए तो यहाँ आ गया था दो-तीन दिन के लिए।''

''नहीं-नहीं, मुझे कुछ नहीं सुनना। यह सुनहरा मौका है हसन। तुम खुद जाकर मालूम करो। तभी इस खबर की सच्चाई का पता लगेगा। किसी झूठ को बार-बार दोहराने में कोई फ़ायदा नहीं।''

''ठीक है साहब, कोशिश करता हूँ।'' मेजर अभिमन्यु की बात सुनने के बाद गुलाम हसन ने कुछ देर सोचा और फिर भारी कदमों से दफ़्तर के बाहर निकल गया।

इस बात को कुछ दिन बीत गए। उस आतंकवादी गिरोह के ठिकाने का तो कुछ पता नहीं चला लेकिन पाकिस्तान की तरफ़ से आतंकवादियों द्वारा घुसपैठ की कोशिशों के बारे में ज़रूर निरंतर सूचनाएँ मिल रही थीं। अभिमन्यु इन्हीं खबरों को जाँचने-परखने के सिलसिले में मशगूल हो गया था। दिक्कत यह थी कि क्या सच और क्या झूठ है इसका पता लगाना बहुत मुश्किल था। जिस तरह लगातार बोला गया झूठ भी सच लगने लगता है, उसी तरह खासकर कश्मीर में कई बार मुखबिरों द्वारा दी गई झूठी खबरें भी सच लगने लगती थीं।

तकरीबन एक हफ़्ते बाद अभिमन्यु अपने दफ़्तर में बैठा हुआ था जब सूबेदार बिष्ट दौड़ते हुए उसके पास आया।

''साहब, वह गुलाम हसन।''

''ठीक है, भेज दो। कुछ काम की खबर भी लाया है या आज भी ऐसे ही वक्त गुज़ारने आया है।''

''नहीं साहब। वह, वह सीआईडी वाले इंस्पेक्टर रफ़ी का फ़ोन आया था अभी।''

बस इतना कह कर सूबेदार बिष्ट ने अपना फ़ोन अभिमन्यु की मेज़ पर रख दिया।

अभिमन्यु की आँखें मोबाइल की स्क्रीन पर लगी गुलाम हसन की तस्वीर को देख कर खुली रह गईं। गुलाम हसन का चेहरा खून से लथपथ था।

''आतंकवादियों ने उसको मार डाला साहब। पुलिस वाले कह रहे हैं कि उसकी लाश उसके गाँव के पास वाले जंगल से मिली। गला काटा हुआ था।''

अभिमन्यु को आगे कुछ सुनाई नहीं पड़ रहा था। आँखों में पानी के चंद कतरे उमड़ आए थे। दिल भारी हो चला था और उसके कानों में गुलाम हसन की आवाज़ गूँज रही थी।

''आप ही बताओ साहब कि हर दो–तीन साल के बाद आने वाले अफ़सर के लिए हम अगर हर बार नए सिरे से खुद को साबित करने की कोशिश करेंगे तो कैसे काम चलेगा।''

लव जिहाद

सुबह-सुबह मुअज़्ज़िन की अज़ान से नवीद की नींद खुली तो वो हड़बड़ा कर उठ खड़ा हुआ था। अपने आस-पास के इलाके का जायज़ा लेते हुए उसे अंदाज़ा हुआ कि वो आवाज़ इसी पहाड़ी की गोद में थोड़ी ही दूर बसे एक छोटे-से गाँव की मस्जिद के लॉउडस्पीकर से गूँज रही थी।

रात की थकावट अब तलक उसके शरीर में कायम थी। तीन घंटे की मुश्किल चढ़ाई के बाद वो इस पहाड़ी पर पहुँचा था। हल्की बारिश ने रास्ते को और भी दुश्वार बना दिया था। उसने एक नज़र अपने जूतों की ओर डाली जो अब भी मिट्टी में लथपथ थे।

अभी पूरी तरह उजाला नहीं हुआ था। इन घने जंगलों के बीच से गुज़रने के लिए वैसे भी सूरज की किरणों को बड़ी जद्दोजेहद करनी पड़ती थी। नवीद ने एक बार फिर नज़र चारों ओर दौड़ाई और अपने बाजू में रखी एके 47 को अपने कंधे पर लटका कर एक बड़े से पेड़ की ओट में जा कर बैठ गया। वहाँ से उसको पूरा इलाका दूर-दूर तक साफ़ नज़र आ रहा था। सामने का यह नज़ारा देख कर नवीद के मन में ख़याल आया कि यह कश्मीर उसके अपने गाँव से कितना अलग है।

नवीद अहमद उर्फ़ अबू फ़ुरक़ान। उसकी उम्र तकरीबन 24 साल की होगी। वो पाकिस्तानी था। वहाँ सरगोधा ज़िले के एक बेहद गरीब परिवार में उसका जन्म हुआ था। चार भाइयों और दो बहनों के लाडले नवीद को उसके घर वालों ने छोटी-सी उम्र में ही गाँव के नज़दीक वाले मदरसे में दाखिल करा दिया था।

वो तकरीबन बारह साल का होगा जब उसके गाँव में एक बहुत बड़ा दीनी जलसा हुआ था। लाहौर से एक बहुत मशहूर मौलवी साहब तशरीफ़ लाए थे उस जलसे में तक़रीर करने के लिए।

उस दिन नवीद ने पहली बार कश्मीर का नाम सुना था। मौलवी साहब ने बड़े ज़बरदस्त और जोशीले अंदाज़ में जिहाद का फ़र्ज़ अदा करने की बात की थी। उन्हें

इस बात से कोई फ़र्क नहीं पड़ रहा था कि जिन कच्ची उम्र के लड़कों को वो कश्मीर अफ़ग़ानिस्तान और फिलिस्तीन की कहानियाँ सुना रहे हैं उन बेचारों को तो शायद लाहौर और कराची के बीच का फ़र्क भी नहीं मालूम था।

जलसे के बाद नवीद के वालिद ने मौलवी साहब के साथियों द्वारा बनायी जा रही सूची में उसका भी नाम लिखवा दिया था। यह सूची उन सभी रज़ाकारों की थी जो जिहाद करने के लिए जाना चाहते थे। नवीद को आज तक नहीं पता कि उसके वालिद साहब ने ऐसा क्यों किया। ना कभी उसने पूछने की ज़रूरत समझी और ना ही उसके वालिद ने कभी बताया।

वैसे भी पूरे पाकिस्तान में मानो एक होड़ लगी थी जिहाद में शिरकत करके अपने आप को अल्लाह के सामने साबित करने की। हाँ, यह बात अलग है कि इस जिहाद में शामिल होने वाले ज़्यादातर लोग क़ौम के बेहद गरीब तबके से ताल्लुक रखते थे।

नवीद के गाँव वाला वह मदरसा भी बहुत मशहूर था। कहते हैं कि वहाँ से जितने नौजवान जिहाद के लिए दुनिया के अलग-अलग कोनों में गए थे उतने शायद सारे पाकिस्तान के किसी और मदरसे से नहीं गए होंगे। हर दूसरे दिन वहाँ किसी-न-किसी शहीद का जनाज़ा पढ़ा जाता था।

नवीद उन्नीस बरस का होगा जब लश्कर-ए-तैयबा के कुछ रूकून एक सूची लेकर आए थे जिसमें सभी रज़ामंद नौजवानों के लिए तंज़ीम में शामिल होने का पैगाम था। वैसे भी तब तक तो दिन-रात जिहाद की बातें सुनकर नवीद के दिल में भी अल्लाह पाक की शान में कुछ कर गुज़रने का जज़्बा पैदा हो गया था। उसके घर वालों को भी नवीद के इस नए शौक़ पर कोई एतराज़ होने की बजाय बड़ा गुमान था।

बस इसी तरह नवीद अपने गाँव के चन्द लड़कों के साथ लाहौर के नज़दीक मुरिदके शहर पहुँच गया था। वहीं लश्कर-ए-तैयबा का सबसे बड़ा मरकज़ बना हुआ है। वहाँ दो-तीन दिन रुकने के बाद नवीद समेत तकरीबन सौ नौजवान लड़कों को वहाँ से मनशेरा ज़िले के उस इलाक़े में ले जाया गया जहाँ पर पहाड़ियों के बीच एक घने जंगल में लश्कर-ए-तैयबा का बहुत अहम ट्रेनिंग सेंटर था।

यहीं पर सभी नए लड़कों को तीन महीने की ट्रेनिंग दी जाती थी जिसे दौरा-ए-आम कहा जाता था। इस कड़ी ट्रेनिंग के दौरान उनको हथियार चलाना और घात लगा कर हमला करने जैसी सिखलाई के साथ-साथ दीनी तालीम भी दी जाती थी। इसके अलावा उन्हें रोज़ शाम को कश्मीर में लोगों पर हो रहे जुल्म के बारे में बताया जाता।

नवीद बाक़ी सब लड़कों से ज़्यादा होशियार, तेज़ और मज़बूत साबित हो रहा

था और इसलिए वो जल्द ही अपने उस्तादों की आँखों का तारा बन गया था।

ट्रेनिंग खत्म होने से चंद रोज़ पहले नवीद को वहाँ के इंचार्ज ने अपने दफ़्तर में बुलाया। "शाबाश नवीद। आपने खुद को हर तरीके से अव्वल साबित किया है। आप जैसे होशियार बन्दों को हम स्पेशल ट्रेनिंग कराते हैं। ख़ास चुने हुए तीस मुजाहिद होंगे इसमें। मुझे यकीन है कि तुम उस ट्रेनिंग में भी इसी तरह मेहनत करोगे।"

ठीक दो हफ़्तों बाद नवीद की स्पेशल ट्रेनिंग शुरू हो गयी। एक महीने की इस तरबियत को दौरा-ए-खास का नाम दिया गया था। इसमें बारूदी सुरंग बिछाने और बड़े हथियारों को चलाने पर ज़्यादा ज़ोर था। नवीद ने वो सब भी खूब मन लगाकर सीखा। अक्सर जब पाकिस्तान आर्मी के अफ़सर ट्रेनिंग का मुआयना करने वहाँ आते तो नवीद को उनसे मुखातिब किया जाता था।

ट्रेनिंग खत्म होने के बाद सभी मुजाहिदों को कुछ दिनों के लिए घर भेज दिया गया। लश्कर-ए-तैयबा की तंज़ीम इसी तरीके से अपने लिए मुजाहिद तैयार करती थी। कश्मीर में घुसपैठ करने से चंद रोज़ पहले लश्कर के मुख्य दफ़्तर से उनको घर पर पैगाम भेजा जाता और फिर उन सभी को किसी मुनासिब लॉन्चिंग पैड में लाया जाता। लॉन्चिंग पैड यानि लाइन ऑफ़ कंट्रोल के नज़दीक वो जगह जहाँ घुसपैठ करने से पहले ग्रुप को इकट्ठा करके सारी तैयारी की जाती है।

नवीद भी बाकी लड़कों की तरह घर वापिस आ गया था। अब उसे बस जल्द से जल्द जिहाद में शामिल होने का इंतज़ार था। लेकिन उसको अपने घर कुछ ज़्यादा वक़्त नहीं रहना पड़ा। कुछ ही हफ़्तों बाद जब लश्कर के ओहदेदारों का पैगाम आया तो वो ख़ुशी-ख़ुशी घर से निकल पड़ा था। उसकी माँ भी बड़े ग़ज़ब की इंसान थी। तभी तो उसने अपने बेटे को सिर्फ़, "जा पुत्तर। तेनु अल्लाह दे हवाले कित्ता।" कह कर बिना कोई आँसू बहाए घर से विदा कर दिया था।

मुरिदके के मरकज़ में पहुँचने के बाद उनको बाकी हिदायतें दी गईं।

"आप सबको मुबारक हो। वो वक़्त आ गया है जिसका आप सब को इंतज़ार था। हम यहाँ से आप सब को आज़ाद कश्मीर भेजेंगे। वहाँ अथमुकाम शहर के पास में हमारा दफ़्तर है। उधर पहुँचने के कुछ दिन बाद आपकी लॉन्चिंग होगी। बॉर्डर के उस पार मकबूजा कश्मीर में आपके साथी आपका बेसब्री से इंतज़ार कर रहे हैं।" दिल में जिहाद का ख़्वाब लिए उन लड़कों को ये तकरीर सुन कर खुद पर बड़ा-फ़ख्र महसूस होने लगा था और वे सभी अपनी ज़िन्दगी की चिंता छोड़ कर मज़हब की राह में खुद को कुर्बान करने के लिए बेकरार हो गए थे।

अथमुकाम नीलम नदी के किनारे बसा एक छोटा-सा कस्बा है। ये लाइन ऑफ़

कंट्रोल से इतना नज़दीक है कि हिन्दुस्तानी फ़ौज के गोले अक्सर इस कस्बे के बीचों बीच गिरते थे। वहीं पर पाकिस्तानी फ़ौज के कैंप के पास एक दोमंज़िला इमारत में लश्कर का ऑफ़िस बना हुआ था जहाँ से वो मुजाहिदों को कश्मीर में घुसपैठ कराने का इंतज़ाम करते थे।

वैसे कुछ सालों से सीमा पर लगी तार के कारण लाइन ऑफ़ कंट्रोल को पार करना बहुत मुश्किल हो गया था। ऊपर से भारतीय फ़ौज ने अपनी गश्त और मुस्तैदी भी काफ़ी बढ़ा दी थी।

उन दिनों अथमुकाम में लश्कर का अदनान भाई इंचार्ज था। वो कश्मीर में कुछ साल बिताने के बाद वापिस पाकिस्तान आ गया था। इसलिए लश्कर के अलावा बाकी तंजीमो के मुजाहिद भी उसकी बहुत इज़्ज़त करते थे। पाकिस्तानी फ़ौज से भी उसका अच्छा तालमेल था। वैसे भी पाकिस्तानी फ़ौज की मर्ज़ी के बग़ैर भारतीय सीमा के अंदर घुसना नामुमकिन था। अक्सर जब लश्कर या किसी भी तंजीम के मुजाहिद लाइन ऑफ़ कंट्रोल के किसी इलाके से हिन्दुस्तान की तरफ़ घुसने की कोशिश करते तो पाकिस्तानी फ़ौज फ़ायरिंग करके भारतीय सेना का ध्यान बंटाने की कोशिश करती थी।

लॉन्च पैड में दो तीन-दिन गुज़ारने के बाद आख़िर वो पल आ ही गया जिसका नवीद और उसके साथी बेसब्री से इंतज़ार कर रहे थे। कूच करने से पहले अदनान भाई ने नवीद को अलग से बुलाकर समझाया था।

''आपके साथ हमारे छह साथी बॉर्डर पार करेंगे। हमने आपके जीपीएस में पूरा रूट डाल दिया है। तार काटने का सामान भी चलते वक़्त आप सब को मुहैया कराया जायेगा। दो कश्मीरी भाई मजीद और अयूब भी आपके साथ जा रहे हैं। इनको सबसे आगे रखना। इनको रास्ते का ज़्यादा बेहतर अंदाज़ा है। ये गाइड का काम करेंगे। अगर बदकिस्मती से रास्ते में हिन्दुस्तानी फ़ौज से मुठभेड़ हो गयी तो पहले यही शहीद होंगे।''

''वो क्या है ना कि जब कश्मीरी भाई शहीद होते हैं तो दुनिया भर में हमारी कश्मीर को आज़ाद कराने की तहरीक पर ज़्यादा ज़ोरदार असर पड़ता है।''

''और हाँ। अगर तार तक पहुँचने से पहले ही उस तरफ़ से फ़ायरिंग हो जाये तो आप सब वापिस आ जाना लेकिन अगर आप लोग तार के पार पहुँच गए तो फिर किसी भी तरह कश्मीर वादी के अंदर मुक़र्रर की हुई जगह पर पहुँच जाना। ये ज़रूर याद रहे कि रास्ते में सिर्फ़ जंगलों में ही रुकना है। जहाँ तक हो सके, किसी कश्मीरी के घर में मत जाना और अगर जाना भी पड़ जाए तो वहाँ कम-से-कम वक्त बिताना।

पता नहीं कौन मुखबिरी कर के फ़ौज को बुला लाए।''

नवीद अदनान भाई की ये सब हिदायतें सुन कर थोड़ा हैरत में पड़ गया था। उसको तो लगा था कि वो कश्मीरियों की मदद के लिए जा रहे हैं। लेकिन यहाँ अदनान भाई उसको कश्मीरियों के बारे में इस तरह की चेतावनी दे रहे थे।

लाइन ऑफ़ कंट्रोल को पार करना मुश्किल था। रात के अंधेरे में नालों, चट्टानों और झाड़ियों के छुपाव का फ़ायदा उठा कर मजीद और अयूब ने धीरे-धीरे रास्ता बनाना शुरू किया। रास्ते में भारतीय सेना के पहरे का भी खतरा था। लेकिन फिर भी तीन दिन के मुश्किल सफ़र के बाद आख़िर नवीद अपने ग्रुप समेत सही-सलामत हफ़रूदा के जंगल में पहुँच ही गया। वहीं उसका लश्कर के बाकी मुजाहिदों से राब्ता हुआ था। हफ़रूदा का घना जंगल कई किलोमीटर तक फैला था। जब से कश्मीर में आतंकवाद शुरू हुआ तब से हफ़रूदा के दरख्तों ने अनगिनत मौतें देखी थीं। फिर भी तक़रीबन बीस मुजाहिद हर वक्त वहीं जंगल में रहते थे।

उस इलाके के लश्कर के कमांडर वलीद भाई ने उसका बड़ी गर्मजोशी से स्वागत किया और उसके समूह को दो हिस्सों में बाँट दिया। नवीद और उसके साथ दो साथी वहीं वलीद भाई के पास रुक गए और बाकी साथियों ने वादी के दूसरे इलाकों में जाने के लिए आगे का सफ़र शुरू किया।

तब से नवीद अपने साथियों के साथ उन्हीं जंगलों में रहने लगा था। वो जंगल इतना घना था कि अगर कभी फ़ौज बगल से भी गुज़र जाये तो भी उनको कुछ नज़र आना मुश्किल था। जब कभी वहाँ सेना का सर्च ऑपरेशन होता तो सभी मुजाहिद पहाड़ी चट्टानों और नालों के बीच बनाए हुए अपने हाइड आउट में घुस जाते और अल्लाह से दुआ करते कि उनका फ़ौज से कोई टकराव ना हो।

नवीद अक्सर सोचता था कि ये कैसा जिहाद है। पूरे दिन जंगल में छुपकर बैठना और दिन में कभी एक बार पाकिस्तान के मुज़्ज़फ़राबाद ज़िले में स्थित कण्ट्रोल स्टेशन से बात करके अपनी सलामती के बारे में बताना। फिर रात को चोरी-छुपे किसी घर में से खाना लाने जाना। हर वक़्त फ़ौज से बचने की कोशिश करना। नवीद को ये तरीका अच्छा नहीं लगा था। उसने एक-दो बार वलीद भाई से गुज़ारिश भी की थी कि सही मौका देख कर उन्हें फ़ौज पर हमला करना चाहिए ताकि उनका भी कुछ नुकसान कर सकें।

पहले कुछ दिनों तक तो वलीद भाई ने उसको जंगल से बाहर जाने की इजाज़त नहीं दी थी।

''देखो अभी तुम नए-नए हो। यहाँ गाँव में बड़ी एहतियात से जाना पड़ता है।

हम सिर्फ़ भरोसे वाले घरों में ही जाते हैं। बहुत मुखबिर हैं यहाँ पर। धीरे-धीरे तुम भी यहाँ के तौर-तरीके सीख जाओगे।''

बस इसी तरह वक़्त गुज़रता गया। ये तो सब भली-भाँति समझते थे कि कश्मीर की वादियों में किसी भी आतंकवादी की ज़िन्दगी ज़्यादा लंबी नहीं होती। वो ज़्यादातर एक से दो साल के अंदर मारे ही जाते हैं।

नवीद के भी कुछ साथी फ़ौज के साथ मुठभेड़ में मारे गए थे लेकिन अब तक उसकी किस्मत अच्छी थी कि वो कभी भी फ़ौज के घेरे में नहीं फँसा।

एक दिन सुबह-सुबह नवीद की नींद दूर चलती हुई गोलियों की आवाज़ से खुली। ऐसा लगता था कि फ़ौज का कोई बड़ा ऑपरेशन चल रहा है। उसने इलाक़े में मौजूद अपने साथियों से फटाफट संपर्क किया तो पता लगा कि उनके दो साथी फ़ौज के घेरे में फँस गए हैं।

पूरे दिन इस समूचे घटना क्रम के दौरान नवीद बहुत बेचैन रहा था। वो चाहता था कि सब मुजाहिद मिलकर फँसे हुए साथियों को फ़ौज के घेरे से निकालने की कोशिश करें लेकिन वलीद भाई ने उनको पहले अपने आपको महफ़ूज़ रखने को कहा था।

उस दिन नवीद का जोश और हिम्मत देख कर वलीद भी काफ़ी प्रभावित हुआ। धीरे-धीरे उसने नवीद को अपना सबसे भरोसेमंद साथी बना लिया था। वैसे भी पाकिस्तान से आये मुजाहिद कश्मीरी साथियों पर कम भरोसा करते थे और नवीद तो यूँ भी सबसे होशियार था।

जंगल के रास्तों का सही इस्तेमाल करना और छुपने की अलग-अलग जगह बनाना। मुज़्ज़फ़राबाद वाले ऑफ़िस से राब्ता करना और उनकी हिदायतें बाकी साथियों को समझाना। ये सभी कुछ नवीद के ज़िम्मे आ गया था। धीरे-धीरे वो आस-पास के गाँवों में भी जाने लगा था। सारे लोग अब उसको अबू फ़ुरक़ान के नाम से जानते थे। अपनी होशियारी और ज़िंदादिली के कारण वो कुछ ही वक़्त में बड़ा मशहूर भी हो गया था।

उन्हीं दिनों कश्मीर में कर्नल ऋषभ चौधरी की पोस्टिंग हुई। ऋषभ जब वादी में पहुँचा तो वो बहुत उत्साहित था। उसने जल्द ही अपने काम और निष्ठा से सब का दिल जीत लिया था। वो मेहनती तो था ही लेकिन उसमें सबके साथ मिल-जुल कर रहने की भी गज़ब की काबिलियत थी। फिर चाहे अवाम हो या नेता और पुलिस। सभी से ऋषभ ने अच्छे ताल्लुक बना लिए थे।

ऋषभ की यूनिट को इसी वजह से आतंकवादियों के खिलाफ़ काफ़ी सफलता

मिलने लगी थी। वैसे तो ऋषभ को तकरीबन हर आतंकी के बारे में कुछ–ना–कुछ खबर मिल रही थी और उनमें से बहुतों को तो फ़ौज उनके अंजाम तक पहुँचाने में कामयाब भी हो गई थी। लेकिन फ़ुरक़ान अब तक फ़ौज की गिरफ़्त से बिलकुल बाहर था। फ़ुरक़ान का नाम तो बहुत था लेकिन उसका कोई सुराग नहीं था।

फ़ौज ने कई सर्च ऑपरेशन किये पर हर बार फ़ुरक़ान उनके चंगुल से निकल जाता। पता नहीं कैसे उसको फ़ौज के आने से पहले ही खबर लग जाती। ऋषभ की काफ़ी कोशिशों के बावजूद भी फ़ुरक़ान का कोई पता नहीं लग रहा था।

वैसे पूरे जम्मू कश्मीर में अब तक सभी ये भली भाँति समझ चुके थे कि आतंकवाद की लड़ाई भी किस्मत का खेल है। कभी–कभी सुरक्षा बलों को महीनों तक कुछ हाथ नहीं लगता और कभी मिनटों में पासा उनकी तरफ़ पलट जाता है। इस जंग में जहाँ एक ही पल में जान बच भी सकती है वहीं जान गंवाने के लिए भी एक पल ही काफ़ी होता है।

उस दिन हल्की–हल्की बर्फ़ पड़ रही थी जब ऋषभ ने हंदवाड़ा पुलिस के एस. पी. जावेद को फ़ोन किया था।

"बस थोड़ी देर में आ रहा हूँ जावेद। तुम्हारे साथ गरम–गरम कहवा पीने का दिल कर रहा है।"

"आ जाओ सर। मैं अपने रेज़िडेंस पर ही हूँ। आपको तो कहवा ही पिलाना पड़ेगा। गोश्त तो आप खाते नहीं हो।"

दोनों के बीच बातों–बातों में फ़ुरक़ान का भी ज़िक्र हुआ था। उससे जावेद भी बहुत परेशान था।

"इसका कुछ पता ही नहीं चलता सर। इसके बारे में कोई भी कुछ बताता ही नहीं। ये भी पता नहीं कि अपने लोगों के साथ कैसे संपर्क करता है ये फ़ुरक़ान। अगर ऐसे किसी बन्दे का फ़ोन नंबर ही मिल जाये जो इसकी मदद करता हो तो हम उसको ट्रेस कर लेंगे। इसके नाम का बहुत प्रेशर है सर। इसको जल्दी निबटाना पड़ेगा।"

वापिस लौटते वक़्त पूरे रास्ते ऋषभ के जेहन में जावेद की बात गूँज रही थी। यूँ तो जावेद ने कुछ नया नहीं कहा था। सुरक्षा बलों को पिछले कुछ सालों में आतंकवादी तंजीमों के खिलाफ़ उनके मोबाइल फ़ोन के इंटरसेप्शन और ट्रेसिंग की वजह से बहुत सफलता हासिल हुई थी। इसलिए आतंकवादी भी अब फ़ोन का इस्तेमाल करते वक़्त बहुत एहतियात बरतने लगे थे।

'कोई तो होगा जो फ़ुरक़ान से बात करता होगा। उस से मिलता होगा। उसकी मदद करता होगा।'

बस यही सोच कर उस दिन से ऋषभ ने एक खास टीम बनाई और उनके साथ मिल कर एक नए सिरे से फ़ुरक़ान का सुराग लगाना शुरू कर दिया। पिछले चंद महीनों में जहाँ-जहाँ फ़ुरक़ान की मौजूदगी की खबर आई थी उस इलाक़े की निशानदेही करने के बाद वहाँ पर हर संदिग्ध इंसान की शिनाख़्ती की गयी। उस इलाके के मोबाइल टावर के कॉल रिकॉर्ड निकाले गए। वहाँ आने-जाने वाली गाड़ियों की जानकारी हासिल की गई। आस-पास रहने वाले लोगों से बातचीत हुई। इस सब भागदौड़ में दिन कैसे जल्दी-जल्दी बीत रहे थे इसका कुछ पता ही नहीं चल रहा था।

ऋषभ के छोटे से दफ़्तर में टंगा बड़ा-सा नक़्शा उसके जुनून की चश्मदीद गवाही दे रहा था। वो घंटों उस नक़्शे के सामने बैठा रहता। उस पर लगे आड़े-तिरछे निशान और चिपकाई हुई तस्वीरों के बीच कई तरीके के पिन और रंग-बिरंगे धागे यूँ बिछे हुए थे मानो वो नक़्शा नहीं बल्कि किसी जंग का मैदान हो।

कई दिनों की मेहनत के बाद ऋषभ की टीम को आख़िरकार एक छोटा-सा सुराग हासिल हुआ। लेकिन उस सुराग में भी सुबूत कम और अंदाज़ा ज़्यादा था।

''सर, इतने सारे डेटा के विश्लेषण से एक दिलचस्प बात सामने आई है। ये फ़ुरक़ान जब भी किसी इलाक़े में होता है तो उस इलाके के किसी-न-किसी मोबाइल टावर से एक नंबर पर हमेशा कॉल जाता है।'' ऋषभ के साथी आशीष की उत्सुकता से भरी आवाज़ इस सुराग की अहमियत बयां कर रही थी।

''एंड सर। वैसे तो हर इलाके से कॉल करने के लिए अलग-अलग नंबर का इस्तेमाल होता है लेकिन जिस नंबर को कॉल किया जाता है वो नहीं बदलता है। और ये देखिये सर। कॉल कभी भी दस-पंद्रह सेकंड से ज़्यादा नहीं चलती। जैसे बस एक इशारा हो। मेरे ख़याल से इस नंबर को हमें खास तौर पर चेक करना चाहिए। यह बीएसएनएल का नंबर है सर। किसी रुख़सार बानो के नाम पर है।''

''गुड। इसको और ज़्यादा डिटेल में चेक करो और अभी किसी से इसका ज़िक्र नहीं करना।'' ऋषभ को फ़ुरक़ान की तलाश में अब एक उम्मीद की किरण नज़र आ रही थी।

अगले दिन ही रुख़सार बानो की पूरी जन्म कुन्डली ऋषभ के सामने थी। चौबीस साल की रुख़सार एक प्राइवेट स्कूल में टीचर थी। उसने कुपवाड़ा में डिग्री कॉलेज से ग्रेजुएशन करने के बाद श्रीनगर से बी.एड. किया था। उसके पिता जुल्फिकार अहमद सरकारी मुलाज़िम थे। वो एजुकेशन डिपार्टमेंट में अच्छे पद पर थे। हंदवाड़ा शहर से थोड़ी ही दूर उनका बड़ा अच्छा-खासा घर था।

कई दिनों तक रुख़सार की तफ़्तीश की गयी। वैसे भी फ़ौज के लिए किसी

खातून का चोरी-छुपे पीछा करना और उसके बारे में खुफ़िया जानकारी हासिल करना बहुत मुश्किल था। शायद इसलिए उनको रुख़सार के हवाले से फ़ुरक़ान के बारे में कोई सुराग नहीं मालूम हुआ। उन्हें ये पता नहीं लगा कि वो फ़ुरक़ान से कब और कहाँ मिलती थी। और मिलती भी थी या नहीं। ये भी हो सकता था कि सिर्फ़ उसका नंबर किसी और के द्वारा आतंकवादी गतिविधियों के लिए इस्तेमाल किया जा रहा हो। ऐसे कई सवाल थे जिनके जवाबों की ऋषभ को तलाश थी।

जब कई कोशिशों के बावजूद भी कोई जानकारी हाथ नहीं लगी तो ऋषभ ने तय किया कि वो रुख़सार से सीधा बात करेगा। अब उसके पास ऐसा करने के अलावा कोई चारा भी नज़र नहीं आ रहा था।

''हेलो, जी क्या आप रुख़सार बानो बोल रही हैं। मैं कर्नल ऋषभ चौधरी हूँ। कुपवाड़ा आर्मी कैंप से। आप से कुछ बात करनी है।''

''देखिए, मुझे आपसे या किसी भी आर्मी वाले से कोई बात नहीं करनी है। और आप मुझे ऐसे बिना किसी वजह के क्यूँ फ़ोन कर रहे हैं।'' उस आवाज़ की खूबसूरती और बेरुख़ी दोनों ने ही ऋषभ को हैरत में डाल दिया था। मगर इससे पहले वो कुछ बोल पाता रुख़सार ने फ़ोन काट दिया।

अब तो ऋषभ की दुविधा और भी बढ़ गयी। उससे इस तरह का बर्ताव तो आज तक किसी ने भी नहीं किया था। पहले तो उसने मन में सोचा कि इस रुख़सार बानो को सबक सिखाना पड़ेगा लेकिन फिर उसे ख़याल आया कि ऐसे भी वो किसी लड़की के बर्ताव के बारे में कर भी क्या सकता है।''

इसके बाद रुख़सार के बारे में थोड़ी और तफ़्तीश की गयी। वो कब स्कूल जाती है। कब वापिस आती है। कौन-सा रास्ता लेती है। उसकी ज़िन्दगी और रोज़ की दिनचर्या में सब कुछ तो साधारण ही लग रहा था। कोई भी शक की बात नज़र नहीं आ रही थी। उसके सोशल मीडिया अकाउंट जैसे फेसबुक और इंस्टाग्राम को भी बारीकी से चेक किया गया पर वहाँ पर भी कुछ उल्टा-पुल्टा नज़र नहीं आ रहा था।

आम तौर पर इन सब की जाँच खत्म होने के बाद कुछ और करने की गुंजाइश नहीं थी। लेकिन एक तो फ़ुरक़ान के बारे में कोई और सुराग नहीं हासिल हो रहा था और दूसरा ऋषभ भी हार मानने वालों में से नहीं था। इसलिए कुछ दिन बाद उसने फिर रुख़सार को फ़ोन लगाया।

''हेलो, कर्नल ऋषभ दिस साइड। मुझे आपसे कुछ बात करनी है।'' इस बार ऋषभ के दिमाग में सब कुछ पहले से ही तय था।

'देखिये, मैंने आपको पहले भी बोला था न कि मुझे ऐसे...।''

''दिस इज़ अबाउट फ़ुरक़ान,'' ऋषभ ने उसको बीच में ही टोक दिया था।

''जी, कौन फ़ुरक़ान। मैं किसी फ़ुरक़ान को नहीं जानती।'' अब रुख़सार की आवाज़ थोड़ी तो फीकी ज़रूर पड़ गयी थी।

'देखो रुख़सार, यह मेरा नंबर है। अगर तुम चाहो तो मैं तुम्हारी मदद कर सकता हूँ। जब तुम्हें ठीक लगे मुझे कॉल कर लेना।'' बस इतना कह कर ऋषभ ने फ़ोन काट दिया।

इस तरह से सीधा फ़ुरक़ान की बात करना शायद बेवक़ूफ़ी थी लेकिन पता नहीं क्यों ऋषभ को लगा कि ये सुनकर रुख़सार उससे ज़रूर राब्ता करेगी। वैसे उसने ये भी सोचा था कि रुख़सार अगर ना भी तैयार हो तो क्या फ़र्क पड़ेगा। वैसे भी उसकी टीम रुख़सार और फ़ुरक़ान के बारे में कुछ ख़ास तो पता नहीं लगा पा रही थी। ऐसी हालत में बस यही उसका आख़िरी दांव था।

उधर रुख़सार एक अजीब कशमकश में थी। एक फ़ौजी अफ़सर के इस तरह अचानक फ़ोन करने से वो थोड़ा घबरा गयी थी। उसने बचपन से ही भारतीय फ़ौज को अपने गाँव में गश्त लगाते हुए देखा था। बहुत बार फ़ौजी उसके घर और मोहल्ले में तलाशी लेने भी आये थे। जब भी वो शहर जाने वाली सड़क पर लगे चेक पोस्ट से गुज़रती थी तो मन-ही-मन फ़ौजियों को पक्का कोसती थी। वैसे आज तक किसी फ़ौजी ने उससे ग़लत तरीक़े से बात नहीं की थी लेकिन फिर भी जाने क्यों उसके मन में फ़ौज का बहुत डर था। और इस कर्नल ऋषभ ने तो उसको सीधे-सीधे मुलाकात और मदद करने की गुज़ारिश कर दी थी। उसको गुस्सा तो बहुत आया था लेकिन इस पागल कर्नल की आवाज़ में कुछ संजीदगी का भी एहसास हुआ था।

रुख़सार का यूँ परेशान होना लाज़िमी भी था। एक तरफ़ कर्नल ऋषभ चौधरी का पैग़ाम था और दूसरी तरफ़ था फ़ुरक़ान। उसने कर्नल से झूठ बोला था।

वह फ़ुरक़ान को बहुत अच्छी तरह से जानती थी। वो दो साल पहले उनके घर में आया था। जंगल में फ़ौज का सर्च ऑपरेशन चल रहा था और फ़ुरक़ान अपने दो साथियों के साथ अचानक उनके घर में दाखिल हुआ और ऊपर के कमरे में जाकर छिप गया था। उनके गाँव का ही तारिक़ मीर भी उसके साथ में था। वही तो उनको वहाँ लाया था। रुख़सार को ये सोच कर उनकी इस हरकत पर बहुत गुस्सा आया था कि अगर फ़ौज वहाँ आ गई तो उनका पूरा घर तबाह हो जायेगा। लेकिन उसके वालिद ने उसको मज़हब का हवाला देकर चुप करा दिया था।

इसी वजह से उस दिन उन्होंने अपने नए मेहमानों की काफ़ी खातिरदारी की थी। फ़ुरक़ान ने उस दिन पहली बार रुख़सार से बात की थी। दोनों के बीच ज़्यादा

बातें नहीं हुई थीं मगर उस दिन की मुलाकात के बाद फ़ुरक़ान ने किसी-न-किसी बहाने उनके घर आना शुरू कर दिया था। और फिर उन दोनों को खुद नहीं पता चला कि कब वो छोटी-छोटी मुलाक़ातें मोहब्बत में बदल गयीं।

ये तो खुदा ही जानता था कि इतनी पढ़ी-लिखी और खूबसूरत रुख़सार कैसे जंगलों में छुप कर अपना वक़्त बिताने वाले जुनूनी आतंकी फ़ुरक़ान से मोहब्बत कर बैठी। रुख़सार को जल्दी ही ये अंदाज़ा हो गया था कि कितना मुश्किल है ऐसे इंसान से मोहब्बत करना जो खुद अपनी जान बचाने के लिए दर-बदर भटक रहा हो। अक्सर हर तरफ़ फ़ौज का पहरा रहता था और गाँव में कौन मुख़बिर है, कौन नहीं इसका अंदाज़ा लगाना मुश्किल था। ऐसे हालात में दोनों को बहुत सोच-समझ कर मिलने के मौके तलाशने पड़ते थे। रुख़सार के घर वाले भी तो एक गैर मुल्की मुजाहिद की खिदमत करने को अपना मज़हबी फ़र्ज़ मानने लगे थे।

रुख़सार जानती थी कि ये सब ज़्यादा देर तक नहीं चल सकता। गुजिश्ता सालों में पाकिस्तान से हज़ारों की तादाद में मुजाहिद जम्मू कश्मीर में घुसपैठ करके आये थे और यहीं मारे गए थे। तहरीक के शुरुआती दिनों में शुरू-शुरू में उनका तहे दिल से इस्तकबाल करने वाले कश्मीरी भी अब इस खून-खराबे के लंबे दौर से परेशान हो चुके थे। तभी तो ये मुजाहिद रिहायशी इलाकों में कम-से-कम वक़्त बिताते थे। पता नहीं कब उनकी मौजूदगी की इत्तिला कोई पुलिस या फ़ौज को दे दे। कई लोगों के लिए तो इस तरह की खबर जुटाना एक धंधा भी बन चुका था।

रुख़सार को भी ये इल्म था कि कभी-न-कभी तो फ़ुरक़ान का भी वही हश्र होना है। उसने एक-दो बार फ़ुरक़ान से इस बात पर मशविरा करने की भी कोशिश की थी लेकिन फिर कोई मुफ़ीद जवाब न मिलने पर वो अक्सर मायूस हो जाती।

रुख़सार यकीनन फ़ुरक़ान से बेहद मोहब्बत करती थी और इसी मोहब्बत ने रुख़सार को ऋषभ की बात पर गौर करने को मजबूर कर दिया।

वैसे इस तरह से महज़ किसी का फ़ोन आने पर यूँ कशमकश में पड़ना लाज़िमी न था। ना तो वो ऋषभ को जानती थी और ना ही उसको फ़ौज पर कोई भरोसा था। मगर वो लाचार थी और ऋषभ की बात में उसको उम्मीद की इक छोटी-सी किरण नज़र आई थी।

सात-आठ दिनों के बाद जब ऋषभ के पास रुख़सार का फ़ोन आया तो वो बिलकुल तैयार था। उसके दिमाग में जो योजना पनप रही थी अब उसको अंजाम देने का वक़्त आ गया था। फ़ोन पर बात करते वक्त बहुत सोचे-समझे तरीके से जब उसने रुख़सार को श्रीनगर में मुलाकात करने को बोला तो वह थोड़ा सहम गयी थी।

''आप घबराओ मत प्लीज़। वहाँ इतनी भीड़ होती है कि कोई हमें नहीं पहचानेगा। वैसे चाहो तो आप हमारे कैंप में भी आ सकती हो।'' ऋषभ जानता था कि वो कैंप में अकेली नहीं आएगी और इसलिए वो उससे श्रीनगर शहर में मिलना चाहता था।

''नहीं सर, मैं कैंप में नहीं आऊँगी। हम श्रीनगर में ही मिलते हैं।

''ठीक है, वो गुपकार रोड पर कैफ़े कॉफ़ी डे है ना। वहीं मिलेंगे इस जुम्मे को दो बजे।'' ऋषभ ने बड़ा सोच-समझकर मिलने का वो वक़्त और जगह चुनी थी। हाई सिक्योरिटी एरिया में स्थित उस सीसीडी में अक्सर टूरिस्ट और शहरी तबके की नई पीढ़ी का आना-जाना था। और वैसे भी जुम्मे को ज़्यादातर लोग उस वक़्त मस्जिद में नमाज़ पढ़ने जाते थे। ऐसे में वहाँ मिलना आसान था।

अगले जुम्मे को ऋषभ दो बजे से पहले ही वहाँ पहुँच गया था। पूरे इलाके का मुआयना करने के बाद ही वो कैफ़े के अंदर घुसा था। उसने चारों तरफ़ देखा और फिर ऐसी जगह जा कर बैठ गया था जहाँ से वह पूरे कैफ़े पर नज़र रख सके। हालाँकि जीन्स के अंदर ठूंसी हुई पिस्तौल के कारण उसको सहूलियत से बैठने में दिक्कत महसूस हो रही थी। उसके साथ सिविल ड्रेस में आये दोनों सिपाही कैफ़े के दरवाज़े के बाहर ही रुक गए थे। वहीं से वो हर आने-जाने वाले इंसान को पैनी निगाह से तराश रहे थे। आख़िर ऐसी मुलाकात के दौरान हर तरह की एहतियात बरतना भी तो बहुत ज़रूरी था।

ऋषभ के लिए इस पहली मुलाक़ात की बहुत ज़्यादा अहमियत थी। रुख़सार जब कैफ़े के अंदर दाखिल हुई तो एक कोने में बैठे ऋषभ ने उसको अपनी तरफ़ आने का बड़े सलीके से इशारा किया।

''आपको तकलीफ़ तो नहीं हुई ना आने में।''

''नहीं-नहीं। मैं अक्सर श्रीनगर आती हूँ। मैंने बी.एड. यहीं से तो किया है।'' रुख़सार वहाँ आने के बाद से ही थोड़ा असहज थी। उसने किसी ख़्वाब में भी ये नहीं सोचा था कि वो किसी अजनबी से, वो भी गैर कश्मीरी और उस पर से एक फ़ौजी के साथ इस तरह किसी कैफ़े में चोरी-छुपे मिलेगी।

''रुख़सार, आप इसका अंदाज़ा भी नहीं लगा सकतीं कि आपके यहाँ आने से मुझे कितनी खुशी हुई है।'' ऋषभ बातें बनाने में बहुत माहिर था। उसने शुरुआत इधर-उधर की बातों से की। रुख़सार का हाल-चाल और घर-बार के बारे में पूछा। वो शुरुआत में सिर्फ़ रुख़सार का भरोसा जीतना चाहता था और इसलिए ऋषभ ने फ़ुरक़ान के बारे में जानने की ज़्यादा कोशिश नहीं की। हाँ उसने बातों के दौरान उनके रिश्ते का ज़िक्र ज़रूर किया था।

''मैं यह तो जानता हूँ कि आप फ़ुरक़ान के साथ राब्ते में हो पर मैं यह नहीं

जानता कि ऐसा क्यों और कैसे है। लेकिन मैं इतना यकीन से कह सकता हूँ कि इस रास्ते में सिर्फ़ तबाही है।''

ऋषभ बोले जा रहा था और रुख़सार चुपचाप सुन रही थी। इसके अलावा वो कर भी क्या सकती थी। ये तो उनकी पहली मुलाक़ात थी। ऐसे कैसे भला वो इस फ़ौजी पर भरोसा करती। इन्ही बातों में दोनों को पता ही नहीं चला कि कैसे दो घंटे बीत गए।

''चलिए बहुत वक़्त हो गया। आपको जाना भी होगा। मुझे सच में आपसे मिलकर बहुत अच्छा लगा।'' ऋषभ ने मुस्कुराते हुए उस से विदा ली।

''एंड आई विल वेट फॉर योर कॉल।''

वापिस जाते वक़्त पूरे रास्ते रुख़सार ऋषभ से हुई इस पहली मुलाक़ात के बारे में सोचती रही। उसको इस तरह किसी के साथ कॉफ़ी पीना अच्छा लगा था।

लेकिन उसकी हर सोच फ़ुरक़ान का ध्यान आते ही रुक जाती। अब यही ख़याल उसको परेशान कर रहा था। उसे यकीन था कि अगर वो ऋषभ से मुलाक़ात का ज़िक्र भी करेगी तो फ़ुरक़ान को पसंद नहीं आएगा। इसी उधेड़-बुन में रुख़सार के दिन-रात गुज़रने लगे।

उसने ऋषभ से फ़ोन पर बात करना शुरू कर दिया था और फिर धीरे-धीरे उनकी बातों का सिलसिला बढ़ने लगा। इस दौरान कई बार फ़ुरक़ान को भी लगा कि रुख़सार के हाव-भाव में कुछ तो अजीब-सा बदलाव आया है।

यही सोच कर उसने एक दिन रुख़सार को टोका भी था।

''आजकल कहाँ गुम रहती हो। सब ख़ैरियत तो है।''

''नहीं-नहीं कुछ नहीं। मुझे तो बस तुम्हारी ही फ़िक्र है। ऐसे कब तक जंगलों में घूमते रहोगे। हम साथ में नहीं रह सकते क्या। हमेशा के लिए।'' रुख़सार ने रुआंसी सी शक्ल बना कर सफ़ाई देने की कोशिश की।

''ये क्या कह रही हो मेरी जान। इतना ज़्यादा मत सोचो। बस वही होगा जो अल्लाह को मंज़ूर होगा।''

फ़ुरक़ान को समझाना मुश्किल था और उधर ऋषभ धीरे-धीरे रुख़सार का भरोसा जीत रहा था। उसे ये तो यकीन हो गया था कि रुख़सार को फ़ुरक़ान से मोहब्बत है मगर वो उसके इश्क की गहराई और मज़बूती को परखने की कोशिश कर रहा था। उसे ये जानना भी ज़रूरी था कि फ़ुरक़ान इस रिश्ते को किस नज़र से देखता है। वह रुख़सार से किस कदर मोहब्बत करता है और उसकी मोहब्बत में किस हद तक जा सकता है।

वैसे तो कश्मीर में पहले भी ऐसे कई वाकये हुए थे जब इसी तरह कई लड़कियों ने मुजाहिदों से अपने करीबी रिश्तों का फ़ायदा उठा कर उनकी खबर सुरक्षा बलों को दे दी थी और इसके बदले में अच्छा-खासा इनाम भी हासिल किया था।

अभी तक ऋषभ को नहीं पता था कि क्या रुख़सार से इस तरह मुखबिरी करवाना मुमकिन है। वो ये कोशिश तो कर सकता था लेकिन ऋषभ फ़ुरक़ान को मारना नहीं बल्कि इस्तेमाल करना चाहता था।

~

ऋषभ के लिए आतंक की इस बिसात में रुख़सार और फ़ुरक़ान सबसे अहम प्यादे साबित हो सकते थे। लेकिन इसके लिए सबसे पहले रुख़सार को जीतना और समझाना सबसे ज़रूरी था।

"देखो रुख़सार तुम्हें उसे मनाना ही होगा। तुम उसके साथ पूरी उम्र ख़ुशी-ख़ुशी गुज़ार सकती हो मगर उसके लिए यह जिहाद का भूत उसके सिर से उतारना पड़ेगा। इससे पहले भी कितने लोग पाकिस्तान से आये और यहाँ पर अपनी जान दे दी। भला किस के लिए। और जो वहाँ से तहरीक चलाने के लिए आए वो यहाँ पर ऐसा क्या कमाल कर रहे हैं। बस जंगलों में हथियार उठाये घूम रहे हैं। जिन लोगों के लिए जिहाद करने आये हैं उन्हीं से बच कर। यकीन मानो बाकी सबकी तरह ये फ़ुरक़ान भी मारा जायेगा। उसके बाद तुम्हारे पास पछतावे के अलावा कोई चारा नहीं रह जायेगा।"

"आप बेशक ठीक कह रहे हो सर लेकिन वो मेरी बात क्यों मानेगा।"

"क्योंकि वो तुमसे मोहब्बत करता है। है ना। और अगर नहीं करता तो फिर वो तैयार नहीं होगा। साफ़ मना कर देगा। शायद गुस्सा भी होगा। बस फिर तो कोई मसला ही नहीं रहेगा। वो भी एक दिन हमारे हाथों मारा जायेगा।"

"नहीं-नहीं सर, आप मुझे थोड़ा वक़्त दीजिए।" फ़ुरक़ान की मौत के ख़याल से ही रुख़सार बेचैन हो गयी थी।

"ठीक है रुख़सार, देख लो क्या करना है। मैं वादा करता हूँ कि अगले दो हफ़्तों में फ़ौज की तरफ़ से फ़ुरक़ान के ख़िलाफ़ कोई भी ऑपरेशन नहीं होगा। फिर भी अगर वो कहीं फँस जाये तो मुझे इत्तिला कर देना।"

ऋषभ ने ये वादा तो कर दिया लेकिन फ़ुरक़ान के बारे में उसकी सोच के बारे में अब तक उसने अपने महकमे में किसी को कुछ नहीं बताया था। अभी तो ये उसकी कोशिशों की बस शुरुआत थी और उसके पास बताने के लिए कुछ ठोस था भी नहीं।

मगर इस तरह किसी को इस मामले की जानकारी दिए बग़ैर फ़ौज और पुलिस द्वारा पूरे दो हफ़्ते तक कोई ऑपरेशन नहीं होने देना बहुत मुश्किल था।

ऋषभ सोच रहा था कि इतने सालों तक जब फ़ुरक़ान अपनी चालाकी और किस्मत से बच रहा है तो इन दो हफ़्तों में भी शायद सुरक्षा बलों के चंगुल में नहीं फँसेगा। उसे थोड़ा बुरा लगा रुख़सार को यूँ झूठ बोलते हुए लेकिन उसके पास इसके अलावा कोई चारा भी नहीं था।

वक़्त यूँ ही बीतता जा रहा था। आख़िर एक दिन मौका देख कर रुख़सार ने फ़ुरक़ान से बात छेड़ ही दी।

''तुम्हें एक बात बतानी थी। कई दिनों से सोच रही थी। वो क्या है कि कुछ दिन पहले मेरी बात एक फ़ौजी अफ़सर से हुई थी।''

''क्या? ये कब हुआ? तुमने पहले क्यों नहीं बताया। परेशान तो नहीं किया हरामज़ादों ने।'' फ़ुरक़ान के तेवर एकदम बदल गए थे।

''नहीं-नहीं, ऐसा कुछ नहीं है। वह तो बहुत अच्छा इंसान है। मैं सोच रही थी कि क्या तुम भी उससे बात करोगे। बस एक बार। हो सकता है कि...।'' रुख़सार को समझ नहीं आ रहा था कि फ़ुरक़ान को कैसे समझाए।

''तुम पागल हो गयी हो क्या? उसने तुमसे राब्ता कैसे किया। वह तुम तक पहुँचा कैसे? उसने मेरे बारे में पूछा क्या? और तुमने उसको हमारे बारे में तो कुछ बताया नहीं? तुम बहुत भोली हो रुख़सार। इन सब चक्करों में मत पड़ो।''

''मुझे किसी से कोई बात नहीं करनी है। ख़बरदार तुमने भी अगर उससे दुबारा बात की तो। कहीं तुम मिलीं तो नहीं उससे।'' फ़ुरक़ान गुस्से में बड़बड़ाते हुए वहाँ से चला गया था।

रुख़सार को फ़ुरक़ान का यूँ तिलमिलाना बुरा तो लगा था लेकिन उस पर इसका ज़्यादा फ़र्क नहीं पड़ा। उसे अब ऋषभ की बातों पर भरोसा होने लगा था। उसने जब ऋषभ को फ़ुरक़ान के आगबबूला होने के बारे में बताया तो ऋषभ ने उसको हिम्मत ना हारने की सलाह दी थी।

''तुम घबराओ मत। मैं हूँ ना तुम्हारे साथ। तुम उसको मनाने की कोशिश करती रहो। बस एक बार मेरी उससे फ़ोन पर बात हो जाये तो मैं उसको खुद ही समझा दूँगा।'' ऋषभ ने रुख़सार को एक नया मोबाइल और सिम कार्ड पकड़ा दिया।

''देखो, इस फ़ोन से सिर्फ़ दो ही लोगों से बात करना। मुझसे और फ़ुरक़ान से। बाक़ी किसी और को ये नंबर किसी हालत में नहीं देना।'' रुख़सार पर ऋषभ की

बातों का इस कदर असर होने लगा था कि वो उसके बताए हुए रास्ते पर आँख बंद कर चल पड़ी थी।

उसने इस बारे में कई बार फ़ुरक़ान से बात की। पहले इशारों-इशारों में और फिर सीधे। वह उसे एक बार ऋषभ से बात करने के लिए मनाने की कोशिश कर रही थी लेकिन फ़ुरक़ान पर इसका ज़्यादा असर नहीं पड़ रहा था।

उधर ऋषभ इस सबसे पूरी तरह वाकिफ़ था क्योंकि अब उसकी टीम फ़ुरक़ान और रुख़सार की सारी बातें ऋषभ के दिए हुए मोबाइल के ज़रिये सुन रही थी। हालाँकि फ़ुरक़ान बार-बार रुख़सार को मना कर रहा था लेकिन ऋषभ को ऐसा लग रहा था कि रुख़सार उसे एक दिन मजबूर कर ही देगी। अब तो उसे ये भी पता लग रहा था कि फ़ुरक़ान कहाँ है और वह चाहता तो कभी भी ऑपरेशन कर सकता था लेकिन उसके दिमाग में एक लंबी योजना थी।

आख़िर वैसा ही हुआ और रुख़सार ने फ़ुरक़ान का दिल जीत लिया। वह ऋषभ से एक बार बात करने के लिए तैयार हो गया लेकिन सिर्फ़ रुख़सार की खातिर। शहादत के लिए जिहाद के मैदान में उतरा फ़ुरक़ान अब मोहब्बत को तवज्जो दे रहा था।

''कैसे हो फ़ुरक़ान। मुबारक हो तुम्हें। बहुत खुशकिस्मत हो जो रुख़सार जैसी लड़की इतना प्यार करती है तुमसे। ऐसा इश्क बहुत कम लोगों को नसीब होता है। वो भी अपने वतन से इतना दूर आकर।''

''जी मुबारकबाद तो आपको है। आपने इस बेचारी को पता नहीं क्या पट्टी पढ़ाई है कि इसने मुझे आपसे बात करने को मजबूर कर दिया। चलो, थोड़ी देर के लिए भूल जाता हूँ कि हम यहाँ आप लोगों से ही जंग करने आए हैं। आप बताएँ। आख़िर क्यों परेशान कर रहे हो हमें।'' फ़ुरक़ान की आवाज़ और लहज़े दोनों में बेरुख़ी साफ़ झलक रही थी।

वो दोनों उस दिन बस थोड़ी देर ही गुफ़्तगू कर पाये थे। फ़ुरक़ान को उससे बात करने में ज़्यादा दिलचस्पी नहीं थी। वो तो बस रुख़सार का दिल रखने के लिए ये सब कर रहा था।

''चलो अब बात हो गयी है तो इंशा अल्लाह मुलाक़ात भी हो जाएगी। अपना ख़याल रखना फ़ुरक़ान। और हम पर भरोसा करो। रुख़सार की खातिर।''

ऋषभ की योजना में अगला कदम फ़ुरक़ान से मुलाकात करना था। इसमें काफ़ी खतरा तो था लेकिन इसके अलावा उसके पास कोई और चारा भी नहीं था। वैसे भी अब तो ऋषभ फ़ुरक़ान की हरकतों के बारे में अच्छी तरह जानता ही था। कुछ उसे फ़ोन के

कारण पता लग जाता और कुछ रुख़सार उसको बता दिया करती थी। जब कभी कहीं और से भी फ़ुरक़ान की कोई खबर आती तो वो बहाना बना कर खुद को और बाकी फ़ौजी दस्तों को वहाँ ऑपरेशन करने से रोक देता।

आख़िर दो चार दफ़ा बात करने के बाद फ़ुरक़ान भी ऋषभ की बातों में आकर उससे मिलने के लिए राज़ी हो गया था। मगर उसने श्रीनगर आने से साफ़ मना कर दिया। उसे डर था कि कहीं सुरक्षा बलों का कोई दस्ता उसे रास्ते में ही ना पकड़ ले।

इसके अलावा उसने ऋषभ के सामने अकेले मिलने आने की भी शर्त रख दी। आख़िरकार बहुत टाल-मटोल और खींचातानी के बाद दोनों बारामूला में मुलाक़ात करने के लिए राज़ी हो गए।

''बारामूला में सैंट जोसफ़ हॉस्पिटल है। उसके सामने मिलते हैं। अगले रविवार को तीन बजे। रुखसार को अपने साथ रखना। और देखो फेरन मत लगा कर आना। वो क्या हैं ना कि फेरन के अंदर छुपाए हुए हथियार का अंदाज़ा नहीं होता।'' ऋषभ ने उसको ये सब हिदायतें दीं तो फ़ुरक़ान हँसने लगा था।

बारामूला शहर के पास बने सैंट जोसफ़ हॉस्पिटल में अक्सर भारी भीड़ रहती थी। वहीं सड़क के पार कुछ कदम दूर एक छोटा-सा फ़ौजी कैंप भी था। ये मुलाकात ऋषभ पूरी सावधानी के साथ करना चाहता था और इसलिए उसने यह जगह बड़ी सोच-समझ कर चुनी थी।

उस रविवार को सुबह से ही ऋषभ की टीम ने उस पूरे इलाके का चोरी-छिपे मुआयना करना शुरू कर दिया था। बिना वर्दी के कुछ सिपाही इलाज करवाने आए लोगों की भीड़ में शामिल थे। ऋषभ खुद किसी स्थानीय कश्मीरी की तरह हॉस्पिटल के पार्क में लगी एक बेंच पर बैठ गया था। अपनी पिस्तौल उसने सलीके से जैकेट के अंदर छुपाई हुई थी।

फ़ुरक़ान रुख़सार के साथ थोड़ा देरी से आया। शायद वो भी इलाक़े की अपने तरीके से निगरानी कर रहा था। जब उसे यकीन हो गया कि आस-पास फ़ौज का कोई खतरा नहीं है तभी वो हॉस्पिटल के सामने बताई हुई जगह पर पहुँचा था। दोनों को ही एक-दूसरे पर भरोसा नहीं था। उनके बीच की कड़ी थी रुख़सार जिसके दिलो दिमाग में खुद बड़ी कशमकश थी। आज उसने काला बुर्का पहना हुआ था। उसके पहने हुए लाल रंग के सुंदर सैंडल ऋषभ के लिए उनकी पहचान की निशानी थे। रुख़सार को कभी-कभी अचंभा होता था कि ऋषभ कैसे सब कुछ इतनी तरकीब और तफ़सील से सोचता है।

उस पहली मुलाक़ात में तीनों ही बहुत असहज थे। इस बार ऋषभ ने उन दोनों को नए सिरे से समझाने की कोशिश की। उसने भरोसा दिलाया कि अगर फ़ुरक़ान उनकी मदद करे तो वो दोनों को वापिस पाकिस्तान भेज सकते हैं ताकि वो अपनी ज़िन्दगी एक साथ बसर कर सकें।

''मैं तुम्हारे जवाब का इंतज़ार करूँगा। ज़्यादा वक़्त नहीं है हमारे पास फ़ुरक़ान। बाकी तुम दोनों की मर्ज़ी है।''

इस मुलाकात ने फ़ुरक़ान को बहुत असमंजस में डाल दिया था। एक तरफ़ रुख़सार की मोहब्बत थी और दूसरी तरफ़ उसके मुजाहिद साथियों का भरोसा। उसने सोचने में थोड़ा वक़्त लिया। इस उधेड़-बुन की बड़ी वजह यह थी कि वो इस खानाबदोशी की ज़िन्दगी से परेशान हो चुका था। अपने मुल्क वापिस जाने का और घर बसाने का लालच बहुत लुभावना था।

वैसे पहले भी तो कई मुजाहिद तीन-चार साल यहाँ लगा कर वापिस गए थे और तंज़ीम के मुख्तलिफ़ काम संभाल रहे थे। ऐसे मुजाहिदों की तो पाकिस्तान में बहुत इज़्ज़त भी होती थी। फ़ुरक़ान के दिलो-दिमाग में अब कई मनसूबे पनपने लगे थे। उसे लगा कि अगर वो तंज़ीम से बात करे तो शायद वो इजाज़त भी दे दें लेकिन जब उसने मुज़्ज़फ़राबाद में तंज़ीम के ओहदेदारों से अपनी वापसी के बारे में ज़िक्र किया तो उन्होंने उसे कुछ वक्त और कश्मीर में बिताने को कहा था।

आख़िरकार बहुत सोचने के बाद उसने रुख़सार के ज़रिए ऋषभ को ये पैग़ाम भेज ही दिया कि वो मदद करने को तैयार है बशर्ते उस पर कोई आंच न आये।

बस उस दिन से ऋषभ ने फ़ुरक़ान से अपने हिसाब से काम करवाना शुरू कर दिया।

''सब से पहले तुम वहाँ पर बैठे लश्कर के बाकी कमांडर से राब्ता करने का तरीका बदलो। वो तुम्हें बहुत मानते हैं। अब तुम उनको यकीन दिलाओ कि तुम अपना नेटवर्क बढ़ा रहे हो। इसके लिए यहाँ पर उनके जो लोग हैं उनके बारे में जितनी ज़्यादा खबर हो सके वहाँ से हासिल करो। उनको ये भी बताना कि इसी वजह से आजकल तुम्हें ज़्यादा हरकत करनी पड़ती है। और आज के बाद तुम फ़ौज पर कोई हमला या गलत कार्यवाही मत करना।''

इसी तरह दिन गुज़रते गए। फ़ुरक़ान तो वैसे ही बहुत होशियार था। वो पाकिस्तान में तंज़ीम से राब्ता करता और उनकी सब बातें ऋषभ को बताता। वो दोनों बहुत होशियारी से एक-दूसरे से सिर्फ़ फ़ोन और इंटरनेट पर चैट करते थे ताकि किसी को कोई शक न हो।

अक्सर रुख़सार ऋषभ की बताई हुई जगह पर उससे मिलने आती थी। वो तीनों यह जानते थे कि अगर इस बात की किसी को ज़रा भी भनक लग जायेगी तो यह पूरा खेल शुरू होने से पहले ही खत्म हो जाएगा।

~

ऋषभ को यकीन था कि इस पूरी योजना में कश्मीर पुलिस को साथ लेना भी बेहद ज़रूरी है लेकिन पुलिस को सब कुछ बताने में खतरा भी था। इस पूरे चक्रव्यूह में मामले की गोपनीयता को कायम रखना सबसे ज़्यादा ज़रूरी था। यही सोच कर उसने अपना अगला दांव फेंका।

''जावेद क्या हाल है। कहाँ गायब हो। हज पर तो नहीं चले गए।'' उसने अपने दोस्त एस.पी. जावेद को फ़ोन लगाया।

''सब खैरियत है सर। गायब तो आप हो गए। लगता है बहुत मसरूफ़ हो आजकल। आपसे मुलाकात ही नहीं होती।''

''अरे ऐसा कुछ नहीं है। आज शाम को मिलते हैं। कुछ बात करनी है।''

जावेद इतना तो सयाना और तजुर्बेकार था कि वो झट से समझ गया कि बात कुछ ख़ास ही है। वैसे भी पुलिस वालों का सिक्स्थ सेंस बहुत तेज़ होता है। वह ऋषभ के पास ठीक पाँच बजे पहुँच गया। उन दोनों के ताल्लुक़ात इतने अच्छे थे कि उन्हें किसी औपचारिकता और आवभगत की ज़रूरत नहीं थी।

''देखो जावेद, हमने अब तक बहुत आतंकवादी मारे हैं और आगे भी मारते रहेंगे। पर ये फ़ुरक़ान का केस कुछ अलग है। हम फ़ुरक़ान की जान बचा सकते हैं। उसको नयी ज़िन्दगी दे सकते हैं और इसमें सबका फ़ायदा है।''

''वो तो है सर लेकिन हम उसके लिए अगर इतना सब कर रहे हैं तो उसको भी तो थोड़ा तावुन करना चाहिए। हमारा भी कुछ काम करे। हम उसको ज़िन्दगी बख़्श रहे हैं तो वो भी अपने तीन-चार साथियों की जान हमारे हवाले कर दे। तभी तो दोनों का फ़ायदा होगा। ठीक है ना सर।'' जावेद पक्का पुलिसिया था। बिना सौदे के कोई काम नहीं करना चाहता था।

''अरे यार, वो बाद में देखेंगे। तुम बस अपने डिपार्टमेंट को संभालो। एक बार फ़ुरक़ान काबू में आ जाये तो फिर आगे का सोचेंगे कि क्या काम लेना है।''

ऋषभ जानता था कि पुलिस की मदद के बगैर वह इस मामले में आगे नहीं बढ़ सकता और जावेद पर भरोसा करने के अलावा कोई चारा नहीं था।

जावेद ने जाते हुए जो सलाह दी थी वो ऋषभ के कानों में बहुत देर तक गूँजती रही थी।

"देख लेना सर, कुछ गड़बड़ न हो जाये। इन सालों का यूँ भरोसा करना ठीक नहीं है।"

"हाँ-हाँ ठीक है। लेट्स सी। बस तुम मेरी थोड़ी मदद करो। अगर कभी उसकी कोई खबर आये तो ऑपरेशन करने मत भाग जाना। फ़ुरक़ान को कुछ दिन थोड़ा चैन से बैठने दो। उसका भरोसा जीत लेना ज़रूरी है। आख़िर हमें बड़ी गेम जो खेलनी है।"

इन्सानी ज़िंदगियों के इतने संजीदा मसलों को सिर्फ़ एक गेम समझना ऋषभ को खुद थोड़ा अजीब-सा लगा था लेकिन अब जो भी हो उसे सिर्फ़ यही जुनून था।

जावेद के कारण पुलिस की तरफ़ से तो ऋषभ मुत्मइन हो गया था लेकिन फ़ौज के आला अफ़सरों को राज़ी करना उससे भी मुश्किल था। बादामी बाग में कमांडर साहब को जब ये प्लान बताया गया तो वो थोड़ा तिलमिला उठे थे।

"नो वे। ये पाकिस्तान से अपना घर छोड़ कर सिर्फ़ हमारे देश और हमारी फ़ौज को नुक़सान पहुँचाने आया है और तुम इसकी हिमायत कर रहे हो। इतने सालों में इसने पता नहीं कितनी बार फ़ौज पर फायरिंग की होगी और तुम कह रहे हो कि हम इसे ज़िंदा वापिस भेज दें। क्योंकि वो यहाँ जिहाद की बजाय इश्क़ फ़रमा रहा है।"

"आई अंडरस्टैंड सर।" ऋषभ को कमांडर साहब की सोच का तुरंत ही अंदाज़ा हो गया था।

"सर हम उसको वापिस अपनी शर्तों पर भेजेंगे। उससे काम लेंगे। देयर विल बी नो फ्री लंचेस सर।"

यह बात सुन कर कमांडर साहब थोड़ा नरम हो गए थे।

"लेट्स सी। लेकिन वो है कहाँ। और कैसे मदद करेगा हमारी। जब तक वो खुद को साबित नहीं करेगा तब तक वी आलसो वोंट हेल्प।"

ऋषभ ने कमांडर साहब को यह नहीं बताया था कि वो फ़ुरक़ान से मिल चुका है और कई बार तो उसने फ़ुरक़ान को अपने पास ही रखा है। उसे डर था कि कमांडर साहब उसको फ़ुरक़ान की गिरफ़्तारी का हुकुम ही ना दे दें। या फिर क्या पता वो उस से मिलने की ख़्वाहिश ही ना कर बैठें। इसलिए उसने उनको रुख़सार के बारे में भी पूरे तरीके से नहीं बताया था।

ऋषभ को वैसे भी किश्तों में सच बोलने की आदत पड़ चुकी थी। और इस पूरे मामले में उसे कमांडर साहब की रज़ामंदी चाहिए थी। दखलअंदाज़ी नहीं।

अब वो अक्सर रुख़सार और फ़ुरक़ान से मिलता था। धीरे-धीरे दोनों को ऋषभ पर भरोसा होने लगा था और वो ऋषभ की हर बात मानने लगे थे।

''सच बताओ फ़ुरक़ान, तुम्हारे लिए इस तरह सब कुछ छोड़ देना बहुत मुश्किल होगा ना। खास कर अपने साथियों के राज़ हमें बताना। उनको नुकसान पहुँचाना।'' ऋषभ ने अपनी इस बात को बड़ा नाप-तोल कर फ़ुरक़ान के सामने रखा था।

''मुश्किल तो है साहब। पर सच कहूँ तो कोई ज़्यादा गिला भी नहीं है। जब हम पाकिस्तान में थे तो हमें बताया गया था कि यहाँ मुसलमानों पर बहुत जुल्म हो रहा है। उनको नमाज़ तक पढ़ने की भी इजाज़त नहीं है। मस्जिदों में ताले लगे हैं।''

''लेकिन जब मैं यहाँ पहुँचा तो मुझे हालात बिलकुल अलग दिखाई दिए। यहाँ तो हर मोहल्ले की अपनी मस्ज़िद है और हर किस्म की अजान सुनाई देती है। हमें सिखाया गया कि कश्मीरियों के हक की लड़ाई लड़नी है और यहाँ हम किसी के घर में इस डर से नहीं बैठते कि कोई कश्मीरी हमें मरवा न दे। साहब वैसे तो जिहाद हर मुसलमान का फ़र्ज़ है लेकिन यक़ीनन ये वो जिहाद नहीं है।''

''खैर मेरी छोड़ो। यह बताओ कि आपको अजीब नहीं लगता। आपके दुश्मन मुल्क से आपकी फ़ौज के खिलाफ़ लड़ने आया पाकिस्तानी आतंकी आपके साथ इतने आराम से गुफ़्तगू कर रहा है। आपके जवान मेरी मेहमाननवाज़ी कर रहे हैं। कैसा महसूस होता होगा इनको और आपको।'' फ़ुरक़ान की बातों में बड़ी संजीदगी थी।

''कुछ गलत नहीं लगता नवीद। यही तो हमारी फ़ौज की ख़ासियत है। हम मारने से ले कर बचाने तक का काम बखूबी करते हैं।''

ऋषभ ने पिछले कुछ दिनों से जान-बूझ कर फ़ुरक़ान के असली नाम का इस्तेमाल करना शुरू कर दिया था। उसने रुख़सार को भी ऐसा ही करने को राज़ी कर लिया था। उसके ख़याल में फ़ुरक़ान को मिटाने की शुरुआत उसके नाम से करना बहुत ज़रूरी था।

अगले चार महीने में फ़ुरक़ान की बदौलत फ़ौज को कई सफलताएँ मिलीं। ऋषभ की टीम के पास फ़ुरक़ान के हवाले से आतंकी गतिविधियों की बहुत खबरें आ रही थीं लेकिन फ़ुरक़ान पर किसी को शक न हो इसलिए वो बहुत सावधानी से उन खबरों का इस्तेमाल करते। वो कई बार सब कुछ पता होने के बाद भी ऑपरेशन नहीं करते और कई बार जान-बूझ कर गलत जगह ऑपरेशन कर देते।

इस दौरान फ़ुरक़ान की बेसब्री थोड़ी बढ़ रही थी। उसने तंज़ीम वालों को अपने वापिस पाकिस्तान आने के इरादे का ज़िक्र कर दिया था। वो राज़ी भी हो गए

थे लेकिन हमेशा फ़ुरक़ान को वापिस आने से पहले किसी बड़े काम को अंजाम देने की बात कहते थे।

ऋषभ को भी फ़ुरक़ान की हालत का अंदाज़ा था। लश्कर का वादी में अच्छा-खासा नेटवर्क था और वो ज़्यादा देर तक पाकिस्तानी आकाओं को अँधेरे में नहीं रख सकता था। इसलिए वो अक्सर फ़ुरक़ान का हौसला बढ़ाने की कोशिश करता रहता।

"तुम घबराओ मत। हम जल्दी ही कुछ तरीक़ा निकाल लेंगे। तुम यह बताओ नवीद कि जिहाद करना मुश्किल है या इश्क़ करना।" ऋषभ के इस तरह चतुराई से बात बदलने पर नवीद हल्का-सा मुस्कराया था।

"साहब सबसे मुश्किल है जिहाद में इश्क़ करना। काश कि जिहाद भी इश्क़ की तरह होता। करना नहीं पड़ता। बस हो जाता।"

उन दोनों की बातों को चुपचाप सुन रही रुख़सार से तब रहा नहीं गया था।

"आप दोनों भी ना बस। अल्लाह को आपके हाथों में बन्दूक नहीं कलम थमानी चाहिए थी।" रुख़सार आजकल ऋषभ को सेना का अफ़सर कम और अपना दोस्त ज़्यादा समझने लगी थी।

"नवीद को आप जल्दी वापिस भेजो ना प्लीज़। अब डर लगने लगा है।" रुख़सार ने एक बार फिर गुज़ारिश की।

वैसे ऋषभ अपनी तरफ़ से पूरी कोशिश कर रहा था लेकिन उसके कई बार समझाने के बावजूद उसके आला कमांडर तैयार ही नहीं हो रहे थे। उनके ख़याल में फ़ुरक़ान से ज़्यादा-से-ज़्यादा काम लेने के बाद उसको ठिकाने लगा देना ही ठीक था। इससे ये भी साबित हो जाता कि पाकिस्तानी जिहादी कश्मीर में आ तो सकते हैं लेकिन बच कर वापिस जा नहीं सकते।

दिन बीते जा रहे थे और फ़ुरक़ान को वापिस भेजने का निर्णय लेने पर उच्च अधिकारी टाल-मटोल कर रहे थे। फ़ुरक़ान भी बहुत बेचैन था। वो अक्सर ऋषभ से सवाल करता।

"क्या हुआ साहब? कुछ तय हुआ या नहीं। मुझे तो लगता है कि आप मेरा एनकाउंटर कर दोगे। वैसे आर्मी का तो काम है ही आतंकवादियों को मारना।" फ़ुरक़ान के ऐसे कटाक्ष करने से भी ऋषभ पर कोई असर नहीं पड़ा था। उल्टा वो उसे फिर से भरोसा दिलाने की कोशिश करने लगा था।

"देखो नवीद, हमारा काम आतंकवाद को खत्म करना है और अगर किसी आतंकवादी को ज़िंदा रख कर आतंकवाद खत्म होता है तो फिर इससे अच्छी बात

क्या होगी। और तुम तो वापिस जाओगे चाहे इसके लिए मुझे कुछ भी करना पड़े।''

ऋषभ के पास वक़्त कम था। वो इस साल बर्फ़ गिरने से पहले कुछ-न-कुछ करके अपनी योजना को अंजाम देना चाहता था। लेकिन फ़ौज के आला अफ़सर इतनी आसानी से कहाँ मानने वाले थे। हालाँकि फ़ुरक़ान ने कई उम्दा खबरें फ़ौज को दी थीं लेकिन उनके विचार में अब भी किसी पाकिस्तानी आतंकवादी पर भरोसा करना ठीक नहीं था।

बात बहुत ऊपर तक गयी। मामला संगीन था। ऋषभ ने सबको यकीन दिलाया कि फ़ुरक़ान ने जिस तरह अब तक उनकी बहुत मदद की है वैसे ही आगे भी करेगा। सोने के अंडे देने वाली मुर्गी को मारने जैसे मुहावरे से तुलना भी की थी। एक बार तो उसने तैश में आकर अपना इस्तीफ़ा देने की पेशकश भी कर दी थी।

ये कुछ ऋषभ की ज़िद का असर था। कुछ उसकी अच्छी छवि का और कुछ शायद किस्मत का चमत्कार कि आख़िरकार फ़ुरक़ान को वापिस भेजने की अनुमति मिल ही गयी। बदामी बाग में कमांडर साहब ने खुद ऋषभ को बुलाकर ये हुकुम दिया था।

''तुम्हारा प्रस्ताव मान लिया गया है ऋषभ। लेकिन एक शर्त है। वो अपने हथियार के साथ वापिस नहीं जायेगा। रास्ते में कुछ गड़बड़ कर दी तो कौन ज़िम्मेवारी लेगा।'' कमांडर साहब ने दो टूक लहज़े में अपना निर्णय सुना दिया।

''बट सर। वो ऐसे खाली हाथ कैसे जायेगा। वहाँ पर लश्कर वालों को शक हो जायेगा। वैसे भी वो आजकल इससे कुछ ज़्यादा ही सवाल पूछ रहे हैं।''

''एंड सर मेरे ख़याल से हमें ये सब ठीक वैसे करना चाहिए जैसे कि आम तौर पर कोई वापिस जाने वाला आतंकी करता है। प्लीज़ सर। सिर्फ़ एक ही एके-47 का तो सवाल है। ले जाने दीजिए। क्या फ़र्क पड़ता है।'' ऋषभ की बातों में बहुत जज़्बा था।

~

''तुम बहुत ज़िद्दी हो ऋषभ। ठीक है। उसे हथियार भी ले जाने दो। लेकिन अगर रास्ते में इसको बोर्डर पर लगे हमारे अम्बुश में से किसी ने ठोक दिया तो मुझसे शिकायत मत करना।'' कमांडर साहब को अब भी फ़ुरक़ान का यूँ ज़िंदा वापिस जाना पच नहीं रहा था।

''थैंक यू सर। आई विल मैनेज दैट।''

अब तो ऋषभ की ख़ुशी का ठिकाना नहीं था। आख़िर वो दिन आ ही गया जिसके लिए उन्होंने इतनी मेहनत की थी। ये तो उन्होंने पहले ही तय कर लिया था कि

गुरेज़ के इलाक़े से फ़ुरक़ान वापिस जायेगा। उसने फ़ुरक़ान को तैयार रहने के लिए बता दिया और अपनी तरफ़ से सारे बंदोबस्त करने को कहा।

इन सब तैयारियों में कुछ दिन लगे। अब फ़ुरक़ान की खबरों पर ऋषभ ने ऑपरेशन करवाना बंद कर दिया था। वो लश्कर को आख़िरी मौकों पर शक करने का कोई मौका नहीं देना चाहते थे।

इसके बाद उसने फ़ुरक़ान और रुख़सार को श्रीनगर में एक महफ़ूज़ जगह पर रहने के लिए बुला लिया। फ़ुरक़ान ने कुछ दिनों तक वहीं से लश्कर के दफ़्तर से संपर्क रखा।

अब सब कुछ तय हो चुका था। जब ऋषभ और फ़ुरक़ान श्रीनगर से गुरेज़ की ओर जाने को निकले तो रुख़सार की आँखें बहुत नम थीं। मानो पूरा झेलम दरिया ही उनमें उमड़ आया हो।

फ़ुरक़ान के चेहरे पर कोई शिकन न थी। उसको नहीं पता था कि आगे क्या होने वाला है। उन दोनों को ऋषभ पर बहुत यकीन था लेकिन फिर भी दोनों थोड़ा बेचैन भी थे। उन्हें ये भी नहीं पता था कि फिर कब मुलाकात होगी। और ये भी नहीं पता था कि मिलेंगे भी या नहीं। फ़ुरक़ान को लाइन ऑफ़ कंट्रोल को अपने बलबूते पर पार करना था। वहाँ दोनों तरफ़ फ़ौज थी और उधर कब क्या हादसा हो जाए ये सिर्फ़ खुदा ही जानता है।

''जानते हो नवीद। गुरेज़ की खासियत क्या है।''

''हाँ-हाँ साहब। सुना है बड़ा खूबसूरत और वीरान इलाका है। ऊँचे पहाड़। गहरे नाले। घने जंगल और उनमें छुपकर पार जाने के अनगिनत रास्ते हैं वहाँ। हमारे कई साथी वहीं से तो अंदर आते हैं।''

''हाँ वो तो है लेकिन वहाँ पर हब्बा खातून की पहाड़ी भी है। कश्मीर के इतिहास की सबसे मशहूर गायिका। उसकी और राजा युसूफ चाक की मोहब्बत से भरी दास्तां को बयान करता है गुरेज़। कहते हैं कि अपने प्रेमी की याद में हब्बा खातून यहीं आँसू बहाते हुए घूमती थी।''

रुख़सार ये सुन कर सहम गयी थी और उसके आँसुओं ने और भी तेज़ रफ़्तार पकड़ ली थां। वैसे ऋषभ के दिल में भी एक अजीब-सा डर था।

आज उसकी ज़िन्दगी का सबसे अहम ऑपरेशन था। तकरीबन चार घंटे का रास्ता था गुरेज़ का। हमेशा हँसते हुए बातें करने वाला ऋषभ चुप था।

~

''क्या हुआ साहब। आपकी ख़ामोशी बहुत खौफ़ पैदा कर रही है। कहीं आपने इरादा बदल तो नहीं दिया।'' फ़ुरक़ान के मज़ाक को ऋषभ ने नज़रंदाज़ कर दिया था।

''नहीं नवीद। बीते दिन याद कर रहा हूँ। और आगे आने वाले वक्त के बारे में सोच रहा हूँ। पता नहीं क्या होगा। तुम थोड़ा सो जाओ। रात को आराम का बिलकुल मौका नहीं मिलेगा।''

''नहीं साहब, आज नींद नहीं आएगी और फिर आज के बाद आपसे मुलाक़ात भी पता नहीं कब होगी।''

''मुलाकात तो मुश्किल है नवीद लेकिन मैंने जैसे समझाया है वहाँ पहुँच कर ठीक वैसा ही करना। भूल मत जाना हमें।'' ऋषभ ने उस पर भरोसा तो कर लिया था लेकिन पाकिस्तान पहुँच कर वो अगर अपने मदद करने के वादे से मुकर जाए तो वो कुछ नहीं कर सकते थे। सिवाय रुख़सार को यहीं रोक कर। लेकिन क्या फ़ुरक़ान ने इतने सारे समझौते मोहब्बत की खातिर किए थे या सिर्फ़ अपनी जान बचाने की खातिर इसका जवाब सिर्फ़ फ़ुरक़ान ही जानता था।

इसी तरह की अपनी-अपनी उल्टी-सीधी सोचों में डूबे वो दोनों उस उबड़=खाबड़ रास्ते पर चन्द घंटे गुज़ारने के बाद गुरेज़ पहुँच गए। वहाँ से थोड़ी दूर तक पहाड़ी रास्ता था जिस पर पैदल सफ़र करना था। रात और गहरी हो चली थी। हल्की-हल्की सर्द हवा भी चल रही थी।

''यहाँ से तकरीबन दो किलोमीटर दूर है लाइन ऑफ़ कंट्रोल। उसी के पार लोसर गाँव है जहाँ पर तुम्हें जाना है। यह जो नाला है ना। बस इसी में चलते रहना। बिना किसी शोर-शराबे के। नाले के ठीक ऊपर हमारी दो चौकियाँ हैं और उस तरफ़ उनके ठीक सामने पाकिस्तानी फ़ौज की। थोड़ा ध्यान से जाना।'' ऋषभ ने इलाके की वाकफ़ियत कराते हुए कहा।

''ठीक है साहब, उस पार तो मैंने बता दिया है। तंज़ीम वाले मेरा इंतज़ार कर रहे होंगे। बस आप इस तरफ़ का ख़याल रखना। ऐसा ना हो कि कल अखबार की सुर्खियों में सरहद पर एक घुसपैठिए की मौत की खबर छपी हो।''

''खुदा पर भरोसा रखो नवीद। अब तुम जाओ। हमारा साथ शायद यहीं तक था।''

उस अंधेरी रात में जल्द ही फ़ुरक़ान उसकी आँखों से दूर हो गया था। ऋषभ के दिल में किसी अनहोनी होने का अंदेशा अब भी था। लाइन ऑफ़ कंट्रोल पर सेना के सिपाही हमेशा मुस्तैद रहते थे। ऐसे में रात को किसी भी तरह की हरकत होती देख

कर उनका कार्रवाई करना लाज़िमी था।

ऋषभ अपने साथियों के साथ अगले कुछ घंटे वहीं रुका रहा। उस दौरान कोई फ़ायरिंग की आवाज़ नहीं होने का मतलब था कि कोई हादसा नहीं हुआ है। लेकिन फ़ुरक़ान का वहाँ पर पहुँच कर क्या हश्र हुआ होगा इसका ऋषभ को बिलकुल अंदाज़ा नहीं था।

वापिस लौटने के बाद अब उसे बस फ़ुरक़ान के सन्देश का बेसब्री से इंतज़ार था। इसी इंतज़ार में कई दिन बीत गए। इस दौरान रुख़सार अक्सर ऋषभ से फ़ोन पर बात करती। उसको भी फ़ुरक़ान की चिंता हो रही थी। ऋषभ को अब उसका रोना सुनने और उसको सांत्वना देने की आदत हो गई थी।

फिर एक दिन अचानक रुख़सार उस से मिलने सीधे उसके दफ़्तर आ गयी।

"अरे रुख़सार, बिना बताए सुबह-सुबह अचानक यहाँ। सब ठीक तो है।"

"हाँ-हाँ, सब बिलकुल ठीक है। मैंने आने से पहले फ़ोन नहीं किया क्योंकि मैं आपसे खुद मिल कर आपको ये बताना चाहती थी। कल नवीद से बात हुई। उसका कॉल आया था। वह बिलकुल ठीक है। उसको जाने के बाद थोड़ी परेशानी ज़रूर हुई। वहाँ लोगों को ज़रा शक था कि वह इस तरह अकेला कैसे वापिस आ गया। उन्होंने तफ़्तीश भी की लेकिन नवीद ने अपने जवाबों से सबको मुत्मइन कर दिया।" रुख़सार का चेहरा ख़ुशी से झूम रहा था।

"अरे वाह! ये तो बड़ी खुश खबरी है। सब खुदा की रहमत है। अब तुम भी तैयारी करो। पासपोर्ट तो पहले ही बना लिया था। बस अब वीज़ा लगवाना है। जल्दी-से-जल्दी इसको करने की कोशिश करेंगे। और देखो इस बात का ज़िक्र यहाँ पर किसी से भी न करना। अपनी प्रेम कहानी का ढिंढोरा मत पीटना। समझी।" ऋषभ ने रुख़सार को तैयारियाँ करने की हिदायत तो दे दी थी लेकिन जो सवाल उसके मन में फ़ुरक़ान को लेकर था वही दुविधा रुख़सार के जाने के बारे में भी थी। इसके पाकिस्तान जाने के बाद तो ऋषभ के पास कोई भी तरीका नहीं रह जाता फ़ुरक़ान से काम निकालने का। मगर उसने मन-ही-मन खुद को इस तरह सोचने के लिए डांटा और फिर खुद को याद दिलाया कि ये सारा मामला सिर्फ़ भरोसे की बुनियाद पर टिका हुआ था।

कुछ दिनों में वीज़ा भी आ गया। ऋषभ खुद रुख़सार को श्रीनगर एयरपोर्ट तक छोड़ने गया था। दोनों रास्ते भर खामोश थे और मायूस भी। शायद यह सोचकर कि वो हमेशा के लिए बिछड़ने वाले हैं।

''आपसे एक बात पूछूँ। क्या आपको सच में लगता है कि मुझे यहाँ सब कुछ छोड़ कर पाकिस्तान चले जाना चाहिए।'' एयरपोर्ट पहुँचने पर जब रुख़सार ने यह सवाल किया तो ऋषभ थोड़ा सकपका गया था।

''तुम्हारी मर्ज़ी है रुख़सार। अगर रुकना चाहती हो तो रुक जाओ। लेकिन यह याद रखना कि नवीद ने सिर्फ़ तुम्हारे लिए इतना जोखिम भरा फ़ैसला लिया था।'' ऋषभ के सोचे हुए प्लान में इस तरह के असमंजस की कोई जगह नहीं थी लेकिन वो फिर भी रुख़सार को अपने फ़ैसले खुद लेने देना चाहता था।

''हाँ, आप सही कह रहे हो। मैं भी अजीब बेवकूफ़ हूँ। मुझे जाना चाहिए। वैसे फ़्लाइट का टाइम भी हो गया। वहाँ पहुँच कर किसी तरीके से राब्ता करूँगी। मेरे घर वालों का ख़याल रखना। प्लीज़।''

''अरे चिंता मत करो। खुशी-खुशी जाओ। पता है रुख़सार, तुमने आख़िर यह साबित कर ही दिया कि मोहब्बत की कोई सरहद नहीं होती।''

''वैसे यह सब आपकी वजह से ही तो हुआ। आपने भी यह साबित कर दिया कि ख़्वाबों की भी कोई सरहद नहीं होती।'' ऋषभ से दूर जाते वक़्त रुख़सार की खूबसूरत आँखों में फिर से एक सैलाब उमड़ पड़ा था।

इसी तरह फ़ुरक़ान और रुख़सार की नयी ज़िन्दगी की शुरुआत हुई। उनको थोड़ी दिक्कतें ज़रूर आईं लेकिन धीरे-धीरे सब ठीक हो गया। ऋषभ ने कई दिन उनके संदेशे का इंतज़ार किया लेकिन उनकी तरफ़ से किसी तरह की खबर जल्दी से ना आने का कारण वो समझता था। उसने ही तो जाते वक़्त उनको सावधानी से रहने की हिदायत दी थी।

उच्च अधिकारियों द्वारा उससे जब भी फ़ुरक़ान के बारे में पूछा जाता तो उसके पास कहने को कुछ नहीं होता।

''वी टोल्ड यु, तुम भी बहुत जज़्बाती हो ऋषभ। उन्होंने सिर्फ़ तुम्हारा फ़ायदा उठाया। वहाँ बैठ कर वह हमारी कोई मदद नहीं करेगा। देयर इज़ नो प्लेस फोर इमोशंस इन दिस गेम।''

अगले साल जैसे ही बर्फ़ पिघली तो अथमुकाम से लश्कर-ए-तैयबा के आठ आतंकवादियों के एक ग्रुप ने लाइन ऑफ़ कंट्रोल से घुसपैठ करने की कोशिश की।

तार काटने के बाद जैसे ही वो अंदर दाखिल हुए तो गेल गली के पास पहले से ही छुपे हुए भारतीय सेना के सिपाहियों ने उन पर घात लगा कर हमला कर दिया। आतंकवादियों को जवाबी कार्यवाही करने का मौका भी नहीं मिला और सभी

आतंकवादी बिना मुक़ाबला किये मारे गए। सुरक्षा बलों के लिए यह बहुत बड़ी सफलता थी।

बादामी बाग में कमांडर साहब ने खुद ऋषभ को शाबाशी दी थी।

"वेल डन ऋषभ, इतनी पक्की खबर होने के कारण ही यह ऑपरेशन इतनी आसानी से कामयाब हुआ।"

"थैंक यू सर। मैंने आपसे कहा था ना कि फ़ुरक़ान को वापिस भेजने में ही हमें ज़्यादा फ़ायदा है। एंड बिलीव मी सर। यह तो बस शुरुआत है।"

हम क्या चाहते...आज़ादी

सन् 2011 में मार्च का महीना था। मेजर विमल छुट्टियाँ मनाने भोपाल आया हुआ था। उसे भोपाल बहुत पसंद था। खासकर शाम को शहर के बीचोंबीच वाली बड़ी झील के किनारे बैठ कर चाय पीना। उस दिन भी वो वहीं पर यूँ ही टहल रहा था जब उसे सेना मुख़्यालय से अचानक फ़ोन आया। और यह आदेश मिला कि उसकी पोस्टिंग जम्मू-कश्मीर में हो गई है।

वैसे तो सिर्फ़ ढाई साल पहले ही उसका तबादला जम्मू-कश्मीर से जयपुर हुआ था लेकिन जयपुर के बेरुखे मौसम और सरकारी दफ़्तरों की कागज़ी लड़ाई से परेशान विमल को वापिस कश्मीर वादी में जाने की बहुत तमन्ना थी। पता नहीं क्यों उसे यह लगता था कि जम्मू-कश्मीर जैसे दुर्गम इलाके में ही फ़ौज की असली रोमांच भरी ज़िन्दगी बसर की जा सकती है।

यूँ भी भारतीय सेना में यह अक्सर कहा जाता है कि यू कैन टेक ए आर्मी मैन आउट ऑफ़ कश्मीर बट यू कैन नॉट टेक कश्मीर आउट ऑफ़ ए आर्मी मैन। यानि आप एक फ़ौजी को तो कश्मीर से बाहर निकाल सकते हैं लेकिन एक फ़ौजी के भीतर से कश्मीर को नहीं निकाल सकते।

आराम से छुट्टियाँ बिता रहे मेजर विमल की खुशियों में अब और इज़ाफ़ा हो गया था। आख़िर उसका इंतज़ार जो खत्म होने को था। विमल की कश्मीर में यह तीसरी पोस्टिंग थी और वो इस बार उत्तर कश्मीर के निहायत ही खूबसूरत और ऐतिहासिक शहर बारामूला में जा रहा था।

बारामूला जिसे कुछ लोग उसके पुराने नाम वरमुल से भी जानते हैं कश्मीर के सबसे पुराने शहरों में से एक है। कहते हैं कि आदिकाल मे पूरी कश्मीर घाटी सतीसर नामक झील थी जिसमें जलोद्रव नाम के एक राक्षस ने भय और आतंक का माहौल फैलाया हुआ था। तब ऋषि कश्यप की गुहार पर भगवान विष्णु ने इसी बारामूला के पास वराह का रूप धारण कर के अपने दाँत यानि मूल से कड़ा प्रहार कर के एक बड़ी सी दरार पैदा की जिससे झील का सारा पानी बह गया और कश्मीर घाटी उभर कर

ऊपर आ गई। इसलिए इस जगह का नाम वरमूल पड़ा था।

इतने प्राचीन इतिहास की धरोहर अपने सीने में समाए बारामूला का इलाका कश्मीर का आध्यात्मिक और सांस्कृतिक केंद्र बिंदु भी माना जाता रहा है।

1947 में जब पाकिस्तानी फ़ौज और कबाइलियों ने कश्मीर पर हमला कर के इसे हड़पने की कोशिश की थी तो उन्होंने उरी के रास्ते बारामूला पहुँच कर ऐसी लूटमार और तबाही मचाई थी कि वहाँ के लोग अब तक उस खौफ़नाक वक्त को नहीं भुला पाए हैं।

इसके बाद 1990 के दशक में शुरू हुई आतंकवाद की पागल लहर ने बारामूला शहर को भी अपनी चपेट में ले लिया था। इस सब के बावजूद यह शहर तरक्की करता गया और अपने आकार में कई गुना बढ़ गया।

मेजर विमल की नई यूनिट इसी बारामूला शहर में तैनात थी। वह मई के पहले हफ़्ते में यूनिट में पहुँच गया था। कुछ हफ़्तों के भीतर ही उसे ऐसा महसूस होने लगा था कि मानो वो कई सालों से यहीं रह रहा हो।

उन दिनों कश्मीर के हालात थोड़ा सुधर रहे थे। बहुत मेहनत और कुर्बानियों के बाद सुरक्षा बलों ने हालात पर तकरीबन काबू पा लिया था। हालाँकि कुछ आतंकवादी संगठन अब भी सक्रिय थे लेकिन ज़्यादातर आतंकी फ़ौज के साथ एनकाउंटर के डर से छुप-छुप कर रहते थे। हाँ यह ज़रूर था कि अपनी मौजूदगी का एहसास दिलाने के लिए वह और उनके कुछ समर्थक कुछ-न-कुछ कार्यवाही करने की हमेशा कोशिश करते रहते थे।

वैसे सुरक्षा बलों की मुस्तैदी के कारण वे कुछ ख़ास नुकसान तो नहीं कर पा रहे थे लेकिन इंटरनेट का इस्तेमाल कर के भारत और इंडियन आर्मी के खिलाफ़ ऊल जलूल इल्ज़ाम लगाने व दीवारों पर "गो इंडिया गो बैक" और "हम क्या चाहते...आज़ादी" जैसे नारे लिखने और गलियों में छुट-पुट पत्थरबाज़ी करने जैसी बुज़दिलाना हरकतों में कोई कमी नहीं थी।

यह वह दौर था जब कश्मीर में सुरक्षा बलों के सामने आतंकवाद के अलावा सामाजिक अराजकता और जन विरोध भी बड़ी चुनौती बन उभरी थी। जिस तरह कश्मीर के बीचोंबीच बहती झेलम नदी का प्रवाह कहीं तेज़ और कहीं सुस्त होता था उसी तरह ही वादी में भी हालात कभी थोड़ा शांत हो जाते तो कभी बिलकुल उफ़ान पर होते। इसलिए कई लोग अक्सर यह कहते थे कि कश्मीर का दूसरा नाम अनिश्चितता है।

15 अगस्त यानी भारत की आज़ादी का दिन नज़दीक आ रहा था। जब से कश्मीर में आतंकवाद शुरू हुआ, तब से स्वतंत्रता के इस दिवस की अहमियत कुछ

ज़्यादा ही बढ़ गई थी। इस दिन अलगाववादी तत्व बंद का आह्वान करते और लोगों को घर से बाहर ना निकलने की हिदायत देते थे। सुरक्षा बल और सरकार के बाकी तंत्र इस दिन सब कुछ सामान्य रखने की कोशिश करते।

हर साल आतंकवादी भी इस दिन अपनी छाप छोड़ने के लिए मौका तलाश करते थे। उन्हें यह बखूबी इल्म था कि टेलीविज़न की ब्रेकिंग न्यूज़ और अखबार की सुर्खियों में आने के लिए इस दिन की हुई कोई छोटी सी कार्यवाही भी काफ़ी है।

मेजर विमल की यूनिट स्वतंत्रता दिवस की तैयारियों में मशगूल थी। सुरक्षा प्रबंधों के साथ-साथ लोगों की मदद करने की मुहिम भी जारी थी। दूर दराज के इलाकों में स्वास्थ्य शिविर व जगह-जगह खेल प्रतियोगिता और वृक्षारोपण जैसे काम फ़ौज वैसे तो आम तौर पर करती रहती थी लेकिन 15 अगस्त के उपलक्ष्य में ऐसे कई कार्यक्रमों का आयोजन अब और भी तेज़ी पकड़ रहा था।

विमल और उसके साथियों ने मानो 'अवाम और ज़वान अमन है मुकाम' के सिद्धांत को अपने जीवन का एकमात्र उद्देश्य बना लिया था।

जैसे-जैसे 15 अगस्त की तारीख नज़दीक आई तो सुरक्षा पर भी ख़ास तवज्जो दी जाने लगी। इस दौरान विमल थोड़ा असहज था। पूरे शहर की सुरक्षा की ज़िम्मेवारी जो थी उसके पास। कुछ अनहोनी घटना होने का शक हमेशा उसके दिल और दिमाग पर छाया रहता था।

सुरक्षा बलों को यह भी तजुर्बा था कि 14 अगस्त यानी पाकिस्तान की आज़ादी का दिन भी खासा ज़रूरी है। अक्सर कुछ शरारती तत्व इस दिन मौका देख कर पाकिस्तान का हरा झंडा फहरा देते थे। हालाँकि उनकी इस हरकत के पीछे असली वजह पड़ोसी मुल्क के लिए मोहब्बत नहीं बल्कि सुरक्षा बलों को नीचा दिखाना होता था।

लेकिन इस साल 14 अगस्त के दिन बारामूला शहर में ऐसी इक्का-दुक्का घटनाएँ ही हुई थीं। वैसे तो ये सुरक्षा बलों के लिए बड़ी कामयाबी थी लेकिन उनका असली इम्तिहान तो 15 अगस्त था।

आने वाले कल की बेचैनी के कारण विमल की आँखों की नींद पता नहीं कहाँ गुम हो गयी थी। रात के तक़रीबन साढ़े ग्यारह बजे थे जब विमल के मोबाइल फ़ोन पर अचानक से घंटी बजी। मोबाइल की स्क्रीन पर कोई अनजान सा नंबर चमक रहा था।

मेजर विमल और बाकी सभी फ़ौजी अफ़सरों को अक्सर इस तरह से फ़ोन आते थे। शहर के हर चौक पर सेना ने मोबाइल नंबर जो चिपकाया हुआ था 'इंडियन आर्मी हेल्पलाइन' के बतौर ताकि जिसको सहायता की ज़रूरत हो वो बेहिचक मदद माँग सके।

बाकी देशवासियों की तरह अपने मोबाइल को मन मर्ज़ी के मुताबिक साइलेंट मोड पर रख कर सोने की आज़ादी भारतीय सेना को कतई नहीं थी।

''साहब, मैं अफ़ज़ल बोल रहा हूँ। आप मुझे नहीं जानते लेकिन मुझे एक बहुत ज़रूरी काम है। आप मुझसे पुराने पुल पर मिल सकते हैं। अभी जल्दी-से-जल्दी। प्लीज़।''

इससे पहले विमल कुछ और पूछता अफ़ज़ल ने फ़ोन काट दिया था। इतनी हड़बड़ाहट भरी आवाज़ सुन कर विमल असमंजस में पड़ गया। उसके ज़ेहन में कई सवाल उमड़ आए थे। यह कौन अफ़ज़ल है जो इतनी रात गए मिलना चाहता है। और क्यूँ। कही कोई साजिश तो नहीं है हमें फंसाने की।

वैसे वो मोबाइल नंबर तो बारामूला का ही लग रहा था लेकिन अभी विमल के पास उसको पूरी तरह से ट्रेस करने का वक़्त नहीं था।

विमल ने थोड़ी देर सोच-विचार किया और फिर चन्द सैनिकों की टुकड़ी ले कर फ़ौरन पुराने पुल की ओर रवाना हो गया। वो जगह ज़्यादा दूर नहीं थी लेकिन इस वक्त पूरी एहतियात बरतना बहुत ज़रूरी था।

विमल ने चलने से पहले अपने कमांडिंग ऑफ़िसर को बताया और उनके ज़रिए आस-पास की चौकियों को अलर्ट भी कर दिया था।

जब वो पुल के बिलकुल नज़दीक पहुँचे तो विमल ने तय किया कि वो थोड़ी देर वहीं छुप कर बैठेंगे और इलाके का मुआयना करेंगे।

इशारे से उसने अपने सिपाहियों को चारों तरफ़ चौकसी करने को कहा। साथ चल रहे नायक राणा ने विमल के इशारे पर रात की दूरबीन निकाली और पुल की तरफ़ निगरानी करने लगा।

चारों ओर सन्नाटा था लेकिन तभी नज़दीक की गलियों से जाने कब दस-बारह कुत्ते निकल कर बेतहाशा भौंकने लगे थे। मेजर विमल ने मन-ही-मन इन कुत्तों को गालियाँ बकीं और वापिस अपना ध्यान उस पुराने पुल की ओर ले गया।

पुल के बीचोंबीच खड़े एक नौजवान लड़के की धुंधली सी तस्वीर नज़र आ रही थी। उसने ढीला-ढाला फिरन पहना हुआ था और वो बड़ी बेसब्री से इधर-उधर देख रहा था।

विमल ने थोड़ी देर तो इंतज़ार किया पर उन्हें कुछ और हरकत नज़र नहीं आई तो उसने ठाना कि वो उस लड़के के पास जायेगा।

विमल ने अपने साथियों को कवर देने को कहा और नायक राणा के साथ बड़ी

सावधानी से उसकी और धीरे-धीरे बढ़ने लगा।

''सलाम वालेकुम जनाब। मैं अफ़ज़ल हूँ। पुराने बारामूला शहर का रहने वाला। वो जलाल साहब मोहल्ला है न साहब। बस वहीं घर है मेरा। बहुत ज़रूरी बात करनी थी। इसलिए कॉल किया।''

मेजर विमल ने उस नौजवान लड़के को गौर से देखा। उसके सुंदर सफ़ेद चेहरे पर बहुत हल्की-हल्की दाढ़ी थी। लंबे कान, पैने नाक और ज़रा सी भूरी आँखें। वो तकरीबन बीस बरस का होगा लेकिन विमल ने उसको पहले कभी नहीं देखा था।

''देखो मुझे पता नहीं तुम कौन हो। फिर मैं यह कैसे मान लूँ कि तुम यहीं बारामूला के रहने वाले अफ़ज़ल हो।''

''सर मेरे पास कार्ड है।'' यह कहते हुए अफ़ज़ल ने अपने फिरन में हाथ डालने की कोशिश की तो नायक राणा ने बड़ी फुर्ती से उसका हाथ पकड़ लिया था।

इतने सालों में कश्मीर में जाने कितने ऐसे किस्से हुए थे जब आतंकियों ने हथियार अपने फिरन या किसी ऊपर ओढ़े हुए कपड़े में छुपा कर फायरिंग की थी।

''सर प्लीज़ मेरी बात तो सुनें।'' लड़के की आवाज़ में लाचारी थी।

~

''अच्छा। ऐसी क्या बात है जो आधी रात को हमें इस सुनसान जगह बुलाया है।'' विमल ने अफ़ज़ल के कंधे पर अपनी दाहिनी भुजा रखते हुए बेहद नरमी से पूछा और साथ ही बड़ी होशियारी से ये जायज़ा भी ले लिया कि कहीं अफ़ज़ल ने अंदर कोई हथियार तो नहीं छुपा रखा है।

''सर, बस आपको एक जगह दिखानी है। यहीं पास में ही है। आप भरोसा रखिये, प्लीज़।''

अफ़ज़ल की आवाज़ में लाचारी के बजाय अब गज़ब का विश्वास था और वो विमल के जवाब का इंतज़ार किये बगैर ही आगे बढ़ने लगा था।

''चलें सर।''

''हाँ-हाँ चलो। लेकिन उस तरफ़ से नहीं। इधर से आओ।'' यह कह कर विमल दूर खड़ी अपनी गाड़ी की तरफ़ बढ़ गया।

अफ़ज़ल विमल के कहे अनुसार गाड़ी में बैठ गया।

''साहब वो खानपुरा वाली सड़क पर जाना है।''

वहाँ से बस तीन-चार किलोमीटर दूर था खानपुरा। बारामूला शहर के बाहर

की तरफ़ एक बहुत छोटा-सा कस्बा। खानपुरा के पास पहुँचते ही अफ़ज़ल ने एक पगडण्डी की ओर इशारा किया।

"बस यहीं रोकना साहब।"

मेजर विमल को यह सब बड़ा अजीब लग रहा था। पहले इस लड़के ने अचानक फ़ोन कर के मिलने को बुलाया। और अब वो उन्हें पता नहीं कहाँ ले जा रहा है। वैसे भी 15 अगस्त का दिन है। कोई गड़बड़ हो गई तो बहुत मुश्किल हो जाएगी।

विमल के इशारे पर गाड़ी रुक गई। अफ़ज़ल तेज़ी से नीचे उतरा और पगडंडी की तरफ़ बढ़ने ही लगा था कि विमल ने उसे रोक लिया।

"यह हो क्या रहा है। तुम हमें कहाँ ले कर जा रहे हो। आधी रात को ऐसे आँख बंद कर तुम्हारे पीछे-पीछे चलना मुझे कुछ ठीक नहीं लग रहा।"

"माफ़ करना सर। वो जो पहाड़ी है ना। बस वहाँ पर ही जाना है। मैं आपको रास्ता दिखाता हूँ। बाकी आप बेहतर जानते हो।"

इस वक्त विमल के लिए स्वतंत्रता दिवस की सुरक्षा सबसे ज़रूरी थी और बस यही सोच कर वो अफ़ज़ल का सब कहा मान रहा था। अपने सिपाहियों को ध्यान से बढ़ने की हिदायत देते हुए उसने अफ़ज़ल को आगे-आगे चलने का इशारा किया। अफ़ज़ल एक छोटी-सी पगडण्डी पर बड़ी फुर्ती से आगे बढ़ने लगा और ऊपर पहाड़ी का रास्ता दिखाता गया।

विमल की टोली भी उसके पीछे बड़े एहतियात से धीरे-धीरे आगे बढ़ती गयी।

तकरीबन आधे घंटे की चढ़ाई के बाद वो सब पहाड़ी पर पहुँच गए। चारों तरफ़ घुप्प अंधेरा था। कंटीली झाड़ियों और बड़े-बड़े पत्थरों के बीच से होते हुए अफ़ज़ल पहाड़ी के एक कोने में जा कर खड़ा हो गया। और विमल को अपनी तरफ़ आने का इशारा करने लगा।

यूँ तो मेजर विमल बहुत शांत किस्म का इंसान था लेकिन अब उसका सब्र भी जवाब देने लगा था। खिसियाता हुआ वो अफ़ज़ल के करीब आ पहुँचा। अफ़ज़ल पहाड़ी के बिलकुल आख़िरी कोने में खड़ा था।

जब विमल अफ़ज़ल के पास पहुँचा तो उसका दिल थम सा गया। उसकी आँखें डर और ताज्जुब से खुली की खुली रह गयीं।

पहाड़ी के इस कोने से नीचे की तरफ़ पूरा बारामूला शहर साफ़ नज़र आ रहा था और वहाँ से बहुत नज़दीक ही नज़र आ रहा था रौशनी से टिमटिमाता हुआ बारामूला का नया स्टेडियम।

अब अफज़ल को कुछ कहने की ज़रूरत नहीं थी। वहाँ पहुँचते ही विमल समझ गया था कि यहाँ से छिप कर स्टेडियम पर हमला करना कितना आसान है। इसी स्टेडियम में तो स्वतंत्रता दिवस के समारोह की पूरी तैयारी की गई थी।

अफ़ज़ल ने जैसे ही झाड़ियों की तरफ़ इशारा किया तो कुछ सिपाही किसी खरगोश की तरह उन जंगली झाड़ियों की तलाशी में जुट गए। इस घने अंधेरे में ऊँची घास और बड़े-बड़े पत्थरों के बीच बैठ कर घात लगाना बड़ा आसान था। विमल ने उन्हें ज़रा एहतियात बरतने को कहा।

सिपाहियों को जल्द ही वहाँ छुपाया हुआ हथियारों का बड़ा जखीरा मिल गया था। रॉकेट लांचर, राइफल और ग्रेनेड जो बड़ी होशियारी के साथ पहाड़ी के कोने में छुपाये हुए थे। इतने सारे हथियार आज़ादी के जश्न को तबाह करने के लिए काफ़ी थे।

विमल को बहुत हैरानी हो रही थे कि उनके तमाम बंदोबस्त और निगरानी के बावजूद आतंकवादी यहाँ तक पहुँचने में कामयाब हो गए थे। इसका जवाब भी अफ़ज़ल के पास था।

उसने बताया कि ये जख़ीरा आतंकवादियों ने ही इकट्ठा किया है। वो उनके बारे में ज़्यादा कुछ नहीं जानता था। मोहल्ले के कुछ लड़कों के साथ वो भी शामिल हुआ था इन हथियारों को यहाँ तक लाने में।

उनको यहाँ पुराने बारामूला शहर के मुश्ताक़ लम्बरदार ने भेजा था। दूर जंगल से सामान उठाकर इस जगह तक लाने के लिए। उन्हें हर रोज़ थोड़ा-थोड़ा सामान यहाँ तक पहुँचाने में पूरे तीन महीने लगे थे। इसके लिए उन्हें थोड़े पैसे भी मिले थे।

विमल अफ़ज़ल के बारे में कुछ नहीं जानता था। उसे बिलकुल अंदाज़ा नहीं था कि इतनी देर रात वो फ़ौज की बिना माँगे मदद क्यूं कर रहा था।

लेकिन ये राज़ खुलने में भी ज़्यादा देर नहीं लगी। अफ़ज़ल बारामूला डिग्री कॉलेज में बी.ए. फर्स्ट ईयर का छात्र था। कई बार दोस्तों के साथ पत्थरबाज़ी में शरीक होता था। उसको बड़ा मज़ा आता था दोस्तों के साथ नारे लगाने में और पत्थर मारने में। और ये सब करने की वजह शायद उसको खुद मालूम नहीं थी। कुछ तो यारी-दोस्ती का नतीज़ा था और कुछ ये सब करने का रोमांच।

पिछले महीने उसकी छोटी बहन नगमा जब स्कूल से लौटी तो खुशी से चहक रही थी। वो सांतवी कक्षा में पढ़ती थी। उस दिन उनके स्कूल में सेना के सिपाही आए थे और ढेर सारी पेंसिल नोटबुक चॉकलेट वगैरह बच्चों को दे गए थे। वो स्कूल में कुछ कंप्यूटर भी लगाने वाले थे। अफ़ज़ल को थोड़ा अजीब लगा कि जिस फ़ौज पर उसने गालियाँ और पत्थर बरसाए थे उसी फ़ौज के कारण नगमा उसको इतनी

ख़ुशी-ख़ुशी स्कूल की बातें बता रही है। उसने तभी गुस्से में अपनी लाडली बहिन को चेतावनी दी थी कि वो फ़ौजियों से दूर रहे।

फिर कुछ दिन बाद उनके मोहल्ले में एक मेडिकल कैंप लगा जहाँ फ़ौज और स्वास्थ्य विभाग के कर्मचारियों ने मिल कर लोगों का मुफ़्त इलाज करवाया और दवाईयाँ बाँटी। उस दिन लोगों की भीड़ देख कर अफ़ज़ल यह सोचने पर मजबूर हो गया कि लोगों का असली मददगार कौन है।

पिछले हफ़्ते अफ़ज़ल ने सुना था कि स्पोर्ट्स स्टेडियम में सरकार इंडिपेंडेंस डे का कार्यक्रम आयोजित कर रही है। नगमा 15 अगस्त को लेकर बहुत उत्साहित थी। स्कूल के बच्चों के साथ वह भी समारोह में भाग ले रही थी। उसने नगमा को वहाँ जाने के लिए मना किया पर उसकी बहिन ने रो-रो कर पूरा घर सिर पर उठा लिया था। बेचारी बच्ची ने तो बाकी बच्चों के साथ इस कार्यक्रम में हिस्सा लेने का पक्का मन जो बनाया हुआ था।

तभी से अफ़ज़ल को डर लगने लगा था। उसे हथियारों के जखीरे की बात पता थी और उसे लगा कि यह हो सकता है कि उस भारी-भरकम असले को वहाँ पहाड़ी पर इसी 15 अगस्त के दिन इस्तेमाल करने के लिए रखा गया हो।

बस इसलिए उसने मेजर विमल को फ़ोन किया था।

पूरी कहानी सुनने के बाद विमल अफ़ज़ल को कुछ कहने की कोशिश करता उससे पहले ही अफ़ज़ल वापिस अपने घर की ओर चल पड़ा था।

अगली सुबह 15 अगस्त का समारोह बड़ी धूमधाम से मनाया गया। स्टेडियम में तिरंगा बड़ी शान से फहराया गया। रंग-बिरंगे सांस्कृतिक प्रोग्राम को भी लोगों ने बहुत पसंद किया। शायद पिछले कुछ सालों में हुआ यह सबसे शानदार समारोह था।

मंच पर बैठे हुए मेजर विमल को भी बहुत ख़ुशी थी। उसे ये गुमान था कि पिछली रात को बरामद हथियारों की वजह से आतंकवादियों की एक बड़ी साजिश नाकाम हो गयी है। तभी तो पूरा कार्यक्रम अच्छी तरह से चल रहा था लेकिन फिर भी चौकन्ना रहना ज़रूरी था।

वह इन्हीं ख़यालों में डूबा था कि उसकी निगाहें लोगों की भीड़ में बैठे एक जाने-पहचाने चेहरे पर जा टिकी।

अफ़ज़ल भी स्टेडियम में आया था। अपनी छोटी बहिन और माँ-बाप के साथ।

हँसता-मुस्कुराता हुआ अफ़ज़ल। वह बहुत खुश लग रहा था।

आख़िरकार उसे आज आज़ादी के असली मायने का पता लग गया था।

मुजाहिद

"उठिए सर, जम्मू स्टेशन आ गया।" झेलम एक्सप्रेस के एसी टू डिब्बे में कोच अटेंडेंट की बेरुखी सी आवाज़ अभी दो-तीन बर्थ दूर थी कि समर जल्दी से उठ कर अपना सामान समेटने लगा था।

वैसे भी उसकी नींद बहुत पहले ही सामने की सीटों पर यात्रा कर रहे परिवार की शोर भरी हलचल से टूट चुकी थी। वो मन-ही-मन उन्हें कोस ही रहा था कि तभी उसकी नज़रें उसी परिवार की महिला पर पड़ी जो अपने पति को ढंग से सामान समेटने की हिदायतें देते-देते खुद बड़े इत्मीनान से बैठ कर केक खा रही थी।

इतनी सुबह पाँच बजे उसे यूँ बड़े मज़े से केक का पूरा पैकेट गटकता देख समर अपनी सारी चिड़चिड़ाहट भूल कर मुस्कुराने लगा था।

कैप्टन समर चौहान मिलिट्री इंटेलिजेंस में था। वह पुणे में तीन महीने का ट्रेनिंग कोर्स करके अपनी कर्मभूमि यानी जम्मू-कश्मीर में वापस आ रहा था।

यह वर्ष 2001 की बात है। समर डेढ़ साल पहले ही आर्मी इंटेलिजेंस यूनिट में पोस्टिंग आया था। उनकी यूनिट जम्मू के पास नगरोटा में थी। आते ही उसके कमांडिंग ऑफ़िसर ने उसको बुलाकर अपना फ़रमान जारी कर दिया था।

"आई एम सेंडिग यू टू सूरनकोट। इट इज़ ए वेरी टफ़ एरिया। यह तुम्हारी पहली पोस्टिंग है। ज़रा संभल कर काम करना। शुरुआत में ज़्यादा-से-ज़्यादा सीखने की कोशिश करो। याद रखना कि जोश के साथ-साथ होश भी ज़रूरी होता है। आई एम श्योर दैट यू विल डू वैल। गुड लक।"

समर जवाब में सिर्फ़ "थैंक यू सर" ही बोल पाया था।

सूरनकोट, पुंछ से तकरीबन 27 कि.मी. दूर सूरन नदी के किनारे बसा हुआ एक छोटा-सा शहर है। अगर यह इलाका भारत के किसी और राज्य का भाग होता तो उसके इर्द-गिर्द के ऊँचे पहाड़ और घने जंगलों में सैलानियों की बेपरवाह चहल-पहल नज़र आती। लेकिन भारत और पाकिस्तान के बीच की लाइन ऑफ़ कंट्रोल से

थोड़ी ही दूर बसा यह शहर उन दिनों आतंकवादियों का गढ़ बना हुआ था। पाकिस्तान से घुसपैठ करने के बाद कश्मीर घाटी की ओर जाने वाले आतंकवादी अक्सर यहीं से गुज़रते थे। इसी वजह से सूरनकोट और उसके आस-पास के इलाकों में तकरीबन रोज़ ही कोई-ना-कोई हादसा या एनकाउंटर ज़रूर होता था।

ऐसे मुश्किल हालात में वहाँ पहुँचने के बाद कैप्टन समर अपने कमांडिंग ऑफ़िसर की उम्मीदों से कई गुणा बेहतर साबित हुआ था। कुछ ही महीनों में उसकी टीम को कई सफलताएँ हासिल हो गई थीं। मगर इतने उम्दा एंटी-मिलिटेंसी ऑपरेशन्स करने के बाद भी वह कुछ नया करने को हमेशा तैयार रहता था। इसी दौरान उसकी तमाम शहर से भी वाकफ़ियत हो गयी थी। अपने साथियों के समझाने के बावजूद भी समर अक्सर लोगों से मिलने निकल पड़ता था। कभी उनके घर में, कभी भरे बाज़ार में और कभी दूर-दराज़ के गाँव में।

आज ट्रेन से उतर कर जम्मू रेलवे स्टेशन की भारी भीड़ में खोया समर जल्दी-से-जल्दी सूरनकोट पहुँचना चाहता था। स्टेशन की पार्किंग में खड़ी सफ़ेद जिप्सी को दूर से ही पहचान कर वो उसकी तरफ़ बढ़ ही रहा था कि तभी "ज़य हिन्द साहब।" चिल्लाते हुए सिपाही लखविंदर सिंह ने इतनी गरम जोशी से उसका स्वागत किया कि आस-पास वाले लोग मुड़ कर उसी को देखने लगे थे।

"कैसे हो लक्खी।" कहते हुए गाड़ी में बैठा समर अभी कुछ और बोलता कि उससे पहले ही लक्खी ने फटाफट अपनी बातों की बौछार शुरू कर दी थी।

"वैसे तो सब ठीक है साहब। पर पूरी टीम आपका ही इंतज़ार कर रही है। हालात भी ज़्यादा खराब हो गए हैं। आपका कोर्स कैसा रहा। थोड़े दुबले हो गए हैं। वहाँ स्कूल में खाना ठीक नहीं था क्या। वग़ैरह-वग़ैरह।"

समर लक्खी की ताबड़तोड़ बातों को सुन तो रहा था लेकिन उसके दिलो दिमाग़ में बस एक ही नाम घूम रहा था।

"इम्तियाज़।"

समर अक्सर शाम को शहर के नौजवानों के साथ वॉलीबॉल खेलता था। उसे लगता था कि लोगों से जुड़ने का यह एक कारगर तरीक़ा है। वहीं उसकी मुलाक़ात इम्तियाज़ से हुई थी। तकरीबन उन्नीस साल का इम्तियाज़ सूरनकोट से कुछ दूर मरहौट गाँव का रहने वाला था। उसने दसवीं के बाद पढ़ाई छोड़ दी थी ताकि वो अपने ग़रीब परिवार की मदद कर सके।

अब उसने थाने के पीछे वाले बाज़ार में कबाब और तुज्जी* बनाने की रेहड़ी

---

*एक तरह का चिकेन डिश

लगा लिया था। इसमें ज़्यादा आमदनी तो नहीं थी मगर फिर भी वो वक़्त निकाल कर शाम को खेलने भी आ जाता था। वो कभी तो खेलता और कभी बस बाहर बैठ कर सबको चुपचाप देखता रहता। समर वहीं उससे पहली बार मिला था। इस दौरान वो अक्सर इम्तियाज़ के परिवार का हाल-चाल भी पूछता। लेकिन उन दोनों के बीच इस से ज़्यादा कभी भी कुछ ख़ास बातचीत नहीं हुई थी।

फिर एक दिन अचानक इम्तियाज़ समर के ऑफ़िस में पहुँच गया था। उसके गाँव में कुछ लोग नौजवान लड़कों को अपनी आतंकवादी तंज़ीम में शामिल होने के लिए उकसा रहे थे।

"मैंने सुना तो सीधा आपके पास आ गया साहब। हमारे गाँव में तो हालात आपको पता ही हैं। अगर मेरे लायक कोई काम हो तो बोलना साहब। मैं पक्का करूँगा। अब मुझसे यह ग़रीबी सहन नहीं होती।"

"इम्तियाज़, तुम ये आतंकवादियों के लफ़ड़े से दूर रहो। अपने घर वालों का ख़याल करो। अभी तो ज़िन्दगी शुरू हुई है तुम्हारी। मुझे कुछ काम होगा तो पक्का बताऊँगा। और अब से इधर ऑफ़िस में मत आना। लोग ख़्वामख़्वाह ही तुम पर मुखबिरी का शक़ करेंगे।" समर ने इम्तियाज़ को बड़े प्यार से समझाया।

इम्तियाज़ तो चुपचाप वापस चला गया था पर समर के दिमाग़ में हज़ारों सवाल भी छोड़ गया था। एक तरफ़ तो समर के जासूसी दिमाग़ को लगा कि यह एक अच्छा मौका है किसी आतंकी तंज़ीम में अपने बंदे को शामिल करने का। आख़िर उन्हें यही तो सिखाया गया था कि इंटेलिजेंस के क्षेत्र में इस तरह के 'पेनीटेरेशन ऑपरेशन' कितने अहम होते हैं। लेकिन दूसरी तरफ़ समर को इम्तियाज़ की कम उम्र और घर की हालत का भी ख़याल आता। उसे यह भी लग रहा था कि इम्तियाज़ अगर किसी तंज़ीम में शामिल हो भी गया तो क्या कुछ खास कर पाएगा और फिर इतना मुश्किल काम वह कैसे करेगा। उसने यह भी सोचा कि क्या पता इम्तियाज़ असल में ही आतंकवादी बनना चाहता हो और सिर्फ़ हमारा सहारा ले रहा हो। समर के अगले कुछ दिन इसी कशमकश में बीत गये।

इम्तियाज़ अक्सर वॉलीबॉल खेलने आता और समर के जवाब का इंतज़ार करता। पहले सुस्त सा दिखने वाला इम्तियाज़ उन दिनों ग्राउंड में कुछ ज़्यादा ही जोश और फुर्ती से खेलने लगा था। इस तरीके से वह शायद खुद को साबित करने की कोशिश कर रहा था।

लेकिन समर को कोई जल्दी नहीं थी। वह यह यकीन करना चाहता था कि इम्तियाज़ ने आतंकवादी वाली बात किसी जज़्बे या तैश में तो नहीं कही थी। उसका

तजुर्बा था कि इन इलाकों में लोग अक्सर ऐसी बड़ी–बड़ी बातें करने के बाद मुकर जाते थे। समर जल्दबाज़ी में कोई फ़ैसला नहीं लेना चाहता था क्योंकि उसके ज़ेहन में जो तरकीब पनप रही थी वो बेहद खतरनाक थी।

फिर एक दिन समर बिना कोई सूचना दिए इम्तियाज़ की रेहड़ी के पास आकर खड़ा हो गया था। उस वक्त दोपहर के तकरीबन तीन बजे थे। समर को पता था कि इस समय बाज़ार में बहुत कम लोग होते हैं। समर ऐसी छोटी–छोटी बातों का हमेशा ध्यान रखता था और शायद ये ही उसकी कामयाबी का एक कारण था।

''शाम को घर जाते वक़्त नर्सरी के बाईं तरफ़ वाली चक्की के पास इंतज़ार करना।'' समर ने कबाब लेते वक़्त इम्तियाज़ को मिलने की जगह और वक़्त समझा दिया था।

यह सुनते ही इम्तियाज़ के मासूम चेहरे पर एक अजीब सी मुस्कान छा गयी थी। ऐसा लगता था मानो कुछ करने की जल्दी थी उसको।

इम्तियाज़ से उस मुलाक़ात का एक–एक पल आज भी समर को ऐसे याद है जैसे कल की ही बात हो।

''इम्तियाज़, तुम क्यों फालतू में ख़तरा मोल लेना चाहते हो। इस तरह तो ना यहाँ के रहोगे ना वहाँ के।'' समर इम्तियाज़ के इरादों को अपने तरीक़े से टटोल रहा था।

''साहब, ग़रीब की भी कोई ज़िन्दगी होती है और इसमें ख़तरा कैसा। रोज़ तो गाँव में मुजाहिद घूमते हैं। माफ़ करना साहब। मुजाहिद नहीं आतंकवादी। वो गाँव में उनको सब मुजाहिद ही बोलते हैं ना इसलिए मेरे मुँह से भी यही निकल गया।''

''हाँ–हाँ। ठीक है। उनको मुजाहिद ही बोला करो। वैसे भी तुम अब खुद मुजाहिद ही तो बनने जा रहे हो।''

उस वक्त समर ने जितनी आसानी से यह कह दिया था उससे कहीं ज़्यादा मुश्किल था एक मुजाहिद बनना और वैसी ही ज़िन्दगी बसर करना।

समर को यह तो यकीन हो गया था कि इम्तियाज़ अपनी ग़रीबी और रोज़मर्रा की मायूस ज़िन्दगी से बचने के लिए ये सब करने को तैयार हुआ है। उसकी बातों में देशभक्ति या अमन, दीन वग़ैरह–वग़ैरह जैसे सैधांतिक पहलुओं का कोई असर नहीं था।

''ध्यान से सुनो इम्तियाज़, इसमें ख़तरा तो है लेकिन मेरे बताए तरीक़े से चलोगे तो सब ठीक रहेगा। अगली बार जब लश्कर–ए–तैयबा वाले कोई आतंकवादी आयें

तो उनकी खूब खातिरदारी करना। तुम्हें लश्कर में ही शामिल होना है। उसमें ज़्यादातर पाकिस्तानी हैं। उन्हें लोकल लड़कों की ज़्यादा ज़रूरत है। लेकिन हिज़्बुल मुजाहिदीन वालों से राफ़्ता मत रखना। वो सब लोकल हैं। ख़ासकर कश्मीरी लड़के ज़्यादा हैं। वो बहुत एहतियात बरतते हैं किसी नये बंदे को अपने साथ लेने से पहले।''

''और हाँ नूर ख़ान, जो स्कूल में मास्टर है—वो बिल्ली आँखों वाला। अगर वो किसी तंज़ीम में जाने या मदद को बोले तो बिलकुल चुप रहना। कुछ नहीं करना। वो दोनों तरफ़ खेलता है। उनका काम भी करवाएगा और पुलिस को भी बताएगा। हमारा गेम शुरू होने से पहले ही ख़त्म हो जाएगा।''

हल्की-सी हँसी के साथ समर ने यह समझाया तो इम्तियाज़ भी मुस्कुरा दिया। वो दोनों ज़िन्दगी और मौत की बातें इस तरह कर रहे थे मानो यह सच में कोई खेल हो।

''फ़िलहाल तुम अपना रुटीन ज़्यादा मत बदलो। इंतज़ार करो उनका। वो तो वैसे आते ही रहते हैं ना गाँव में। कोई काम बताए तो ज़्यादा उतावलापन भी मत दिखाना। शक़ हो सकता है। थोड़ा डरने की भी एक्टिंग करना। समझे।''

इम्तियाज़ चुपचाप समर की हिदायतें सुन रहा था।

''वो तुमको ट्रेनिंग के लिए पक्का सीमा पार पाकिस्तान में ले जाएँगे। बस तुम्हें पाकिस्तान में लश्कर के ट्रेनिंग कैंप में भेजना ही हमारा पहला मक़सद है। आम तौर पर जब वो आठ दस नये लड़के इकट्ठे कर लेते हैं, फिर उसके बाद पूरा ग्रुप एक साथ पार भेजते हैं। बस एक बार तुम वहाँ पहुँच गये तो फिर हमारा असली काम शुरू होगा।''

''ध्यान रखना कि वहाँ ट्रेनिंग बहुत कड़क होती है। रह लोगे ना घर से दूर। दूसरे वतन में। अगर यह नहीं कर सकते तो अभी बता दो। फिर कुछ और सोचते हैं।''

समर के इस सवाल पर इम्तियाज़ अचानक बोल पड़ा था—

''क्यों नहीं साहब। मैं बिलकुल कर सकता हूँ। यहाँ से तो कई लड़के वहाँ गये हैं। कुछ ने तो जिहाद से तंग आकर वहाँ शादी भी कर ली। लेकिन वो वहाँ बड़े परेशान हैं साहब। मेरा एक ममेरा भाई भी है वहीं कहीं।''

''वेरी गुड। लेकिन वहाँ जा कर तुम भी शादी-वादी के चक्कर में मत पड़ जाना। तुम्हें ट्रेनिंग करनी है और कैंप में रहना है। अगर अल्लाह ने चाहा तो वो तुम्हें अपने ऑफ़िस में भी काम करवाएँगे। दिमाग में बस यह बैठा लो कि तुम असली मुजाहिद हो, ना कि हमारे साथ काम करने वाले कोई खबरी। वहाँ दो तीन साल आराम से गुज़ारो। कोशिश करना कि वहाँ इससे भी ज़्यादा वक्त बिताने का मौका मिले। यह भी हो सकता है कि तुम्हें कुछ महीनों बाद ही किसी ग्रुप के साथ बॉर्डर से इनफिल्ट्रेशन के लिए लॉन्च कर दें। ऐसे में तुम लोग कब, कहाँ और कैसे आ रहे हो

मुझे ज़रूर बताना।'' यह कहते हुए अपना लैंड लाइन नंबर समर ने उसको दे दिया ''इसको याद कर लो। कहीं लिखना मत।''

''और एक बात, अगले दो तीन हफ़्ते कंप्यूटर चलाना सीखो। वो यूनुस के साइबर कैफ़े में। कोई पूछे तो बताना कि चंडीगढ़ में होटल में नौकरी मिलने वाली है। सबसे पहले ईमेल करना सीखो। यह रहा ईमेल आई डी। तीन दिन बाद अपनी मेल से मुझे मैसेज करना। उसके बाद सिर्फ़ इसी का इस्तेमाल करना है। पाकिस्तान से भी बस फ़ोन और ईमेल से ही राफ़्ता हो पाएगा।''

इन्ही हिदायतों के साथ एक नोटों से भरा लिफ़ाफ़ा समर ने इम्तियाज़ के हाथ में थमा दिया था।

''रख लो, काम आएँगे। एकदम से खर्च मत कर देना। यहाँ लोगों की नज़रें बहुत तेज़ हैं। और हाँ अब मुझसे मत मिलना। जिस दिन कोई ज़रूरी बात हो, उस दिन मुझे इस नंबर पर तहसील ऑफ़िस के पास वाली एसटीडी से फ़ोन करना। मैं अपने आप मिलने आ जाऊँगा।

ऐसी कई बातें समझाने के बाद समर ने इम्तियाज़ को घर भेज दिया।

सब कुछ प्लान के मुताबिक़ ही हुआ। इम्तियाज़ ने कंप्यूटर अच्छे से सीखा। तक़रीबन एक महीने बाद उसने समर को बताया कि उसका राफ़्ता लश्कर के एक ग्रुप के साथ हो गया है। वैसे उनके बारे में ज़्यादा कुछ नहीं पता था उसको लेकिन हाँ यह यकीन ज़रूर था कि वो उसको अपने साथ ले लेंगे।

''पता नहीं साहब। कब ले जाएँगे। कुछ बताते नहीं। खाने-पीने का सामान मंगाते है पर जल्दी से भरोसा नहीं करते साहब।''

''अच्छा है। तुम तैयार रहो। अपने घर की चिंता मत करना। स्टेट बैंक में एक खाता खोल लो। अपनी अम्मी के साथ ज्वाइंट अकाउंट होना चाहिए। बाद में ज़रूरत पड़ेगी। मुझे अकाउंट नंबर दे देना।''

''और देखो, कोई नशा-वशा बिलकुल मत करना। ये साले सब चरसी होते हैं। शायद मुज़्ज़फ़राबाद के आस-पास ही होगा तुम्हारा ट्रेनिंग कैंप और ऑफ़िस भी वहीं कहीं होगा। कोशिश करना कि वहाँ पहुँच कर जल्दी-से-जल्दी मुझसे राब्ता करने की कोशिश करना। लेकिन पूरा एहतियात बरतने के बाद। खुदा तुम्हारा ख़याल रखेगा।

सिर्फ़ चौबीस साल की उम्र का कैप्टन समर ऐसे बात कर रहा था मानो अपनी चहेती औलाद को तालीम के लिए विदेश भेज रहा हो।

कुछ दिनों बाद यह खबर आई कि पूंछ इलाक़े से छह लड़के लश्कर ए तैयबा

में शामिल हो गये हैं और एक्सफिल्ट्रेशन कर के पाकिस्तान ऑक्युपाइड कश्मीर (POK) में ट्रेनिंग के लिए पहुँच गये हैं। उनमें एक नाम था इम्तियाज़ ख़टाना। निवासी मरहोट। उम्र 19 वर्ष।

''साहब जी, हम अपनी लोकेशन में पहुँच गये।''

लक्खी की आवाज़ समर को इम्तियाज़ की यादों से बाहर निकाल कर वर्तमान में ले आई। सूरनकोट पहुँचते ही वो अपने काम में डूब गया था। पिछले तीन महीनों का लेखा-जोखा जो लेना था। कई फ़ाइलों और रिपोर्टों का अंबार लगा हुआ था उसकी टेबल पर।

कुछ दिन बाद मौका मिलते ही समर एक शाम को वॉलीबॉल ग्राउंड में खेलने पहुँच गया था। आते ही सब लड़कों ने घेर लिया था उसे।

''बहुत मिस किया आपको सर। आपकी टीम तो रोज़ हारती है। हमें तो लगा आप पोस्टिंग चले गये वग़ैरह-वग़ैरह। सब लड़के उसको अपनी-अपनी बात बताने की कोशिश कर रहे थे

''हाँ-हाँ ठीक है। अब मैं आ गया हूँ। अब तो मेरी टीम और भी बुरे तरीक़े से हारेगी।'' कह कर समर सभी के साथ हँसने लगा था।

उस दिन गेम कम और बातें ज़्यादा हुई थीं।

''अरे सर, इरफान की तो नौकरी लग गयी। बफलियाज़ वाले स्कूल में। अब भला यह नालायक, बच्चों को क्या पढ़ाएगा।''

''और हमीद ने अपना पासपोर्ट बना लिया। साऊदी जा कर मज़दूरी करेगा बेवक़ूफ़।''

''मुश्ताक़ तो अब खेलने बिलकुल नहीं आता। शादी कर ली ना उसने। बस बीवी की खातिरदारी करता है।''

''और वो इम्तियाज़ था ना। वो रेहड़ी वाला। वो तो मर गया साहब।''

यह सुनते ही समर के पाँवों तले से एकदम से ज़मीन खिसक गयी। खुद को संभालते हुए वो बस इतना ही कह पाया था।

''कौन-सा इम्तियाज़''।

''अरे सर, वही मरहोट वाला। सुना है वो पाकिस्तान चला गया था ट्रेनिंग के लिए। और पिछले महीने कुपवाड़ा में एक एनकाउंटर हुआ था बॉर्डर पर। शायद उसी ग्रुप में इम्तियाज़ भी था।''

ये सब सुन कर समर के दिल में हज़ारों जज़्बात तूफ़ान की तरह उमड़ रहे थे

लेकिन उसका चेहरा बिलकुल शांत था।

"वो कुपवाड़ा कैसे पहुँच गया। कोई गया क्या वहाँ। उसको लाने मतलब उसकी लाश को लाने के लिए।"

"पता नहीं सर। उसके घर वालों को भी कुछ दिन पहले ही पता चला। फ़ौज ने उनको वहीं दफ़ना दिया था। घर वालों ने तो उसको देखा भी नहीं। लेकिन उनका कोई रिश्तेदार है पाकिस्तान में। उसने संदेशा भेजा है।"

यह सुन कर समर को थोड़ी उम्मीद हुई थी। उसे लगा इम्तियाज़ पक्का अभी भी पाकिस्तान में है और अपनी मौत की खबर भिजवा दी होगी। लेकिन उसके दिल में एक अजीब सी बेचैनी भी थी कि क्या पता इम्तियाज़ सच में ही शहीद हो गया हो।

वापिस आते ही उसने मरहोट गाँव के नज़दीक वाली यूनिट के सीओ को फ़ोन लगाया था।

"जय हिन्द सर। समर दिस साइड। कल वो मरहोट गाँव में जाना है। कुछ छान-बीन करनी है। केम टू नो दैट इम्तियाज़ हू हैड ज्वाइन्ड लश्कर हैज़ डाइड इन कुपवाड़ा। जस्ट वांट टू गो टू हिस होम एंड चेक आउट। ज़्यादा टाइम नहीं लगेगा। आप बस एक प्रोटेक्शन पार्टी भेज देना मेरे साथ प्लीज़।"

"डोंट वरी समर। वैसे तुम क्यों परेशान हो रहे हो। आई हैव ऑलरेडी कन्फ़र्म्ड दैट ही इज़ डेड। लेकिन तुम्हें जाना हो तो जाओ। मैं बंदोबस्त कर दूँगा। और वहाँ से वापिस आने के बाद यू विल हैव टी विद मी।"

उनसे बात करने के बाद समर ने पिछले तीन महीनों में जितने एनकाउंटर हुए थे उन सबकी जानकारी निकाली। कुपवाड़ा में सिर्फ़ एक एनकाउंटर हुआ था। मचिल के इलाक़े में। बिलकुल लाइन ऑफ़ कंट्रोल पर। छह आतंकवादियों का एक ग्रुप घुसपैठ की कोशिश करते हुए वहाँ घात लगा कर बैठे फ़ौज के सिपाहियों का शिकार हो गया था। चार आतंकवादी मारे गये थे और दो वापिस भाग गये थे। शिनाख़्त ना होने पर उन्हें वहीं दफ़्ना दिया गया था।

समर पूरी रात सो नहीं पाया था और सुबह उठते ही मरहोट गाँव पहुँच गया था। फ़ौज को देख कर गाँव में कुछ हड़कंप सा मच गया था।

उन्हें इम्तियाज़ का घर ढूँढने में ज़्यादा देर नहीं लगी थी। वो घर क्या बस एक टूटा सा मकान था। बाकी सिपाहियों को घर के बाहर ही इंतज़ार करने का हुक्म देकर समर सहमे हुए कदमों से अंदर घुसा। उसे अंदर आता देख कर घर के सब लोग जल्दी-जल्दी कमरों के अंदर चले गये थे और बाहर रह गयी थी एक चालीस पचास बरस की औरत।

''सलाम वालेकुम साहब। घर में अभी कोई मर्द नहीं है। आपको तलाशी लेनी है तो मैं सब बच्चों को बाहर बुला लेती हूँ साहब।''

''नहीं-नहीं। हमें कोई तलाशी नहीं लेनी।'' समर को समझ नहीं आ रहा था कि बात कहाँ से शुरू करें।

''दरसअल वो इम्तियाज़ के बारे में आपसे कुछ बात करनी थी।''

इम्तियाज़ का नाम सुनते ही उस औरत की आँखों में आँसू आ गये।

''माँ हूँ उसकी साहब। जन्नत चला गया मेरा इम्तियाज़। अभी तो उम्र ही नहीं थी उसकी ऐसे शहीद होने की। हमें तो उसकी लाश भी नसीब नहीं हुई। मैंने तो बहुत मना किया था उसको कि घर छोड़ कर ना जाए। पता नहीं किसके बहकावे में आ गया।'' इतना कहते-कहते वो सुबक-सुबक कर रोने लगी।

तभी कमरे से एक जवान बच्ची जो शायद इम्तियाज़ की बहन थी, भाग कर बाहर आई और उसको अपने गले लगा कर चुप कराने की कोशिश करने लगी थी। और फिर खुद भी अपनी माँ के साथ रोने लगी।

समर तो जैसे बिलकुल टूट गया था। थोड़ी-सी हिम्मत जुटा कर उसने फिर कोशिश की।

''अम्मा आपको यकीन है। ये भी तो हो सकता है कि यह खबर गलत हो। क्या पता इम्तियाज़ अभी भी ज़िंदा हो।''

थोड़ी देर तक तो समर उसकी माँ के जवाब का इंतज़ार करता रहा। इस वक्त उनकी खामोशी और बहते आँसू समर की सहनशक्ति का पूरा इम्तिहान ले रहे थे।

''वो इम्तियाज़ के अब्बा कहाँ हैं।'' समर ने फिर एक बार कोशिश की।

''पुंछ शहर गये हैं अब्बा। वो वहीं मज़दूरी करते हैं। जुम्मे के रोज़ आएँगे।'' उस बच्ची ने हिचकते हुए जवाब दिया।

''ठीक है।'' कह कर समर वापस लौटने ही लगा था कि उसकी माँ धीरे से बोली—

''यकीन करो साहब। वो सच में शहीद हो गया है। मेरे रिश्तेदार ने संदेशा भेजा है मुज़्ज़फ़राबाद से। और वो उसके साथी मुजाहिद भी कुछ दिन पहले घर आए थे। यही बताने के लिए।''

इसके बाद समर अपने ऑफ़िस चुपचाप वापस आ गया था। अपने दिल में एक भारी बोझ लिए।

वो बस यही सोच रहा था कि शायद इम्तियाज़ ने उससे संपर्क करने की

कोशिश की हो। कोई संदेश भेजा हो। उसकी मौत के लिए समर अपने आप को ज़िम्मेदार मान रहा था।

छोटी-छोटी बातों का एहतियात रखने वाले समर को विश्वास नहीं हो रहा था कि इतनी बड़ी चूक कहाँ हो गयी। सब कुछ तो समझाया था उसको मगर फिर भी कहाँ कमी रह गयी। समर ने अपनी टीम से तहकीकात भी की ताकि पता चले कि उसकी गैर मौजूदगी में किसी ने उसका नाम ले कर फ़ोन तो नहीं किया था। मगर उसे इम्तियाज़ के बारे में कोई सुराग नहीं मिल पाया था।

''क्या पता वहाँ से फ़ोन मिलना मुश्किल हो। और क्या पता उसने फ़ोन किया हो मगर यहाँ पर किसी ने उठाया ही ना हो और या फिर जिसने उठाया हो उसकी समझ न आया हो।''

''ये भी तो हो सकता है कि वहाँ इंटरनेट की सहूलियत ही ना हो। ऐसे में क्या करना है यह तो उसको समझाया ही नहीं था।''

''लेकिन वहीं रहने को तो कहा था उसको। ज़्यादा होशियारी तो नहीं दिखा रहा ये इम्तियाज़। क्या पता अब भी वहीं हो और मौके का इंतज़ार कर रहा हो।''

इसी तरह के ख़यालों से परेशान समर अक्सर इम्तियाज़ को दिया हुआ ईमेल एड्रेस चेक करता था। बस यही एक उम्मीद लगाए हुए कि शायद एक दिन इम्तियाज़ का मैसेज आएगा। वो उसके बैंक अकाउंट में कुछ पैसे भी अक्सर डाल देता था ताकि उसके परिवार की कुछ मदद हो जाए।

समर ने कई बार सोचा कि वो इम्तियाज़ की माँ से मिलने जाएगा लेकिन वो कभी भी इसके लिए हिम्मत ही नहीं जुटा पाया।

इस दौरान इम्तियाज़ का ना कोई फ़ोन आया और ना ही कोई ईमेल। और करीब एक साल के बाद कैप्टन समर की पोस्टिंग हो गयी सूरनकोट से बहुत दूर बैंगलूरू में।

इस वाकये को बीस साल बीत चुके हैं। कैप्टन समर अब कर्नल समर चौहान हो गया है। पहले की तरह आज भी वो अपने फ़र्ज की खातिर कुछ भी करने को तैयार रहता है।

वो अक्सर इम्तियाज़ को दिया हुआ ईमेल भी चेक करता है। वैसे उसे पता है कि इम्तियाज़ अब इस दुनिया में नहीं है। पर फिर भी उसके दिल में कहीं एक छोटी-सी उम्मीद है और उस छोटी-सी उम्मीद के साथ-साथ एक बहुत बड़ा बोझ भी।

चॉकलेट

वह बहुत मासूम सा चेहरा था। हिमालय की पावन बर्फ़ की तरह बिलकुल सफ़ेद, गोरा सा और उस पर नीली-नीली प्यारी आँखें जैसे कोई नन्ही सी परी ज़मीन पर उतर आई हो। उसकी उम्र दस-ग्यारह साल की होगी। वो सड़क किनारे चुपचाप खड़ी थी जब हवलदार सुरेश ने उसको पहली बार देखा था। और उसे देखते ही सुरेश को निम्मी की याद आ गई थी।

निम्मी यानि सुरेश की नन्ही लाड़ली बेटी जो आजकल कोल्हापुर में थी। अपनी माँ के साथ।

एक साल पहले कश्मीर में पोस्टिंग होने के बाद सुरेश ने अपने परिवार को कोल्हापुर में ठहरा दिया था। वहाँ उसे सरकारी मकान मिल गया था और आस-पास कुछ रिश्तेदार भी थे। वैसे भी फ़ौजी ज़िन्दगी का सबसे मुश्किल पहलू है अपने परिवार से दूर रहना और हर दो-तीन साल बाद एक जगह से दूसरी जगह तबादला होना। इस से फ़ौजियों के परिवार को खासकर तकलीफ़ तो बहुत होती है लेकिन इसके अलावा कोई चारा भी तो नहीं है।

सुरेश की पोस्टिंग कश्मीर की इंटेलिजेंस यूनिट में हुई थी। वैसे तो उनका हेडक्वार्टर श्रीनगर में था लेकिन यूनिट की एक छोटी इकाई गांदरबल शहर में तैनात थी। सुरेश को उसके कमांडिंग अफ़सर कर्नल विपिन शर्मा ने बहुत सोच-समझ कर वहाँ भेजा था। उनकी नज़रों में सुरेश मेहनती और बुद्धिमान होने के अलावा काफ़ी ज़िम्मेदार भी था।

सुरेश ने उनको बिलकुल निराश नहीं किया। वो लोगों से वक्त-बेवक्त मिल कर उनसे हर तरह की बात करने में काफ़ी सक्षम था। दिन भर वह गांदरबल और आस-पास के इलाक़े में घूमता और आतंकियों की खबर हासिल करने की कोशिश करता।

इस एक साल में उसने कश्मीर में बहुत दोस्त भी बना लिए थे। लेकिन इतना मशगूल रहने के बावजूद भी वह दिन में दो-तीन बार अपने परिवार वालों से ज़रूर बात करता था। खासकर अपनी लाड़ली निम्मी से।

उस दिन वो अपने साथियों के साथ बांदीपोरा शहर की तरफ़ जा रहा था जब उसकी नज़र पहली बार उस बच्ची पर पड़ी थी। सद्रकुट गाँव के पास वाले मोड़ पर। उस दिन के बाद भी सुरेश ने वहाँ से आते-जाते अपनी गाड़ी की खिड़की से दो-चार बार और भी उसको देखा था। वहीं सड़क के किनारे। कभी अकेले खड़े हुए और कभी यूँ ही बेपरवाह खेलते हुए। उसके पहनावे से साफ़ ज़ाहिर होता था कि वो किसी बेहद गरीब परिवार से ताल्लुक रखती है।

गांदरबल से बांदीपोरा जाने के लिए बस एक मुख्य सड़क थी जिसके दोंनो तरफ़ कहीं पर घर और कहीं छोटे-छोटे बाज़ार बसे हुए थे। ऐसे मसरूफ़ रास्ते पर सफ़र करते हुए सेना का ज़्यादा ध्यान आस-पास के इलाकों पर और वहाँ आते-जाते लोगों पर ही रहता था।

इसलिए सुरेश ने यह कभी जानने की कोशिश नहीं की थी कि वह कौन है और वह वहाँ अक्सर क्यूँ दिखाई देती है। बस उसको देख कर उसे अपनी बेटी निम्मी की याद आ जाती थी और वह वापिस पहुँच कर एकदम निम्मी से फ़ोन पर बात करता था।

मार्च का दिलकश महीना आ चुका था। ऊपर पहाड़ों पर बर्फ़ पिघलने लगी थी। वादी की बेमिसाल खूबसूरती में बसंत के आगमन से चार चाँद लगने का वक्त आ गया था। सुबह के दस बजे होंगे जब सुरेश अपने दो साथियों के साथ बांदीपोरा जाने के लिए तैयार हुआ। उनके पास एक सफ़ेद मारुति जिप्सी ही थी जिससे वे इधर-उधर आया-जाया करते थे।

हालाँकि वह अक्सर सिविल ड्रेस में ही सफ़र करता था लेकिन अपनी सुरक्षा के लिए साथ में कुछ हथियार भी ज़रूर रखता था। उस दिन उसने रोज़ की तरह एक ए के 47 और दो पिस्तौल साथ में ले लिए थे।

वैसे उस रोज़ उसे कोई खास काम नहीं था। मानसबल में राष्ट्रीय राइफ़ल्स की पोस्ट से मेल-मिलाप कर इलाक़े के ताज़ा हालात की जानकारी देनी थी। इसके अलावा बांदीपोरा शहर में पुलिस और बाकी सुरक्षा दस्तों से मुलाक़ात भी करनी थी।

सब काम निबटाने में उसे पूरा दिन ही लग गया था। चार बजे के करीब उसने वापिस सफ़र शुरू किया। एक घंटा तो लगता ही था बांदीपोरा से गांदरबल जाने में। उस सड़क पर अच्छा-खासा ट्रैफ़िक भी होता था लेकिन वह किसी तरह शाम होने से पहले ही वापिस गांदरबल पहुँचना चाहता था।

सड़क पर हमेशा की तरह भीड़-भाड़ थी। गाड़ियों की आवाजाही की वजह से उसकी रफ़्तार काफ़ी धीमी थी। जैसे ही वह सद्रकुत गाँव के पास पहुँचा तो सुरेश को

फिर वही लड़की दिखाई दी।

लेकिन आज हर बार की तरह वह उस बच्ची को देख कर नज़रअंदाज़ नहीं कर पाया था।

उसने अपने साथी सिपाही मुरुगन को गाड़ी रोकने को कहा। मुरुगन थोड़ा आश्चर्यचकित ज़रूर हुआ था लेकिन उसने कहे अनुसार जिप्सी को धीरे-धीरे एक किनारे लगा दिया। वैसे भी बाज़ार में भीड़ थी और चारों तरफ़ गाड़ियों का जमघट था। ऐसे में सुरेश वहाँ क्यूँ रुका था इसका कारण ना तो मुरुगन को समझ में आया था और ना ही पीछे बैठे हुए लांस नायक मंजूर हुसैन को।

''बस दो मिनट। वह बच्ची खड़ी है ना। उसको कुछ पैसे दे देता हूँ। और यह चॉकलेट भी।''

इससे पहले वे दोनों कुछ समझ पाते सुरेश ने इशारे से उस बच्ची को अपने पास बुला लिया था।

बच्ची थोड़ा-सा संकुचित हुई और फिर धीरे-धीरे उनकी गाड़ी के पास आ गई।

''ये लो बेटा, चॉकलेट। ये पैसे भी ले लो। इनसे टॉफ़ी ले लेना।''

''आपका घर कहाँ है। आप स्कूल भी जाती हो या नहीं।''

उस लड़की ने शरमाते हुए सुरेश के हाथ से पचास रुपए का नोट और चॉकलेट ले ली थी।

अब उसके चेहरे पर एक मासूम दिलकश मुस्कान थी।

सुरेश भी उसे मुस्कुराता देख खुश हो गया था। उसने मुरुगन को गाड़ी स्टार्ट करने के लिए बोला ही था कि एक बड़ा-सा पत्थर उन पर आकर पड़ा।

''पकड़ो इन सालों को। हमारी बच्ची को अगवा करने की कोशिश कर रहे है हरामज़ादे।''

किसी ने ज़ोर से आवाज़ लगाई थी और अचानक से एक भीड़ उमड़ कर उनकी गाड़ी के चारों तरफ़ जमा हो गई। एकदम से आए इस तूफ़ान को देख कर वे तीनों घबरा ज़रूर गए थे लेकिन सुरेश ने थोड़ी हिम्मत दिखाते हुए भीड़ से मुखातिब होने की कोशिश की।

''जनाब, मैं तो इस बच्ची की मदद कर रहा था। आप लोग ग़लत समझ रहे हैं।''

लेकिन चिल्लाती भीड़ के उग्र रूप पर इसका कोई असर नहीं पड़ा था। तीनों ने

गाड़ी के अंदर अपने आप को बंद कर लिया। मंजूर ने अपने हाथ सीट के नीचे छुपे हथियारों की तरफ़ बढ़ाए ही थे कि सुरेश ने उसको इशारे से मना कर दिया। मंजूर ने बहुत कहा कि दो-चार फ़ायर हवा में कर के गाड़ी को भगा लेते हैं लेकिन सुरेश को लगा कि इस से हालात और भी ज़्यादा खराब हो सकते हैं।

भीड़ धीरे-धीरे और ज़्यादा बढ़ रही थी। किसी ने नारा ए तकबीर अल्लाह हू अकबर का नारा लगाया और फिर तो लोग और भी ज़्यादा जोश में आ गए।

अब उन तीनों को ये लगने लगा कि आज तो ये भीड़ उन्हें पक्का मार डालेगी। बचने का कोई रास्ता नज़र नहीं आ रहा था। उनकी कमज़ोर सी जिप्सी भला कब तक उस जमघट का भार सह सकती थी।

लेकिन उनकी किस्मत अच्छी थी कि पास की पुलिस चौकी से इंस्पेक्टर अर्शद चंद सिपाहियों को लेकर तुरंत वहाँ पहुँच गया। अर्शद की इलाक़े में बड़ी ठोस पकड़ थी। वैसे किसी भी भीड़ को काबू करना बहुत मुश्किल है, खासकर कश्मीर में। लेकिन अर्शद ने किसी तरीके से बहला-फुसला कर भीड़ को थोड़ा शान्त किया।

उसकी पहली प्राथमिकता थी उन तीनों सैनिकों को वहाँ से सुरक्षित निकालना और इसलिए वह उनको सीधा थाने ले गया। तब तक लोग शांत तो हो गए थे लेकिन कुछ शरारती तत्वों के लिए यह एक सुनहरी मौका था।

धीरे-धीरे भीड़ थाने के बाहर भी इकट्ठा हो गई। किसी ने आज़ादी का नारा लगाया तो किसी ने सेना के खिलाफ़ आवाज़ उठाई। हालत की नाज़ुकता को ध्यान में रखते हुए पुलिस और सेना के आला अफ़सर भी चौकी पर आ गए।

उन्होंने लोगों को यकीन दिलाया कि पूरे वाकये की निष्पक्ष तरीके से जाँच होगी और अगर तीनों को किसी भी ग़लत काम का दोषी पाया गया तो सख़्त से सख़्त कारवाई की जाएगी।

इसके साथ ही थाने में रपट भी दर्ज कर ली गई। तब कहीं जाकर भीड़ वापिस अपने-अपने घर गई। अंधेरा हो चुका था। सुरेश ने सभी पुलिस और सेना के अधिकारियों को अपने बेकसूर होने का भरोसा दिला कर अपनी बात समझाने की कोशिश की।

"आप ही सोचिए सर। इस भरे बाज़ार में कौन ऐसे किसी को भी अगवा कर सकता है। यह मेरी बेटी की उम्र की है। मैं तो इंसानियत के नाते कुछ मदद करने की कोशिश कर रहा था। बस एक चॉकलेट ही तो दी थी।" सुरेश ने अपनी सफ़ाई दी।

"यह तो हमारी बदकिस्मती है सर। अब तो ऐसा लगता है कि यहाँ इन्सान को मोहब्बत तो छुप के करनी पड़ेगी लेकिन पत्थरबाज़ी और तोड़फोड़ सब खुलेआम कर

सकते हैं।" सिपाही मंजूर भी बोल पड़ा। वह तो खुद भी कश्मीरी था और यहाँ की सच्चाई से बखूबी वाकिफ़ था।

अब तक सब को ज़ाहिर हो चुका था कि उन तीनों ने कोई ग़लत हरकत नहीं की थी। बाज़ार में किसी ने या तो जानबूझ कर या अनजाने में उन पर शक किया और उसके बाद लोगों ने आगे कुछ पूछने, जाँचने की ज़रूरत नहीं समझी।

फिर भी पुलिस की तफ़तीश ज़रूरी थी। ना केवल सच का पता लगाने के लिए बल्कि जनता को तसल्ली दिलाने के लिए भी।

कमांडिंग अफ़सर कर्नल विपिन शर्मा भी सुबह-सुबह पुलिस चौकी पहुँच गए। वह खुद तीनों से बात करके उस पूरे किस्से का सही जायज़ा लेना चाहते थे। रात भर पुलिस चौकी में रहने के बाद अगले दिन तीनों को वापस गांदरबल भेज दिया गया।

सुरेश इस पूरे वाकए से बहुत परेशान था। उसने कर्नल साहब के आगे अपनी बेकसूरी की फिर गुहार लगाई। कर्नल बिपिन को वैसे इस बात से ज़्यादा सुकून था कि उनके जवानों ने भीड़ के सामने भी अपना संयम नहीं खोया और किसी के जान-माल का कोई नुकसान नहीं हुआ। कश्मीर और अन्य आतंकवाद ग्रस्त इलाकों में अक्सर सेना के जवानों को अपनी जान की बाज़ी लगाकर आतंकियों को मार गिराने के लिए बहादुरी के पदक दिए जाते हैं। लेकिन ऐसे उग्र भीड़ के सामने खुद पर जानलेवा खतरा महसूस करने के बावजूद धैर्य रखना भी एक किस्म का शौर्य होता है। यही सोच कर कर्नल बिपिन और बाकी अधिकारी सुरेश का पक्ष ले कर उसकी हौसला अफ़ज़ाही में लगे थे।

हाँ, यह ज़रूर था कि कश्मीर जैसे संजीदा इलाक़े में इस तरह किसी लड़की से रुक कर बात करना कोई खास समझदारी का काम नहीं था। बस यही गलती की थी सुरेश और उसके साथियों ने।

कर्नल बिपिन ने पुलिस से इत्मीनान से बात की और उन्हें बेफ़िक्र हो कर निष्पक्ष जाँच करने को कहा। किसी ने यह सुझाव भी दिया कि बच्ची के घर वालों को पैसे दे कर मामला रफ़ा-दफ़ा किया जाए लेकिन बिपिन और पुलिस का यही मानना था, जब तक किसी ग़लत कार्यवाही का कोई सबूत नज़र नहीं आए तब तक ऐसा कुछ करना उल्टा पड़ सकता है।

पुलिस की तफ़्तीश उसके दो-तीन दिन बाद तक चली लेकिन कोई भी ऐसा चश्मदीद गवाह सामने नहीं आया जो यह साबित कर सके कि सुरेश ने कोई गलत हरकत की थी।

फिर दो दिन बाद मानों जैसे एक नया बम फट गया जब किसी स्थानीय रिपोर्टर

ने इस पूरे किस्से को मसाला लगा कर अखबार में छाप दिया। उसके बाद तो ट्विटर फ़ेसबुक और पूरे भारत्त के कई चैनल और अख़बार में यह खबर इस तरह से पेश की गई कि जैसे कि भारतीय सेना के तीन जवानों को पुलिस ने एक नाबालिग बच्ची को अगवा और छेड़-छाड़ करने की कोशिश में गिरफ़्तार किया था।

श्रीनगर से दिल्ली तक हड़कंप मच गया। इल्ज़ाम बहुत संगीन था और हालाँकि सबको सच का पता था लेकिन मीडिया में इस तरह बात को उछाले जाने से सबके ऊपर एक नया दबाव आ गया था। अलगाववादियों को भी जैसे एक नया हथियार मिल गया और उन्होंने इस पूरे मामले को ज़्यादा तूल देने की कोशिश की।

इस सबका असर बेचारे सुरेश और उसके साथियों पर सबसे ज़्यादा हुआ। हर कोई उनसे सवाल पूछता। हर कोई उन्हें अपने हिसाब से सुझाव देता।

मगर उनकी यूनिट ने सुरेश का पूरा साथ दिया और धीरे-धीरे मामला ठंडा होता गया।

इस बीच सुरेश को छुट्टी भेज दिया गया। इतने मानसिक दबाव में रहने के बाद उसे अपने परिवार की सख्त ज़रूरत थी।

कोल्हापुर पहुँचने के बाद सुरेश को कुछ चैन की सांसें महसूस हुई थीं। वह पूरे किस्से को किसी बेहद खराब ख़्वाब की तरह भूल जाना चाहता था। वैसे भी छुट्टी के दौरान उसे खुद को मसरूफ़ रखने के लिए रिश्तेदारों से मिलने और घर का सामान खरीदने जैसे हज़ारों काम थे।

उस दिन शाम को वह बाज़ार से वापिस आ रहा था जब उसकी गाड़ी शिवाजी रोड के बड़े चौराहे वाली ट्रैफ़िक लाइट पर रुकी। गाड़ी के थमते ही पता नहीं कहाँ से एक बच्ची भाग कर आई और खिड़की के पास खड़ी हो गई। वह देखने में बेहद मासूम और गरीब थी।

अभी बत्ती को हरा होने में थोड़ा वक्त था। सुरेश ने अपने सामान में से निम्मी के लिए खरीदी हुई चॉकलेट निकाली।

अब उस बच्ची की आँखों में एक चमक आ गई थी। सुरेश ने अपनी खिड़की का शीशा हल्का-सा नीचे करना शुरू ही किया था कि उसे जैसे सब कुछ याद आ गया।

बत्ती हरी हो गई थी। सुरेश ने चॉकलेट को सीट पर ही फेंक दिया और उस बच्ची के फैलाए हुए हाथों को नज़रअंदाज़ करते हुए अपनी कार की रफ़्तार तेज़ कर दी।

•

यह मंज़िल नहीं आसान

"जम्मू हवाई अड्डे पर आपका स्वागत है। अब आप सब अपने मोबाइल फ़ोन का इस्तेमाल कर सकते है। जम्मू हवाईअड्डा सैनिक विमानतल है। सुरक्षा कारणों से यहाँ पर फ़ोटो खींचना माना है।"

दिल्ली से जम्मू आ रही एयर इंडिया की फ़्लाइट एआई 820 पर ये सूचना होते ही भगदड़ मच गई थी। एक घंटे से चुपचाप अपनी सीटों पर सिकुड़ कर बैठे हुए यात्रियों में जैसे अचानक किसी ने जान फूंक दी और वो सब एक-दूसरे से पहले नीचे उतरने की होड़ में लग गए थे।

हवाई जहाज़ के पीछे वाले हिस्से में खिड़की के साथ सिर लगा कर चुपचाप सो रही वो नवयुवती इस लापरवाह भाग दौड़ से अब तक अनजान थी। इस शोर से परेशान होकर उसने एक पल के लिए अपनी आँखें खोलीं और फिर मन-ही-मन भीड़ को कोसना शुरू कर दिया।

"पता नहीं, इतनी जल्दी उतर कर कहाँ जाएँगे। फ़्लाइट को रोडवेज़ की बस बना दिया है ज़ाहिलों ने।"

वह भी अफ़रा-तफ़री करते इन लोगों की बेचैनी को देख कर हैरान हो ही रही थी कि अचानक उसकी नज़र थोड़ी दूर खड़े एक अधेड़ उम्र के यात्री पर पड़ी जो अपने मोबाइल से बाहर के नज़ारों की धड़ाधड़ तस्वीरें खींच रहा था।

"एक्सक्यूज़ मी। आप यहाँ फ़ोटो क्यूँ खींच रहे हैं। अभी अनाउंसमेंट हुई थी ना। सुना नहीं आपने।" उसने सीट पर बैठे-बैठे ही ज़ोर से उस आदमी को आवाज़ दी।

उस आदमी ने पलट कर एक नज़र इस लड़की को देखा और वह फिर से बेपरवाह होकर फ़ोटो लेने में जुट गया।

"हेलो मिस्टर, मैं आपसे ही बात कर रही हूँ। प्लीज़।" अब वह अपनी सीट से उठ कर खड़ी हो गई थी।

"ओ मैडम जी, अपना काम करो। आपकी फ़ोटो तो नहीं निकाल रहा हूँ ना। फ़ालतू में परेशान मत करो।"

इतनी सी देर में माहौल को गरम होते देख विमान की एयर होस्टेस जल्दी से उनके नज़दीक आ गई थी।

"कैन आई हेल्प यू। इज़ देयर सम प्रॉब्लम।"

"जी हाँ। आप इनको समझाएँ कि यहाँ हवाई अड्डे की फ़ोटो ना खींचें। आप ही ने तो अभी घोषणा की थी ना कि ये सैन्य एयरपोर्ट है। और इनके फ़ोन से यहाँ की सारी फ़ोटोज़ भी डिलीट करें।"

अचानक ही सब का ध्यान अपनी ओर होता देख कर वह यात्री थोड़ा झेंप सा गया था और हिचकिचाते हुए उसने फ़ोटो खींचना बंद कर दिया।

विमान से उतरते वक्त जब एयर होस्टेस ने इस शांत सी दिखने वाली तेज़-तर्रार लड़की को नमस्ते के साथ अलविदा कहा तो उनकी आँखों में उसके लिए आदर और आभार साफ़ झलक रहा था।

जम्मू एयरपोर्ट पर अच्छी-खासी भीड़ थी। छोटा-सा तो एयरपोर्ट है वहाँ का। किसी रेलवे स्टेशन जैसा ही लगता है। उस लड़की का सामान आने में थोड़ा वक्त लगा। फिर जैसे ही वह अपना सामान उठा कर बाहर निकली तो दरवाज़े पर ही उसे एक जानी-पहचानी शक्ल दिखाई दे गई।

"जय हिन्द साहब। आइए गाड़ी उधर पार्किंग में है।" वर्दी में आए उस फ़ौजी हवलदार को एक लड़की के सामने सैल्यूट करते देख आस-पास के लोग पल भर को रुक गए थे।

उनका सकपकाना वाजिब ही था। आख़िर उस नवयुवती को देख कर भला कौन अंदाज़ा लगा सकता था कि वो भारतीय सेना में एक अफ़सर है।

वह थी कैप्टन स्वाति नायर। मिलिट्री इंटेलिजेंस। कुछ दिनों की छुट्टियां काटने के बाद वह आज वापिस अपनी यूनिट जा रही थी।

चार महीने पहले ही उसकी आर्मी इंटेलिजेंस यूनिट में पोस्टिंग हुई थी। चेन्नई में ऑफ़िसर्स ट्रेनिंग एकेडमी की ट्रेनिंग खत्म होने के बाद स्वाति की यह पहली यूनिट थी। फ़ौजी अफ़सर की पहली यूनिट पहले प्यार जैसी होती है। हमेशा अज़ीज़। कभी न भूलने वाला।

स्वाति ने ट्रेनिंग के दौरान बहुत अव्वल दर्जे का प्रदर्शन किया था। एक आदर्श अफ़सर बनने का सपना था उसका। और देश की सेवा में अपने कर्तव्य को निभाने का भरपूर जज़्बा। इन्हीं उम्मीदों और हसरतों के साथ वो इस यूनिट में आयी थी।

यूनिट जम्मू से कुछ किलोमीटर दूर नगरोटा में स्थित थी। उसके कमान अधिकारी थे कर्नल प्रभात शर्मा।

कर्नल शर्मा का काम करने का अंदाज़ निराला था। उनको समझना वाकई मुश्किल था। वो मेहनती थे। असरदार थे। तजुर्बेकार थे और थोड़े सनकी भी थे। जब उनको स्वाति की पोस्टिंग के बारे में पता लगा तो उन्होंने झट से दिल्ली हेडक्वार्टर में गुहार लगाई थी।

वो नहीं चाहते थे कि इस आतंक ग्रस्त इलाक़े के मुश्किल हालात में कोई महिला अधिकारी उनकी यूनिट में आए। उनका मानना था कि पूरी यूनिट में सिर्फ़ एक महिला अफ़सर होने से दिक्कतें आ सकती हैं। उसके रहने का इंतज़ाम करना। यूनिट के जवानों और अफ़सरों के साथ इकलौती महिला अधिकारी का तालमेल बिठाना। वो महिलाओं को लेकर इन प्रशासनिक दुविधाओं जैसे पेचीदा मसलों में नहीं पड़ना चाहते थे।

लेकिन आर्मी हैडक्वार्टर ने कर्नल शर्मा की इस गुज़ारिश को बेबुनियाद कह नज़रंदाज़ कर दिया। उनकी यह दलील थी कि सेना में महिला अफ़सरों को भर्ती करने की जो पहल की गई है वह सफल तभी हो सकती है अगर उन्हें हर तरह के माहौल में काम करने का मौका दिया जाए। इसलिए उन्होंने स्वाति की पोस्टिंग रद्द करने से इंकार कर दिया था। इसी तरह कैप्टन स्वाति पहुँच गई कर्नल शर्मा की कमान में।

यूँ तो स्वाति को यूनिट में पूरा आदर और सम्मान मिला लेकिन काम के नाम पर मिली छोटे-छोटे प्रशासनिक कार्यों की ज़िम्मेवारी। मसलन, अफ़सर मैस की देखभाल। यूनिट में आने-जाने वालों का बंदोबस्त। छोटी-मोटी कागज़ी कारवाई। मानो सब ने यह पहले से ही तय कर लिया हो कि महिला अफ़सरों को मुश्किल और जोखिम भरे कामों से दूर रखा जाना चाहिए।

हर रोज़ थक-हार कर स्वाति जब अपने छोटे से कमरे में वापिस आती तो उसको अपने दिन भर में किए काम फालतू लगते। उसकी दिली ख़्वाहिश थी कि वह कुछ संजीदा और रोचक काम करे। मुश्किल इलाकों में जा कर आतंकियों की खबर जुटाए और उनके खिलाफ़ किसी ऑपरेशन में हिस्सा ले।

इसके अलावा स्वाति के ऊपर पूरी यूनिट में इकलौती महिला अफ़सर होने की अलग से ज़िम्मेवारी भी तो थी। और यह ज़िम्मेवारी कम बल्कि एक बोझ ज़्यादा थी। ऐसा लगता था मानो हर वक्त उसी की परीक्षा हो रही हो। हर कदम पर उसे परखा जा रहा हो। जैसे सबको बस उसकी एक गलती का इंतज़ार हो ताकि वह कह सकें कि फ़ौज की दुर्गम ज़िन्दगी में महिलाओं का कोई स्थान नहीं है।

कभी-कभी तो उसे यह भी लगता कि शायद वह कुछ ज़्यादा ही सोच रही थी।

यह भी तो हो सकता है कि सभी नए अफ़सर शुरू-शुरू में ऐसे ही असहज महसूस करते हों।

लेकिन उसके लिए यूँ दिन गुज़ारना बड़ा मुश्किल था। इसलिए चार महीने के बाद जब उसे दो हफ़्तों की छुट्टी मिली तो घर जाने के ख़याल से ही जैसे उसकी जान में जान आ गई थी।

उसके पिता भी फ़ौज से सेवा निवृत्त हुए थे। घर पर सेना के बारे में अक्सर बातें होना लाज़िमी था। स्वाति ने जब अपनी मुश्किलों का ज़िक्र किया तो उन्होंने यह कह कर नज़रअंदाज़ कर दिया कि हर अफ़सर को पहली यूनिट में इसी तरह की दिक्कतें पेश आती हैं। वैसे भी उनके ज़माने में तो फ़ौज में लड़कियों का आना भी सोच से परे था और शायद इसलिए उनके लिए स्वाति की बातों को समझना ज़रा मुश्किल था।

लेकिन उसकी छोटी बहन कविता भाँप गई थी कि कुछ गड़बड़ है।

''सब ठीक तो है ना अक्का। ऐसा लग रहा है कि तू खुश नहीं है आर्मी में जा कर।''

''कुछ ऐसा ही समझ। अरे यार, फ़ौज में नौकरी करना इतना आसान नहीं है जितना हम सोचते हैं। हर वक्त एक अजीब-सा टेंशन है। और मेरे लिए तो यह शायद खुद को हमेशा साबित करने की हसरत का नतीजा है।''

''तू भी चाहती है ना आर्मी अफ़सर बनना। मेरी मान तो एक बार और सोच ले। यह जो तू आज़ाद पंछी की तरह घूमती है ना। जहाँ जाना हो चले गए। जो पहनना हो पहन लिया। जैसे बात करनी हो कर ली। सेना में आते ही ये सब खत्म हो जाएगा। सोच ले, बाकी तेरी मर्ज़ी।'' स्वाति ने अपनी लाडली बहन को फ़ौज से दूर रहने की सलाह भी दी थी।

''लेकिन इस सब के बावजूद एक बात तो है यार। आज भी जब वर्दी पहनती हूँ ना, तब खुद पर बड़ा गर्व होता है और तब ये सारी शिकायतें गायब हो जाती हैं। गर्व तो होता है जब कोई सैल्यूट मारता है। सच में बहुत कन्फ़्यूज़्ड लग रही हूँ ना मैं। कुछ समझ नहीं आ रहा।''

''चल छोड़ ये सब फ़ौज की फालतू बातें हैं। शायद मैं कुछ ज़्यादा ही दिमाग लगा रही हूँ। अब कम-से-कम इन दो हफ़्तों में तो तेरे साथ मस्ती करना बनता है।''

बस यूँ ही परिवार के साथ वक्त बिताते हुए कब स्वाति की छुट्टियाँ खत्म हो गईं, पता ही नहीं लगा।

एयरपोर्ट से यूनिट पहुँचने के बाद स्वाति सीधे दफ़्तर गई और उसकी फिर से

वही दिनचर्या शुरू हो गई। उसी तरह पूरे दिन मसरूफ़ रहना और शाम को ताज़्जुब करना कि पूरे दिन आख़िर किया क्या है।

एक दिन सुबह-सुबह कर्नल शर्मा ने उसे बुलाया और कोर हेडक्वार्टर में होने वाली ब्रीफ़िंग की तैयारी करने को कहा।

''देखो, प्रेजेंटेशन तो मैंने तैयार कर ली है। तुम बस मेरे इशारे पर स्लाइड्स को आगे बढ़ाती रहना। कुछ गड़बड़ नहीं होनी चाहिए। इसलिए तुम एक बार पूरी प्रेजेंटेशन ज़रूर देख लेना। सीडी राइट कर के अपने पास रखना। कल ठीक दस बजे हमें वहाँ पहुँचना है।''

यह भी छोटा काम ही सही लेकिन अहम तो था। बस यही सोच कर स्वाति पूरे उत्साह के साथ तैयार हो गई थी। अगले दिन दोनों सही वक्त पर ब्रीफ़िंग के लिए पहुँच गए थे।

ब्रीफ़िंग बहुत अच्छी तरह से चल रही थी जब कमांडर साहब ने कर्नल शर्मा को दो-चार इलाक़े नक्शे पर दिखाने को कहा। उनका मानना था कि पॉवरपॉइंट पर किसी जगह का ठीक से अंदाज़ा नहीं होता।

यह सुनकर कर्नल शर्मा थोड़े सकपकाए ज़रूर थे क्योंकि उन्होंने इसकी तैयारी नहीं की थी। उनकी नज़र दीवार पर लगे बड़े से नक्शे में वो सारी जगहें तलाश कर ही रही थी कि स्वाति ने लेज़र प्वाइंटर से उन इलाकों की निशानदेही कर के उनकी दुविधा दूर कर दी।

ब्रीफ़िंग अच्छी तरह संपन्न हुई और कमांडर साहब ने भी जाते वक्त अपनी खुशी का इज़हार किया। वापिस आने के बाद कर्नल शर्मा ने स्वाति को जब ''वैल डन'' कहा तो उसके लिए कर्नल शर्मा का यूँ शाबाशी देना बहुत मायने रखता था। उसने थोड़ा सोचा और फिर हिम्मत करते हुए कर्नल साहब को जवाब दिया।

''थैंक यू सर। दरअसल मुझे लगता है कि अगर इस तरह की ब्रीफ़िंग में हम आम नक्शे की बजाय सैटेलाइट इमेजरी का इस्तेमाल करेंगे तो अपनी बात समझाने में आसानी रहेगी।''

''ओके। अगली बार सोचेंगे।''

~

कर्नल शर्मा ने दो टूक जवाब दिया था। उन्हें स्वाति के सुझाव में कुछ खास दिलचस्पी नहीं थी। एक तो जुम्मा-जुम्मा चार दिन की नौकरी वाली स्वाति ने उन पर अनचाहा

प्रस्ताव दे मारा था और दूसरा उनके लिए किसी भी तरह की टेक्नोलॉजी मानो काला अक्षर भैंस बराबर थी। उनके ऑफ़िस में कंप्यूटर भी तो किसी शो पीस की तरह ही रखा हुआ था। यहाँ तक कि उसे रोज़ चालू करने की ज़िम्मेदारी भी उन्होंने अपने क्लर्क को थमाई हुई थी। अपनी पीढ़ी के कई अधिकारियों की तरह उनकी तकनीकी समझ भी केवल फ़ेसबुक और व्हाट्सएप तक ही सीमित थी।

यह ऐसे दौर की शुरुआत थी जब सोशल मीडिया तेज़ी से इंसानी ज़िन्दगी पर अपनी पकड़ बना रहा था। जहाँ ट्विटर और टेलीग्राम जैसे साधन लोगों को एक-दूसरे से जोड़ने का काम कर रहे थे वहीं दुनिया भर में इनका इस्तेमाल आतंक और अराजकता फैलाने के लिए भी किया जा रहा था। जम्मू और कश्मीर भी इस नई तकनीक के प्रभाव से अछूता नहीं था।

पूरे राज्य में असामाजिक तत्व झूठी खबरें फैलाकर लोगों को भड़काने के लिए, और आतंकवादी संगठन अपनी कार्यवाहियों को अंजाम देने के लिए सोशल मीडिया का खूब प्रयोग कर रहे थे। पाकिस्तान में बैठे कई आला दर्जे के आतंकियों ने भी जम्मू-कश्मीर में मौजूद अपने साथियों से संपर्क साधने के लिए यही ज़रिया अपना लिया था। ऐसे में सुरक्षा बलों के लिए इस पहलू पर तवज्जो देना खास ज़रूरी हो गया था।

कर्नल शर्मा भी इस नए मांध्यम की अहमियत को समझते थे। इसलिए अब उन्होंने ये ज़िम्मेवारी स्वाति के सिर पर थोप दी। साथ में तीन लोगों की एक टीम भी उसके हवाले कर दी। वैसे उनके हिसाब से ये सब ज़रूरी तो था पर उतना नहीं जितना कि फील्ड में आतंकवादियों का मुकाबला करना। उनको खोज कर उनका एनकाउंटर करना। पुराने ज़माने के शर्मा साहब के लिए इस दौर के नए तौर-तरीकों को समझ पाना मानसिक रूप से ज़रा मुश्किल था।

मगर स्वाति के लिए यह एक सही मौका था। एक ऐसी चुनौती जिसकी उसे बेसब्री से तलाश थी। जैसे उसे लंबे इंतज़ार के बाद एक नई ज़िन्दगी मिल गई हो। उसने अपने आप को पूरे जी-जान से इसी काम में झोंक दिया।

उसकी टीम में शामिल सिपाही कुछ खास पढ़े-लिखे नहीं थे लेकिन स्वाति ने जल्द ही उनको भी सोशल मीडिया के सभी पहलुओं और फ़ेसबुक, ट्विटर और इंस्टाग्राम जैसे प्लेटफ़ार्म से अवगत करा दिया। उन्होंने अलग-अलग नामों से कई अकाउंट खोल लिए और विभिन्न समूहों का हिस्सा बन कर इंटरनेट पर हो रही हर तरीके की बातचीत को जाँचने-परखने लगे। स्वाति को ये सब करवाने में थोड़ी मुश्किलें ज़रूर आईं लेकिन थोड़े वक्त बाद ही उनकी टीम ने सोशल मीडिया से खबरें

निकालने और उनकी छानबीन करने में महारत हासिल कर ली।

अब तो यह आलम था कि कर्नल शर्मा को अधिकतर घटनाओं की पहली जानकारी स्वाति की टीम से मुहैया होती। इंटेलिजेंस के क्षेत्र में खबर की अहमियत उसकी रफ़्तार और सच्चाई पर निर्भर करती है। आला कमांडरों को उभरते हालात और किसी भी घटना से सबसे पहले अवगत कराने में उनकी यूनिट अब सबसे अव्वल थी।

वैसे तो कर्नल शर्मा के लिए इतना करना ही बहुत था लेकिन स्वाति के लिए तो यह बस एक शुरुआत थी। वह अक्सर अपनी टीम को समझाती थी कि टेक्नोलॉजी व सोशल मीडिया के बेहतर इस्तेमाल से वे खबरों के अलावा भी काफ़ी कुछ पता कर सकते हैं। स्वाति घंटों उनके साथ बैठती और पूरी टीम को लगन, दिमागी सजगता और तकनीकी कुशलता से काम करने के लिए प्रेरित करती। इसके अलावा उसने पुलिस और इंटेलिजेंस ब्यूरो समेत बाकी सुरक्षा इदारों से भी ताल्लुक बढ़ाने शुरू कर दिए। उसकी इस अगुआई को देख कर कर्नल शर्मा ने भी उसको ज़रूरी सहूलियतें मुहैया कराने में कोई आनाकानी नहीं की और स्वाति को अपने तरीके से काम करने की पूरी छूट मिलने लगी।

इसी मेहनत का नतीजा था कि स्वाति की टीम को यूनिट में बहुत सम्मान मिलने लगा। खासकर स्वाति को। यूनिट के ज़्यादातर जवान और अफ़सर कैप्टन स्वाति के काम और तौर-तरीकों से अच्छा-खासा प्रभावित थे।

हाँ, हमेशा की तरह कुछ लोग अभी तक फ़ौज में महिलाओं की मौजूदगी से राज़ी नहीं थे। कभी-कभार स्वाति को उनके कटाक्ष का सामना ज़रूर करना पड़ता। जैसे दूर-दराज के दुर्गम इलाकों में तैनात यूनिट के एक-आध अफ़सर उस पर व्यंग्य कसते कि वह एयरकंडीशंड कमरे में बैठ कर आराम फरमा रही है। या फिर मज़ाक में कभी उस पर हमेशा कमांडिंग ऑफ़िसर के इर्द-गिर्द रहने का दोष मढ़ देते। लेकिन इन छोटे-मोटे अवरोधों का उसकी कार्य शैली पर कोई उल्टा असर न पड़ा।

उसी साल अक्टूबर में जम्मू के नज़दीक एक बड़ा आयोजन होना था। जम्मू के पुराने किले बाहु फोर्ट के पास एक शहीद स्मारक का उद्घाटन था जिसमें सेना और प्रशासन के सभी उच्च अधिकारियों को शरीक होना था। मीडिया में भी इस आयोजन का खूब प्रचार किया जा रहा था।

ज़ाहिर था कि आतंकवादियों की नज़र भी इस कार्यक्रम पर थी। अगर वह इसमें बाधा पहुँचाने में सफल हो जाते तो सुरक्षा बलों की साख को एक बड़ा झटका दे सकते थे।

कार्यक्रम की सुरक्षा की ज़िम्मेदारी कर्नल शर्मा और उनकी यूनिट पर थी। इस बंदोबस्त में पुलिस से तालमेल और आस-पास के इलाकों की निगरानी के अलावा सुरक्षा बलों की तैनाती जैसे कई महत्त्वपूर्ण पहलू शामिल थे।

उनकी पूरी यूनिट इन्हीं तैयारियों में मसरूफ़ थी। जैसे-जैसे आयोजन का दिन नज़दीक आ रहा था वैसे-वैसे आला अफ़सरों की बेचैनी भी बढ़ रही थी। हर तरफ़ सुरक्षा बलों का पहरा बढ़ा दिया गया था। आने-जाने वाली गाड़ियों की तलाशी भी ली जा रही थी।

कार्यक्रम से एक दिन पहले स्वाति ने देर रात कर्नल शर्मा को अचानक एक गुज़ारिश की।

"सर, यह बाहु फोर्ट के पीछे जो कालका कॉलोनी है ना हमें यहाँ तलाशी करवानी चाहिए। और वहाँ थोड़ी नफ़री भी तैनात करनी चाहिए।

"क्यों कोई खबर है क्या तुम्हारे पास। तुमने देखा भी है वो इलाका। धारावी से कुछ कम नहीं है वह। वहाँ इतने घर हैं कि तीन दिन तक भी तलाशी खत्म नहीं होगी।"

"मुझे पता है सर। हमारे पास कोई पुख़्ता खबर तो नहीं है लेकिन आज ही दो लोगों ने फ़ेसबुक पर अपनी फ़ोटो डाली है जिसमें उनकी लोकेशन कालका कॉलोनी है। पीछे बाहु फोर्ट भी नज़र आ रहा है। ये दोनों दक्षिण कश्मीर के कुलगाम ज़िले से हैं। वैसे भी कुलगाम कुख़्यात इलाका है और ये दोनों हमेशा इंटरनेट पर देश के विरुद्ध और आतंकियों के पक्ष में ही बात करते हैं। हम काफ़ी दिनों से इनको सोशल मीडिया पर ट्रैक कर रहे हैं। हो सकता है उन्हें कल की किसी योजना का पता हो।"

"देखो तुम्हारी बात से मैं कुछ खास मुत्मयीन नहीं हुआ हूँ। वैसे भी कोई किसी कार्यवाही को अंजाम देने से पहले इस तरह का इशारा क्यूँ करेगा जिस से उन पर शक हो।"

"यू आर राइट सर। लेकिन ये नए लड़के हैं सर। जोश में होश खो बैठते हैं। इन्हें पब्लिसिटी बहुत अच्छी लगती है। यह भी हो सकता है कि मेरा अंदाज़ा गलत हो पर फिर भी मेरे ख़याल से यहाँ सुरक्षा बलों की थोड़ी हरकत दिखाना ज़रूरी है।" स्वाति ने ज़ोर दिया तो कर्नल शर्मा ने उसकी बात मान ली।

"ठीक है। हम वहाँ थोड़ी हरकत दिखाते हैं। पुलिस और आर्मी का वहाँ एक जॉइंट ऑपरेशन करवाता हूँ। लेकिन यह सब सिर्फ़ इसलिए क्योंकि यह बहुत बड़ा कार्यक्रम है। और हम किसी को कोई मौका नहीं दे सकते।"

खैर, उस इलाके की तलाशी में तो आतंकियों का कोई सुराग नहीं मिला लेकिन शहीद स्मारक का आयोजन बड़ी धूमधाम से सफलतापूर्वक संपन्न हुआ। राज्य के गवर्नर समेत कई उच्च अधिकारियों ने हिस्सा लिया। सब अतिथियों के जाने के बाद ही कर्नल शर्मा ने चैन की सांस ली। आला अफ़सरों ने उनको सुरक्षा बंदोबस्त के लिए मुबारकबाद जो दी थी।

जैसे-जैसे वक्त बीत रहा था वैसे-वैसे स्वाति के दिमाग में नई-नई तरकीबें ईजाद हो रही थीं। नई टेक्नोलॉजी के कारण खबरें हासिल करने के बेशुमार रास्ते खुल गए थे। स्वाति इन सब को सीखना और आजमाना चाहती थी। कभी वह आतंकवादियों के मोबाइल फ़ोन को बग करने का सोचती तो कभी उनके समर्थकों के कॉल रिकॉर्ड का विश्लेषण करती। ऐसा तो नहीं था कि इन सभी तरकीबों से उनकी यूनिट को हर बार सफलता मिली हो लेकिन उसकी इस तकनीकी सोच से प्रभावित होकर उसकी देखा-देखी ही यूनिट के कई अफ़सर भी ज़रूर इसी तरह के नए-नए तरीके इख़्तियार करने की कोशिश करने लगे थे। किसी संदिग्ध इंसान की शिनाख़्त करने से लेकर किसी को मोबाइल द्वारा ट्रैक करने जैसी कई कार्यवाहियों में स्वाति की टीम से मदद ली जाती। उनके इसी महत्त्व को देखते हुए उसकी टीम की संख्या भी अब चार से बढ़ कर दस हो गई थी। साथ में उन्हें कुछ नए कंप्यूटर और उपकरण भी मिल गए थे।

उस समारोह के तकरीबन डेढ़ महीने बाद एक दिन स्वाति को कर्नल शर्मा ने अपने दफ़्तर में बुलाया। स्वाति के अंदर आते ही उन्होंने उसकी तरफ़ एक फ़ाइल सरकाई।

''इसको पढ़ो। पता है इसमें क्या है।''

''सर।''

''पिछले हफ़्ते श्रीनगर में जैश-ए-मोहम्मद का एक कुख्यात कमांडर पकड़ा गया। कारी यासिर। यह उसकी इंटेरोगेशन रिपोर्ट है। उसने यह बताया है कि उन्होंने बाहु फोर्ट वाले कार्यक्रम के दौरान हमला करने की योजना बनाई थी। और वे कालका कॉलोनी में ही रुके थे। लेकिन ऐन वक्त पर हमारे सर्च ऑपरेशन से वे इधर-उधर बिखर गए और अपनी योजना को अंजाम नहीं दे पाए।''

''गुड जॉब स्वाति। तुम अगर ज़ोर ना देतीं तो शायद गड़बड़ हो जाती।'' कर्नल शर्मा का यूँ तारीफ़ करना अपने आप में एक अनोखा पल था।

''थैंक्यू सर। वैसे इट वाज़ जस्ट ए गेस।'' स्वाति के मन में खुशी थी लेकिन

चेहरे पर अब भी कोई भी लक्षण ना था।

''मुझे पता है। बट इट वर्क्ड। एंड दैट इज़ वॉट मैटर्स।''

''एक और बात स्वाति। जब तुम्हारी पोस्टिंग आई थी तो मैंने उसको रद्द कराने की कोशिश की थी। मुझे हमारी यूनिट में किसी महिला अधिकारी का आना कुछ मुनासिब नहीं लग रहा था। आई वाज़ रॉन्ग। मुझे खुशी है कि तुमने मुझे गलत साबित किया।''

''मगर याद रखना कि अभी तो शुरुआत है। यह सफ़र बहुत लंबा है और दुश्वार भी। गुड लक एंड कीप अप द हाई स्पिरिट्स।''

''राइट सर।''

स्वाति उनके दफ़्तर से बाहर निकल कर कुछ ही कदम चली थी कि उसे सामने से आते हुए मेजर चतुर्वेदी ने टोक दिया।

''हाँ भई। लगता है आज फिर से शाबाशी बटोर लाई हो सीओ से। यार, तुम्हारा अच्छा है। यहाँ बैठ कर कंप्यूटर पर नाम कमाए जाओ और वहाँ जंगल छान-छान कर हमारे घुटनों की ग्रीस खत्म हो गई है।''

यह सुनकर स्वाति बस मुस्करा दी थी। और इस मुस्कुराहट में खुशी की बजाय नज़रअंदाज़ी साफ़ झलक रही थी।

अब तक वह समझ चुकी थी कि इस कभी न खत्म होने वाली जंग में उसे खुद को किसी के सामने हर पल साबित करने की कोई ज़रूरत नहीं है।

वह अपने काम से बहुत खुश थी। उसकी यूनिट को उस पर गर्व था और उसके लिए बस यही मायने रखता था।

सेना मेडल

"मुबारक हो सैम। आख़िरकार तुम्हारी पोस्टिंग आ ही गई। तुम 81 राष्ट्रीय राइफ़ल्स में जा रहे हो। बतौर कंपनी कमांडर। पुलवामा, दक्षिण कश्मीर में।"

सैम यानी मेजर अतुल सेमवाल। 19 एयर डिफ़ेंस रेज़िमेंट का सबसे होनहार अफ़सर था।

यूनिट में सब उसे सैम कहते थे। भारतीय सेना में तो यह आम बात है। किसी के भी अच्छे-खासे नाम को बिगाड़ कर उसको अजीबो-गरीब निक नेम से बुलाना। जैसे मडवाल को मेडी। भारद्वाज को बर्डी। त्रिपाठी को ट्रिप्स। बिरेंद्र को बीरू। वगैरह-वगैरह। बस इसी तरह हर नाम की बड़े प्यार से धज्जियाँ उड़ाना तो असल में सेना की कोई पुरानी परंपरा ही लगती है।

ख़ैर, उस वक्त सोनू सर यानी मेजर सोनेंदर सिंह के मुँह से अपनी पोस्टिंग की खबर सुन कर अतुल के चेहरे पर खुशी साफ़ ज़ाहिर हो रही थी।

सैम को इस पोस्टिंग का कई दिनों से बेसब्री से इंतज़ार था। उसकी यूनिट अमृतसर में थी और उसे अमृतसर जैसी शांत जगह में कुछ खास रोमांच महसूस नहीं हो रहा था। वहाँ बड़ी साधारण सी दिनचर्या थी। रोज़ ट्रेनिंग करना। वक्त-बेवक्त ऑफ़िस जाना। हर तरह के समारोह के बंदोबस्त की ज़िम्मेवारी। और इसी तरह के बाकी काम करना।

उसका बहुत मन करता था कि वो कुछ खास करे। जब भी कश्मीर या बाकी दुर्गम इलाकों में तैनात उसके साथी बैच मेट अपने रोमांचक किस्से सुनाते तो वह भी पूरे जोश में आ जाता था। अब चूँकि पाकिस्तान के साथ जंग होने के तो कोई खास आसार नज़र नहीं आ रहे थे तो फिर पाकिस्तानी आतंकियों से ही लोहा ले लिया जाए। बस यही सोच कर उसने राष्ट्रीय राइफ़ल्स में पोस्टिंग पर जाने की अर्ज़ी दे दी थी।

सिर्फ़ दो हफ़्तों का वक्त मिला था उसको नई जगह पहुँचने के लिए। सोनू सर

के हिसाब से तो ये आर्मी हेडक्वार्टर की बड़ी ज़्यादती थी कि उन्होंने अतुल की पोस्टिंग तो फटाफट निकाल दी लेकिन वहाँ पहुँचने की तारीख देने में इतनी कंजूसी की थी।

पर अतुल को इस बात को कोई मलाल नहीं था। उसका बस चलता तो वह इस से भी जल्दी कश्मीर पहुँच जाता।

वह तो बस जुट गया था अपनी तैयारी में। नई यूनिट से स्वागत के रूप में एक लम्बी-सी चिट्ठी भी आ गई थी। चिट्ठी के साथ-साथ जानकारियों का एक भारी पुलिंदा भी था। यूनिट का इतिहास। उनका काम। इलाक़े की खासियत वगैरह। और इसी तरह का बहुत कुछ जानने के लिए। इसके अलावा अतुल ने खुद भी जम्मू-कश्मीर के हालात को ज़्यादा गहराई से समझने के लिए दो-चार किताबें भी खरीद ली थीं।

मार्च का महीना शुरू ही हुआ था जब अतुल श्रीनगर के हवाई अड्डे पर उतरा। वो खुश भी था और थोड़ा बेचैन भी। ऊपर हवाईजहाज़ से जब उसने बर्फ़ से ढकी पीर पंजाल की पहाड़ियों को पहली बार देखा था तो वह एकदम मंत्र मुग्ध सा हो गया था। यह सोच-सोच कर कि वह इसी जन्नत में अगले दो साल गुज़ारेगा।

कश्मीर वादी की हवा में एक खुश्क सी ठंडक थी। वहाँ की रंगत भरी फ़िज़ा किसी को भी अपनी ओर आकर्षित कर सकती थी। उस वक्त भीड़-भाड़ से भरे हवाई अड्डे को देख कर यह कतई नहीं कहा जा सकता था कि वहाँ पर हालात सामान्य नहीं हैं।

उसके स्वागत के लिए यूनिट से सूबेदार श्यामलाल एयरपोर्ट पर आए हुए थे। और उनके साथ में था गाड़ियों का एक काफ़िला। एक बुलेट प्रूफ़ जीप और उसके आगे-पीछे दो और गाड़ियाँ। मिलते ही सूबेदार साहब ने एक हाथ से उसका बैग लेकर दूसरे हाथ से बुलेट प्रूफ़ जैकेट पकड़ा दिया था।

''इसको पहन लो साहब। कहीं भी बाहर आते-जाते वक्त इस को लगा कर रखने का हुक्म है।'' यह सुनकर पहली बार अतुल को वादी के नाज़ुक हालात का अंदाज़ा हुआ था।

श्रीनगर से पुलवामा का सफ़र सिर्फ़ एक घंटे का था। पूरे रास्ते अतुल खिड़की के बाहर टकटकी लगा कर देखता रहा था। और सूबेदार श्यामलाल किसी क्रिकेट कमेंटेटर की तरह लगातार बड़बड़ा रहे थे।

''साहब यह हाइवे बारामूला को जाता है।''

''और यह हैदरपुरा चौक है जहाँ तीन साल पहले ज़बरदस्त फायरिंग हुई थी। यह पंथा चौक है साहब। यहाँ पर हमेशा ट्रैफ़िक जाम मिलता है। यह पांपोर है। वैसे

तो बड़ा खतरनाक इलाका है मगर यहाँ केसर के खूबसूरत खेत हैं। साल में हज़ारों डिब्बियाँ तो हम ही खरीद लेते होंगे यहाँ से। और यहीं पास में क्रिकेट के सबसे बढ़िया बैट बनते हैं साहब।''

अतुल के लिए सब कुछ बड़ा लुभावना था। इस वक्त उसकी हालत उस बच्चे की तरह थी जिसे खिलौनों की एक बड़ी सी दुकान में अकेला छोड़ दिया गया हो।

नई यूनिट में बड़ी गर्मजोशी से स्वागत हुआ था उसका। वैसे तो उनकी यूनिट पुलवामा ज़िले के पाँच अलग-अलग इलाकों में तैनात थी लेकिन उस दिन दोपहर के खाने पर सभी अफ़सर हैडक्वार्टर में आए हुए थे।

अतुल को बहुत अच्छा लगा था उन सब से मिलकर। वहाँ कुछ अलग सा अनौपचारिक माहौल था। यूनिफ़ॉर्म के नाम पर हरे रंग की कॉम्बैट टीशर्ट। ज़्यादातर की बढ़ी हुई दाढ़ी। पास ही रखे हुए हथियार। हाथों में रेडियो सेट। आतंकियों और उनकी हरकतों की अनगिनत बातें। यह माहौल देख कर उसे लगा कि शायद यही सब तो था जिसके लिए वह सेना में शामिल हुआ था।

~

इन्हीं सब ख़यालों में खोया हुआ अतुल अपने नये कमांडिंग अफ़सर के दफ़्तर में पहली बार दाखिल हुआ था।

कर्नल विक्रांत कादयान। वह पिछले ढाई साल से यूनिट की कमान संभाले हुए थे। वह बहुत शांत और सुलझे हुए थे लेकिन फिर भी कई मायनों में बिलकुल कड़क भी थे। ना सिर्फ़ उनकी यूनिट वाले बल्कि सभी स्थानीय लोग भी उनकी दिल से इज़्ज़त करते थे।

''वेलकम टू द यूनिट अतुल।''

''कैसा लग रहा है तुम्हें इस नए माहौल में। शायद थोड़ा अजीब लगेगा शुरू-शुरू में। सभी को ऐसा ही लगता है। लेकिन फिर तुम्हें आदत हो जाएगी। यहाँ राष्ट्रीय राइफ़ल्स में सब सिर्फ़ दो साल के लिए आते हैं। इसलिए यहाँ के तौर-तरीके थोड़ा अलग हैं।''

''तुम्हारा अब तक का प्रदर्शन और प्रोफ़ाइल काफ़ी अच्छा है। मगर तुम एयर डिफ़ेंस रेजिमेंट से हो। यहाँ पर ज़्यादातर इन्फैंट्री की तरह काम किया जाता है। ज़मीनी दस्तूर और उसी हिसाब से ऑपरेशन।''

''तुम पहले दो हफ़्ते इन्हीं बारीकियों के बारे में सीखो। यहीं हेडक्वार्टर में रह

कर। इसी दौरान इलाक़े की ज़्यादा-से-ज़्यादा जानकारी हासिल करो। उसके बाद तुम काकापोरा कंपनी को कमांड करोगे। थोड़ा मुश्किल इलाका है लेकिन मुझे उम्मीद है तुम संभाल लोगे। गुड लक।'' कर्नल कादयान ने इस तरह बहुत तसल्ली से उस का स्वागत किया था।

अतुल मेहनती तो था ही। और साथ में उसमें दिमागी जुनून भी था। वह जल्द ही राष्ट्रीय राइफ़ल्स के तौर-तरीके सीख गया था। उससे खासा प्रभावित हुए थे कर्नल विक्रांत। वैसे भी उनका मानना था कि हर नए अफ़सर का मार्गदर्शन करना बहुत ज़रूरी है। और इसलिए वह अपनी कमान के अंदर सभी अफ़सर और ज़्यादातर जवानों से अक्सर सीधे बात किया करते थे।

फिर अतुल तो हीरा था। बस उसको थोड़ा और तराशने की ज़रूरत थी।

दो हफ़्ते बाद काकापोरा जाते वक्त अतुल उनके दफ़्तर में मिलने आया था।

''बैठो अतुल। लेट मी बी वेरी फ्रैंक सन। हमारी सेना बहुत सालों से कश्मीर में आतंकवादियों से लड़ रही है। अब तो हालात पहले से कई गुना बेहतर हैं। इसलिए अब हमारे लड़ने का तरीक़ा भी बदलना चाहिए और धीरे-धीरे बदल भी रहा है।''

''यहाँ पर तुम्हें हर फ़ितरत के लोग मिलेंगे। यहाँ बहुत से अफ़सर और जवान ऐसे हैं जो पूरी मेहनत से अपना काम करते हैं। हालात को समझते है। अपनी ज़िम्मेवारी बखूबी निभाते हैं। कुछ ऐसे भी हैं जो ये दो साल सिर्फ़ किसी तरह से गुज़ारना चाहते हैं। और चंद अफ़सर ऐसे हैं जो तलाश करते हैं सिर्फ़ एक मौका। सिर्फ़ एक अच्छे ऑपरेशन का। सिर्फ़ एक कामयाबी का। जिससे उनको कोई मेडल, कोई तमगा मिल जाए। इसके बाद वो थोड़ा सुस्त पड़ जाते हैं और यहाँ से वापिस जाने का इंतज़ार करते हैं।''

''मैंने जितना तुम्हें देखा है उस से मैं बहुत खुश हूँ। मुझे लगता है कि तुम सच में अपनी ज़िम्मेवारी बखूबी समझते हो। तुम्हारे पास दो साल हैं। इस वक्त का पूरा इस्तेमाल करो। एक अच्छे और नेक अफ़सर की तरह। आई एम श्योर दैट यू विल डू वैल।''

''और ध्यान रहे यह लड़ाई अकेले नहीं लड़ी जाती। पूरी यूनिट, पूरी सेना और पूरा देश जब तक एक साथ यह जंग नहीं लड़ेंगे तब तक कश्मीर में सही मायने में अमन नहीं आएगा। बस हम सबको अपना अपना किरदार सलीके से निभाना है। खुद का और अपने जवानों का ख़याल रखना। और हाँ यह ज़रूर याद रखना कि जोश के साथ होश भी बहुत ज़रूरी है।'' कर्नल विक्रांत की बातों को अतुल ने बड़े ध्यान से सुना था।

और इस तरह अतुल ने अल्फ़ा कंपनी 81 राष्ट्रीय राइफ़ल्स के कंपनी कमांडर की बागडोर संभाली। वह काकापोरा इलाक़े में तैनात थे। लश्कर ए तैयबा का गढ़

माना जाता था पुलवामा। और इस ज़िले का सबसे बदनाम हिस्सा था काकापोरा।

यहाँ पिछले कई सालों में अपने अनगिनत साथियों की शहादत के बाद भी आतंकवादी इस इलाक़े को नहीं छोड़ रहे थे क्योंकि यहाँ पर उनके कुछ खास समर्थक थे। किसी भी तरफ़ आने-जाने के लिए कई सड़कें और कच्चे रास्ते थे। संकरी गलियों में कई कच्चे पक्के मकान थे। पेड़ों से भरे कुछ बाग भी थे। कुल मिलाकर आतंकियों के लिए छिप कर इधर-उधर घूमने के लिए वो बड़ी मुकम्मल जगह थी।

जल्द ही अतुल ने वहाँ अपना प्रभाव बना लिया था। सब लोगों से वाकफ़ियत और तालमेल बना कर पूरे इलाक़े में अपनी कम्पनी का वर्चस्व कायम कर लिया था। उसके पुलिस और इंटेलिजेंस वालों के साथ अच्छे ताल्लुकात भी बन गए थे।

लेकिन चार महीने गुज़रने के बावजूद अभी तक उसका सामना किसी आतंकवादी से नहीं हुआ था। इस दौरान उसकी कम्पनी की टोलियों ने पचासों जगह सर्च ऑपरेशन किए लेकिन उनकी कभी भी किसी आतंकी से सीधी टक्कर नहीं हुई।

इस बात से अतुल थोड़ा मायूस तो हो गया था लेकिन कमांडिंग अफ़सर कर्नल विक्रांत की तरफ़ से उसे पूरा प्रोत्साहन मिला। वह जानते थे कि अतुल की कंपनी ने भले ही कोई आतंकवादी ना मारा हो लेकिन उनके दबाव के कारण ही अब उस इलाके में आतंकी ज़्यादा देर नहीं ठहरते थे। और अगर वे कहीं रुकेंगे ही नहीं तो फंसेंगे कैसे। फिर इन सब चोर-सिपाही के खेल में किस्मत का भी तो एक बहुत बड़ा अहम् पहलू है।

वहाँ के लोगों में भी अतुल और उसकी कंपनी के लिए अच्छे ख़यालात थे। अधिकतर गाँव वालों से बढ़िया तावुन था उसका।

बस कर्नल साहब ने अतुल को इसी तरह काम करते रहने की सलाह दी।

अतुल यह सब भली-भाँति समझता था लेकिन फिर भी उसके दिल में एक कसक तो थी। सिर्फ़ इस वजह से कि उनकी कंपनी ने कोई आतंकवादी नहीं मारा था। और जब भी किसी आस-पास के क्षेत्र में कोई भी एनकाउंटर होता तो यह टीस और बढ़ जाती, खासकर तब जब उनकी यूनिट की ही किसी दूसरी कंपनी को कोई सफलता मिल जाती।

~

अब अतुल और भी संजीदगी से अपने मिशन में जुट गया। हर तरफ़ छानबीन करना। आतंकवादियों के सुराग तलाश करने की निरंतर कोशिश। मानो उसके पाँव ज़मीन पर टिकते ही नहीं थे।

सब लोग उसकी मेहनत से खुश थे। सिर्फ़ खुद उसे छोड़ कर। वह तो बस आतंकियों से मुठभेड़ की आस लगाए बैठा था।

सर्दियों का मौसम शुरू होने वाला था। उस दिन वह देर रात को खाना खा कर सोने की तैयारी कर ही रहा था कि मिलिट्री इंटेलिजेंस के कैप्टन फर्नांडिस ने उसे कॉल किया। कोई पुख़्ता खबर थी उनके पास।

''वहीं आ कर बताता हूँ सर। आप तैयारी करो।'' किसी होशियार इंटेलिजेंस अफ़सर की तरह फर्नांडिस ने फ़ोन पर कुछ ज़्यादा बात नहीं की थी।

कैप्टन फर्नांडिस अपनी सफ़ेद मारुति कार में अपने मुखबिर के साथ अगले आधे घंटे में ही उसके पास पहुँच गया था। खोखर मोहल्ले के एक घर में तीन आतंकवादियों की मौजूदगी की खबर थी। उस मोहल्ले में आठ-दस घर थे जिनके बारे में अल्फ़ा कंपनी को पूरी जानकारी थी।

खबर में दम लग रहा था। और अतुल तो वैसे ही बेताब रहता था। उसने रिवाज के मुताबिक़ पुलिस के एक दल को भी अपने पास बुला लिया। तय हुआ कि रात के दो बजे सभी तरफ़ से घेराबंदी कर ली जाएगी ताकि सुबह सूरज उगने के साथ ही उस मकान की तलाशी हो सके। बनाई हुई योजना के अनुसार देर रात के अंधेरे में सभी दस्ते निकल पड़े। और अलग-अलग दिशाओं से संदिग्ध इलाक़े की घेराबंदी शुरू कर दी।

अतुल ने एक छोटी से टोली ले कर सीधा मोहल्ले की तरफ़ जाने का निश्चय किया था। उस मुखबिर और कैप्टन फर्नांडिस के साथ।

चारों तरफ़ घेरा लगने के बाद वह भी अपने निशाने पर पहुँचने ही वाले थे कि उन्हें ताबड़तोड़ फ़ायरिंग की आवाज़ आई। गोलियों की गूँज सिर्फ़ कुछ पल ही चली थी लेकिन इससे चारों तरफ़ एक हड़कंप सा मच गया था।

हालाँकि अतुल के लिए इस तरह का यह पहला तजुर्बा था लेकिन फिर भी उसने जल्द ही हालात पर काबू पा लिया। रेडियो सेट पर हर टोली से तालमेल किया और स्थिति का जायज़ा लिया।

फायरिंग मोहल्ले के पीछे वाले छोर का घेरा लगाने वाली टोली पर हुई थी। आगे बढ़ रहे जवानों ने कुछ संदिग्ध हरकत देखी थी और गोलियाँ चला दी थीं। दूसरी तरफ़ से भी भरपूर जवाब आया था।

अतुल सीधा उस जगह पर पहुँच गया। तब तक हल्की-हल्की रोशनी हो चुकी थी। ज़ाहिर था कि आतंकवादियों को फ़ौज की हरकत का अंदाज़ा हो गया था और वे मोहल्ले के पीछे की ओर से भागने की फ़िराक में थे। पूरा दिन फ़ौज ने उस पूरे

इलाक़े की खोजबीन की लेकिन कोई सुराग हाथ नहीं लगा।

कर्नल विक्रांत ने और भी ज़्यादा नफ़री भेज कर सभी रास्तों को सील करवा दिया था। वह खुद भी पहुँच गए थे अतुल के पास। पूरे दिन घर-घर तलाशी ली गई पर शाम तक कोई सफलता नहीं मिलने पर ऑपरेशन को समाप्त कर दिया गया।

फर्नांडिस के मुखबिर द्वारा दी गई खबर बहुत उम्दा थी मगर आतंकवादियों की किस्मत उससे भी ज़्यादा अच्छी साबित हुई।

अतुल के लिए यह एक नया अनुभव था। फायरिंग शुरू होने के बाद मचा हड़कंप और चारों तरफ़ फैली अनिश्चितता के बावजूद अतुल ने काफ़ी कुशलता से स्थिति को संभाला था। आतंकी तो भागने में कामयाब हो गए थे लेकिन ना तो फ़ौज का कोई जवान और ना ही गाँव का कोई इन्सान हताहत हुआ था।

अतुल इस पूरे वाकये से थोड़ा हताश ज़रूर हुआ था लेकिन उसने इससे बहुत कुछ सीखा भी था। अपनी कम्पनी में वापिस आकर उसने अपने जवानों को इकट्ठा किया और उनसे बड़े विस्तार से बात की ताकि आगे से इस तरह के ऑपरेशन को और बखूबी किया जा सके।

उसके कमांडिंग ऑफ़िसर कर्नल विक्रांत ने भी उसकी हौसला अफ़जाई की थी। "देखो सैम। हमारा वजूद कामयाबियों से नहीं बल्कि नाकामियों से बनता है। खासकर कश्मीर में। हम यहाँ अब तक केवल अपनी सफलताओं की बदौलत नहीं टिके हुए बल्कि इसलिए कायम हैं कि हमने असफलताओं के बावजूद कभी कोशिश करना नही छोड़ा। कीप अप योर हाई स्पिरिट्स।"

इसके कुछ दिन बाद ही अतुल को एक और झटका लगा था। सुबह-सुबह वहाँ के थानेदार ने इत्तिला दी थी कि गाँव से थोड़ी दूर सेब के बाग में किसी इन्सान की लाश मिली है। तफ़्तीश की तो पता लगा कि वहीं पास में रहने वाले मुनीर अहमद को आतंकियों ने घर से अगवा किया था और मार दिया।

यह किसी को नहीं पता था कि आतंकवादियों ने ऐसा क्यों किया था। कोई कहता था कि मुनीर फ़ौज का मुखबिर था। कोई कहता था कि उसने लश्कर-ए-तैयबा के पैसे हड़प लिए थे। और कोई कहता था कि यह आपसी रंजिश का मामला था जिसमें आतंकवादियों का इस्तेमाल किया गया।

इलाक़े के हर नागरिक को व्यक्तिगत सुरक्षा देना ना तो भारतीय सेना की ज़िम्मेवारी थी और ना ही ऐसा कर पाना मुमकिन था।

लेकिन हमेशा की तरह किसी भी हादसे के लिए फ़ौज और पुलिस पर सवाल उठना लाज़िमी था। और अतुल तो खुद भी इतना संवेदनशील था कि वह इस पूरे

किस्से से काफ़ी परेशान हुआ था।

पर वह हार मानने वालों में से नहीं था। उसने अपनी मुहिम और तेज़ कर दी। अब उसके सामने एक और लक्ष्य था। मुनीर अहमद के हत्यारों को उनके अंजाम तक पहुँचाना।

वक्त बीतता गया। पूरे कश्मीर में आतंकवादियों पर सुरक्षा बलों का पलड़ा काफ़ी भारी हो गया था। कोई भी आतंकी कुछ वक्त सक्रिय रहने के भीतर ही या तो मारा जाता या फिर पकड़ा जाता था। लेकिन फिर भी आतंकवादियों की संख्या निरंतर उतनी ही बनी हुई थी क्योंकि एक तो पाकिस्तान से घुसपैठ कर कुछ आतंकी हर साल वादी में पहुँच ही जाते थे और दूसरी तरफ़ कुछ नौजवानों पर जिहाद का एक मज़हबी फ़ितूर छाया हुआ था।

इसी बीच 81 राष्ट्रीय राइफ़ल्स को अच्छे प्रदर्शन के लिए चीफ़ ऑफ़ आर्मी स्टाफ़ द्वारा प्रशंसा पत्र दिया गया। एक छोटा-सा जश्न भी हुआ था यूनिट में। आख़िर किसी भी यूनिट के लिए यह बहुत खास उपलब्धि थी।

कश्मीर में अतुल को डेढ़ साल हो चुका था। कोई और होता तो शायद उसकी मेहनत में थोड़ी सी कमी आ जाती लेकिन वह अब भी उसी जोश और उमंग से अपना फ़र्ज़ निभा रहा था। कई दोस्त भी बन गए थे उसके वहाँ पर।

बहारों का मौसम था। कश्मीर की खूबसूरत धरती इन दिनों और भी लाजवाब लग रही थी। ऐसे में भी सेना का पूरा ध्यान हालात को काबू में रखने पर था।

उस दिन सुबह अतुल अपनी कंपनी ऑफ़िस में बैठा रोज़मर्रा के काम कर रहा था। उनकी एक पेट्रोलिंग मार्टी पास के गाँवों में गश्त करने के लिए गई हुई थी।

यह टोली सथरगुन गाँव के बीच से गुज़र रही थी कि उन पर अचानक एक घर की ओर से फ़ायरिंग हो गई। शायद वहाँ छुपे आतंकवादियों को लगा कि फ़ौज उन्हीं की तरफ़ आ रही है और उन्होंने उन पर गोलियाँ बरसानी शुरू कर दीं। यह तो खुदा की रहमत थी कि इतनी फ़ायरिंग के बावजूद कोई भी सिपाही आहत नहीं हुआ।

अतुल तुरंत ही अपना छोटा-सा दल लेकर मौक़ा ए वारदात पर पहुँच गया था। साथ ही हैडक्वार्टर से भी कुछ अतिरिक्त नफ़री बुला ली गई थी। पहुँचते ही उसने तुरंत हालात का जायज़ा लिया। जिस टोली पर फ़ायर हुआ था उसने बहुत काबिले तारीफ़ कार्यवाही की थी। ना सिर्फ़ असरदार जवाबी फ़ायर करके बल्कि जल्दी से चारों तरफ़ फैल कर उन्होंने आतंकियों को अचरज में डाल दिया था।

इस बार आतंकवादियों की किस्मत खराब थी। अगर वे चुपचाप दुबक कर बैठे रहते जैसा कि ज़्यादातर आतंकी अक्सर करते हैं तो फ़ौज सामान्य सी गश्त लगा कर

वापिस चली जाती। लेकिन 'विनाश काले विपरीत बुद्धि।' और अब वे आतंकवादी सेना के घेरे में फंस चुके थे।

वह छोटा-सा घर था जिसमें आतंकी घुस गए थे। उनके अंदर आते ही सब घरवाले घबरा कर बाहर भाग गए थे। कुल तीन आतंकवादी थे। बस फिर क्या था। अतुल ने घेरे को मजबूत किया और उस घर पर रॉकेट और ग्रेनेड से मार शुरू कर दी। जब भी आतंकवादी किसी घर में फंस जाते तो अक्सर इसी तरह से सेना उनका सफ़ाया करती थी। इससे घर का नुकसान ज़रूर होता था लेकिन सरकार की तरफ़ से ऐसे घरवालों को मुआवज़ा देने की व्यवस्था भी थी। शुरू-शुरू में तो घर के अंदर से आतंकियों के द्वारा इक्का-दुक्का जवाबी कार्यवाही हुई लेकिन तकरीबन दो घंटे तक लगातार बारूदी बारिश होने के बाद उस घर के भीतर सब नेस्तनाबूद हो गया था। थोड़ी-सी आग भी लगी जो बाद में बुझा दी गई।

यकीन करने के बाद मेजर अतुल अपने चंद सिपाहियों और दो पुलिस कर्मियों के साथ घर की तलाशी के लिए आगे बढ़ा। घर के अंदर घुप्प सन्नाटा था। हर तरफ़ तबाही का मंज़र और हवा में बारूद की विशिष्ट महक थी।

वहाँ फैला हुआ सन्नाटा अचानक गोलियों की ताबड़-तोड़ आवाज़ से टूट गया था। बाहर घेरे में खड़े हुए सिपाहियों को अंदाज़ा हो गया था कि गोलियाँ दोनों तरफ़ से चली थीं। मगर सिर्फ़ एक मिनट लगा था उन तीनों आतंकवादियों की बची-खुची सांसें खत्म होने में।

उनमें से दो पाकिस्तानी थे और एक कश्मीरी। तीनों उच्च दर्जे के आतंकी थे। मरते-मरते भी कमबख़्त फ़ौज का नुकसान करने को आतुर थे। यकीनन फ़ौज के लिए यह एक बड़ी सफलता थी। अल्फ़ा कंपनी की चुस्त कार्यवाही की सबने प्रशंसा की। हालाँकि इस ऑपरेशन में फ़ौज का भी नुकसान हुआ लेकिन तीन आला दर्जे के आतंकियों की भरपाई करना लश्कर ए तैयबा के लिए कहीं ज़्यादा मुश्किल था।

अगले 15 अगस्त को स्वतंत्रता दिवस के अवसर पर बहादुरी के पदकों की घोषणा हुई। पदक विजेताओं की सूची में मेजर अतुल सेमवाल का भी नाम था।

मेजर अतुल सेमवाल, राष्ट्रीय राइफ़ल्स। सेना मेडल। मरणोपरांत।

नया सवेरा

"हम क्या चाहते आज़ादी।"

"आई आई लश्कर आई, भारत तेरी मौत आई।"

"जब तक सूरज़ चांद रहेगा। अफ़ज़ल तेरा नाम रहेगा।"

दूर से सुनाई दे रहे इन नारों के शोर ने अपने दफ़्तर में बैठे मेजर भूपेंद्र राठौर को पल भर के लिए थोड़ा विचलित ज़रूर किया लेकिन फिर वह एक ठंडी आह भर कर कुछ अजीबो-ग़रीब सुकून के साथ वापिस अपनी चाय की चुस्कियों में डूब गया था।

मेजर भूपेंद्र की एक साल पहले ही उस इलाक़े में पोस्टिंग हुई थी। वो राष्ट्रीय राइफ़ल्स में अल्फ़ा कंपनी कमांडर था। उनकी कंपनी बारामूला और हंडवारा के बीच एक छोटे से गाँव तरागपोरा में पिछले कई सालों से तैनात थी।

राष्ट्रीय राजमार्ग पर बसे इस गाँव को मानो कुदरत ने अपने हिस्से की सारी खूबसूरती से नवाज़ा था। घने जंगल और अनोखी हरियाली के बीच सेब से लदे बाग और साफ़ पानी के चश्मे। सचमुच किसी जन्नत जैसा था तरागपोरा।

बर्फ़ के बोझ से झुके पहाड़ों के आंचल में बसे इसी तरागपोरा गाँव और आस-पास के ज़िम्मेदारी के बाकी इलाके को मेजर भूपेंद्र और उसके जवानों ने पूरे दिल से अपना लिया था।

लेकिन फ़िलहाल बाहर गूँजते हुए वे नारे उस अपनेपन को कड़ी चुनौती दे रहे थे।

आज वैसे भी जुम्मा था। हर जुम्मे की नमाज़ के बाद कश्मीर वादी की ज़्यादतर जगहों की तरह वहाँ भी अक्सर यही तमाशा होता था। कभी कम और कभी ज़्यादा।

लोग नमाज़ के लिए इकट्ठा होते। वहाँ कुछ लोग उनको भड़काते। थोड़ी देर नारे लगते। कभी जुलूस भी निकलता और फिर सब अपने घर चले जाते।

जब भी कश्मीर घाटी में कहीं किसी वजह से हालात ज़्यादा नाजुक होते थे तो उसका असर यहाँ भी दिखाई देता और फिर ये नारेबाज़ी पत्थरबाज़ी में बदल जाती।

अब तो पुलिस, सीआरपीएफ़ और फ़ौज को इसकी आदत हो गयी थी।

''जय हिन्द साहब।'' तभी सूबेदार आनंद सिंह की रौबदार आवाज़ ने भूपेंद्र की चाय में थोड़ी और कड़की भर दी।

''देखो साहब। ये लोग फिर शुरू हो गए। पता नहीं क्या तकलीफ़ है इनको। सब कुछ तो है इनके पास। हमारे गाँव में तो न ऐसी सड़क है और न ही इतनी बिजली। हम कितनी कोशिश करते हैं इनको खुश करने की। अपने हिस्से के राशन के अलावा मुफ़्त की दवाइयाँ वगैरह सब इनकी मदद के लिए देते हैं। और ये हैं कि ऐसे खुले आम देश विरोधी नारे लगा रहे हैं। मन तो करता है कि इन्हें...''

''अरे-अरे। ज़रा शांत रहो सूबेदार साहब।'' भूपेंद्र ने उम्र में अपने से कई साल बड़े आनन्द सिंह को तुरंत ही समझाना शुरू कर दिया।

''ये भीड़ है। इसमें दिमाग नही होता। जल्दी बहकावे में आ जाती है। इन्सानी फ़ितरत है। पूरे देश में यही होता है। राजस्थान में, हरियाणा में और कुछ दिन पहले तमिलनाडु वाली स्टरलाइट फ़ैक्ट्री में भी तो भीड़ ऐसे ही बेकाबू हुई थी। अब आपको कितनी ऐसी मिसालें दूँ। और फिर कश्मीर में तो यही रिवाज रहा है।''

''वैसे भी समुंदर के पानी में पत्थर फेंकने से तूफ़ान नही आया करते। ये लोग थोड़ी देर में अपने दिल की भड़ास निकालने के बाद थक-हार कर चले जायेंगे। और आख़िर लोग भी तो अपने ही हैं ना। शिकायत भी हमसे ही करेंगे। हमारे सारे कामों में भी तो यही लोग मदद करते हैं। आतंकवादियों की खबर से लेकर ज़रूरत के सामान की सप्लाई तक हम इन्हीं के भरोसे तो रहते हैं। है ना।''

सूबेदार आनंद सिंह अपने कंपनी कमांडर की बातों को चुपचाप खड़े सुन रहे थे।

''अच्छा अब आप जाओ। सलीम ठेकेदार मिलने आएगा। उसको यहीं अंदर भिजवा देना।'' यह कह कर भूपेंद्र ने सूबेदार साहब को बाहर भेज दिया।

सलीम, तरागपोरा का रहने वाला सलीम शहज़ाद। तकरीबन 30 साल की उम्र का होगा। हमेशा हँसते रहने वाला सलीम मज़ाकिया मिजाज़ का तो था ही मगर दुनियादारी में भी बहुत माहिर था। पूरा गाँव उसको अच्छे से जानता था और वैसे थोड़ा-बहुत मानता भी था।

शुरू में छोटा-मोटा बिज़नेस करते-करते उसने फ़ौज को भी रोज़मर्रा की ज़रूरत का सामान पहुँचाना शुरू कर दिया था। अच्छी-खासी कमाई थी इस काम में।

''सलाम वालेकुम सर।''

हर जुम्मे की तरह सलीम नमाज़ के बाद सीधे भूपेंद्र के पास आ गया था।

''आने में थोड़ी देर हो गई सर। आज जुम्मे की नमाज़ के बाद फिर वही तमाशा हुआ। वो हाजी रशीद पीर है ना। आज उसने फिर से बड़ी भड़काऊ तक़रीर की। कहता था इस्लाम खतरे में है। कितना फ़रेबी है वह। बच्चे बाहर पढ़ रहे हैं। सरकारी पेंशन मिलती है और फिर भी यह लोगों की ज़िन्दगी में ज़हर घोल रहा है। उसका कुछ करो सर। नहीं तो वह ऐसे ही बर्बाद कर देगा हमारे गाँव को।''

भूपेंद्र के चेहरे पर यह सुनते ही एक शरारत भरी मुस्कराहट फैल गयी।

''अबे सलीम, तुझे अपने कश्मीरी भाई की चुगली करते हुए शर्म नहीं आती। जब तुम सब को पता है कि कुछ लोग पूरे गाँव को गुमराह कर रहे हैं तो तुम लोग खुद क्यों कुछ नहीं करते। सारी गंदगी हमसे ही साफ़ कराओगे क्या।''

''सर आपको पता तो है। असल में हाजी रशीद जैसे लोगों के लिये कश्मीर सिर्फ़ एक ज़रिया है। दौलत और शौहरत हासिल करने का बहुत आसान तरीक़ा। इनके बहकावे में आकर बेरोज़गार नौजवान और छोटे बच्चे सड़कों पर आ जाते हैं। हालात जितने खराब होंगे इनको उतना ही फ़ायदा होगा। ये वे सियासती गिद्ध हैं जो लोगों की लाशों पर दावत करते हैं।'' सलीम का सुंदर चेहरा गुस्से में लाल होने लगा था।

''चिन्ता मत करो सलीम। कुछ करते हैं इस बारे में भी। ये बहुत लम्बी जंग है। ख़याल और जज़्बात की जंग। ऐसी जंग गुस्से से नहीं मोहब्बत से जीती जाती हैं।'' भूपेंद की बातों का गहरापन सलीम की समझ से परे था।

''अच्छा सुन। इस साल हमने सोचा है कि प्राइमरी स्कूल के बच्चों को कंप्यूटर सिखायेंगे। और इस बार ज़रूरतमंद ख़ातून, खासकर कर बेवाओं के लिए वोकेशनल ट्रेनिंग सेंटर भी बनाने का प्लान है। उनको सिलाई और बेकरी जैसे कुछ काम सिखाएँगे ताकि वे आत्मनिर्भर बन सकें। तुम बाज़ार का सर्वे करना शुरू करो। काफ़ी सामान खरीदना पड़ेगा और हाँ पिछले साल जो तूने सस्ता और घटिया किस्म का क्रिकेट किट सप्लाई किया था ना वैसा नहीं होना चाहिए। शहर में तुम्हारे अलावा और सप्लायर भी हैं जो तैयार बैठे हैं, समझे।''

भूपेंद्र के इस ताने को सुनकर सलीम झेंप तो गया लेकिन वह भी कम मुँहफट नहीं था।

''ओह हो। ठीक है सर जी। पिछली बार गलती हो गयी। लेकिन इतना ख़राब सामान भी नहीं था। खेलना ही तो है इन बच्चों को। ये थोड़े कोई सचिन तेंदुलकर बन जाएँगे।''

इस से पहले भूपेंद्र कुछ और बोले सलीम जल्दी-जल्दी दफ़्तर के बाहर की

तरफ़ चल पड़ा था। दरवाज़े पर पहुँचते ही उसे अचानक कुछ याद आया। वह पीछे मुड़ा और भूपेंद्र की तरफ़ देख कर अपनी शरारत भरी मुस्कुराहट के साथ बोला—

"आपने गौर किया सर। मैंने सचिन तेंदुलकर का नाम लिया शाहिद अफ़रीदी का नहीं। मैं पक्का हिन्दुस्तानी हूँ। सामान लाने का ठेका भी मुझे ही मिलना चाहिए।"

उसकी ये नौटंकी देख कर भूपेंद्र भी हँस पड़ा था।

उसके जाने के बाद भूपेंद्र फिर एक गहरी सोच में पड़ गया। सब कुछ तो ठीक था तरागपोरा में। कम-से-कम ऊपर से तो यही लगता था। फ़ौज लोगों के लिए जो बन सकता था, करती थी। आए दिन मेडिकल कैंप लगाना। ऑपरेशन सद्भावना के अंतर्गत भारत-दर्शन करवाना। और यहाँ तक कि दूर-दराज़ के इलाकों में सड़कों और पुलों का निर्माण भी।

लेकिन फिर भी अक्सर उनके ख़िलाफ़ नारेबाज़ी हो जाती। अगर कश्मीर में कहीं भी कुछ हादसा होता तो यहाँ के लोग भी नेशनल हाईवे पर कभी-कभी थोड़ी देर के लिए धरना दे देते। कुछ दिन पहले तो सुरक्षा बलों की गुज़रती गाड़ियों पर पत्थर बाज़ी भी हुई थी।

इसमें कोई शक नहीं था कि इस सारी गड़बड़ के लिए गाँव के चंद लोग ही ज़िम्मेदार थे। फ़ौज और सरकार के हर काम के खिलाफ़ जनता को भड़काना इनका मकसद था। कई बार समझाने के बावजूद उनकी हरकतों में कोई कमी नहीं आई थी।

लेकिन इस सबके बावजूद फ़ौज के "आवाम और जवान—अमन है मुक़ाम" की सोच पर कोई खास असर नहीं पड़ा था। पूरी कश्मीर वादी में तरह-तरह के कार्यक्रमों का आयोजन मेजर भूपेंद्र जैसे हज़ारों कंपनी कमांडर उसी जोश-ओ-ख़रोश और इन्सानियत से करते रहे।

90 के दशक के बाद से सीमा पार पाकिस्तान द्वारा प्रायोजित आतंकवाद से लड़ती भारतीय फ़ौज अब यह भली-भाँति समझ चुकी थी कि कश्मीर की आम जनता का ख़याल रखना भी उतना ही ज़रूरी है जितना आतंकवादियों को ठिकाने लगाना और इसलिए वहाँ तैनात सभी फ़ौजियों को लोगों के साथ ज़ेहनी तावुन करने की एक आदत बन गयी थी।

मेजर भूपेंद्र और उसकी कंपनी का भी अपने इलाके के हर तबके के लोगों से, चाहे वह अमीर हो या गरीब। बुज़ुर्ग हो या नौजवान—सबसे मिलने-मिलाने का एक अटूट सिलसिला बन गया था।

इसी सिलसिले को बरक़रार रखने के लिए भूपेंद्र ने हाजी रशीद पीर को मिलने के लिए संदेशा भेज दिया था।

हाजी रशीद एक ज़माने में स्कूल टीचर था। उस वक्त वह जमात ए इस्लामी का रुकून था। फिर रिटायर होने के बाद राशिद हुर्रियत कांफ्रेंस के साथ जुड़ गया और तभी से उसने गाँव वालों को अपनी विचारधारा में समेटना शुरू किया था।

तीन-चार संदेशे भेजने पड़े थे रशीद के पास। तब जाकर कुछ दिन बाद रशीद अपने दो-तीन चमचों को लेकर आख़िर मेजर भूपेंद्र के दफ़्तर आ ही गया।

''आओ रशीद साहब, बैठो। कैसे हो। बहुत दिनों के बाद मुलाक़ात हो रही है आपसे। आख़िरी बार शायद डीसी साहब के दफ़्तर में मिले थे न।''

हाजी रशीद को मेजर साहब से इतनी गर्मजोशी की उम्मीद नहीं थी।

''आज हमें कैसे याद किया मेजर साहब। कोई ख़ास बात है क्या। किसी ने कुछ शिकायत की होगी, पक्का।''

''आपकी शिकायत करने की जुर्रत किस में है हाजी साहब। बस यूँ ही मन कर रहा था आपसे मुलाक़ात का। आप बताएँ क्या चल रहा है आजकल।''

''कुछ खास नहीं हो रहा। वही रोज़ की जद्दोजेहद। आप तो हमारे ख़यालात से वाकिफ़ हो मेजर साहब। हम तो सिर्फ़ अमन चाहते हैं, हाँ। और आज़ादी भी। वैसे ये नमकीन पकौड़े खिलाने के बाद आप हमें नमकहराम तो करार नहीं कर दोगे।'' बातों का बड़ा शातिर था रशीद। ऐसा लगता था मानो चाय और पकौड़ों की गर्मी रशीद की ज़बान में आ गयी थी।

''क्या रशीद साहब। आप इतनी तकरीरें करते हो। हमारे निज़ाम को बुरा-भला बोलते हो। हम पर तोहमतें लगाते हो। ये आज़ादी ही तो है। हमारे यहाँ एक पुरानी कहावत है, रशीद साहब। दुनिया में दो तरह के लोग होते हैं। एक वे जो दूसरों को इस्तेमाल करते हैं और दूसरे वे जो औरों के द्वारा इस्तेमाल होते हैं। मैं अक्सर सोचता हूँ कि हमारे तरागपोरा वाले लोग और खासकर आप किस खाते में आएँगे।''

''दफ़ा करो मेजर साहब। आप इस सियासत में न ही पड़ो तो ठीक है। हमें अपने हाल पर छोड़ दो। आप दो साल के लिए आए हो। खुशी-खुशी अपनी ड्यूटी करो। लेकिन बच्चों को कॉपी पेंसिल बाँटने से और दो-चार लोगों को दवाइयाँ देने से आप हमारी ज़िन्दगी का हिस्सा नहीं बन जायेंगे। ये आपकी सद्भावना दिल्ली के अख़बारों में फ़ोटो छपवाने के लिए ही अच्छी है।''

उन दोनों की चाय खत्म हो गयी पर नोकझोंक तो खत्म होने का नाम ही नहीं ले रही थी। मेजर भूपेंद्र में भी गज़ब का धैर्य और सहनशीलता थी। उसका मक़सद और दिल दोनों साफ़ थे। वो सिर्फ़ अपने इलाक़े के अवाम की बेहतरी चाहता था लेकिन हाजी रशीद यह बात कहाँ मानने वाला था।

इसी तरह दिन गुज़रते गए। तरागपोरा के प्राइमरी स्कूल में कंप्यूटर लैब भी बन गया। वोकेशनल ट्रेनिंग सेंटर भी बना लेकिन गाँव की औरतें वहाँ आने में बहुत कतरा रहीं थीं। सलीम का कहना था कि हाजी रशीद समेत कुछ लोगों ने इसको गैर इस्लामी बोलकर लड़कियों को वहाँ नहीं जाने की सख्त हिदायत दी थी।

दिसंबर की सर्द सुबह थी। बाहर बिछी बर्फ़ की चादर कमरे के अंदर से जितनी खूबसूरत नज़र आती थी वो बाहर निकल कर उतनी ही सरफिरी लगती थी।

ऐसे में गरम बुखारी के आगोश में बैठे भूपेंद्र के पास सूबेदार आनंद सिंह अचानक भागते हुए आए।

''जय हिन्द साहब। हाईवे पर एक ट्रक और कार का एक्सीडेंट हो गया है। हमारी एक पेट्रोलिंग पार्टी वहीं पास में थी। ट्रक वाला भाग गया लेकिन उसकी गाड़ी का नंबर नोट कर लिया है। कार में दो लेडीज़ और एक नौजवान लड़का है। काफ़ी चोट लगी है साहब। उनकी हालत नाज़ुक है।''

यह सुनते ही भूपेंद फ़ौरन हरकत में आ गया था।

''ओह! इतनी सुबह तो यहाँ के सिविल हॉस्पिटल में कोई नहीं होगा। ऐसा करो आप उनको जल्दी से दुर्गमुल्ला के मिलिट्री हॉस्पिटल भिजवाओ। मैं भी जल्दी से निकलता हूँ। मगर आप यहीं रुको। अगर हो सके तो इनके घर वालों का पता लगा कर उनको इत्तिला कर देना। पुलिस स्टेशन में भी मैसेज कर दो। ऐसा न हो कि बाद में कोई कानूनी मसला बन जाए।''

अगले कुछ घंटे जैसे ज़िन्दगी और मौत के बीच की लड़ाई में गुज़र गए। भूपेंद्र ने अपने हेडक्वार्टर्स को बता कर उनके इलाज का बंदोबस्त कराया और खुद भी मिलिट्री हॉस्पिटल पहुँच गया। जब तीनों घायल लोगों को वहाँ लाया गया तो ऑपरेशन के लिए डॉक्टर्स तैयार थे। उनको खून की ज़रूरत पड़ी तो तीन-चार जवानों का खून भी मिल गया।

शायद यही वजह थी कि ऑपरेशन सफल रहा और उन तीनों घायलों की जान बच गयी। इस सब भागदौड़ में पूरा दिन कैसे निकल गया था भूपेंद्र को पता ही नहीं लगा। देर रात जब थका-हारा मेजर भूपेंद्र अपने सैनिकों के साथ वापस आ रहा था तो उनके कैंप के गेट पर गाँव वालों की भीड़ जमा थी।

यह नज़ारा देख कर भूपेंद्र थोड़ा सकपका सा गया।

''इतनी देर रात ये लोग यहाँ क्यों इकट्ठा हुए हैं। अब पता नहीं क्या नया मसला हो गया।'' इस सोच में भूपेंद्र उस भीड़ की तरफ़ बढ़ा। उसके पास पहुँचते ही लोगों

ने उसको घेर लिया था। इससे पहले वह कुछ कह पाता एक बूढ़ा आदमी उसके गले से लिपट कर रोने लगा था।

''आपका बहुत शुक्रिया जनाब। आपने मेरे बच्चों और बीवी को बचा लिया। अगर फ़ौज वक्त पर न पहुँचती तो आज मैं बर्बाद हो जाता।''

उस अंधेरे में भी भूपेंद्र हाजी रशीद पीर की आवाज़ को बखूबी पहचान गया था।

''नहीं हाजी साहब। हमने तो बस अपना फ़र्ज़ अदा किया।''

''खुदा आपको सलामत रखे साहब। मैं श्रीनगर में था। बच्चे मेरे पास ही आ रहे थे। मैंने एक्सीडेंट के बारे में सुना तो सीधा यहाँ आ गया। सूबेदार साहब ने बताया कि वे सब आईसीयू में हैं और ठीक हैं। मुझे अभी हॉस्पिटल ले चलो साहब प्लीज़।''

''हाजी साहब, आप इत्मीनान रखें। अभी बहुत देर हो गयी है। वैसे भी डॉक्टर इस वक्त तो उनसे मिलने नहीं देंगे। कल सुबह हम खुद आप को वहाँ ले चलेंगे। खुदा का शुक्र है कि सब ठीक है। वह ट्रक वाला भी पकड़ा गया। यहीं हंडवारा के पास के गाँव का रहने वाला है।''

किसी तरह दिलासा देकर मेजर भूपेंद्र ने सबको वापस भेज दिया। बस उसे इस बात का सुकून था कि फ़ौज की तेज़ कार्यवाही के कारण तीन इंसानों की जान बच गयी।

अगले जुम्मे को हर बार की तरह सलीम सीधा भूपेंद्र के दफ़्तर में आ गया था।

''अस्सलाम वालेकुम सर। आज तो कमाल हो गया। जुम्मा की नमाज़ के बाद किसी ने कोई फ़ालतू की तक़रीर नहीं की। कोई नारेबाज़ी नहीं हुई। सब लोग नमाज़ पढ़ने के बाद चुपचाप घर चले गए।''

यह सुन कर भूपेंद्र हल्का-सा मुस्कुरा दिया था।

''अच्छा है सलीम। अब देखना यह है कि गाँव वालों को यह अमन कब तक पसंद आएगा।''

सलीम वापस जाने लगा था कि भूपेंद्र ने उसे रोक कर कहा।

''अरे सुन, वो औरतों के वोकेशनल ट्रेनिंग सेंटर के लिए कुछ नया सामान खरीदना है। एक हफ़्ते के अंदर लगाना है। अच्छी क्वालिटी होनी चाहिए।''

दोनों यह जानते थे कि फ़ौज के इस नेक मिशन का अब इस गाँव में कोई विरोध नहीं करेगा।

ख़ूब लड़ी मर्दानी वह तो

"जय हिन्द साहब। आपसे मिलने कोई आया है। एक औरत है साहब। साथ में कोई नहीं है। वह कह रही है कि उसे सिर्फ़ आपसे मिलना है।"

सुबह-सुबह सिपाही सूरज सिंह ने जब मेजर अविनाश को यह बताया तो वह असमंजस में पड़ गया था। इस तरह से किसी महिला का आर्मी पोस्ट पर आना थोड़ा अजीब-सा था। अविनाश के मन में कई सवाल अचानक़ उमड़ उठे थे। पोस्ट पर आने वाले सब लोगों की तलाशी लेना भी ज़रूरी था मगर उनके पास तो ऐसा करने के लिए कोई महिला सैनिक भी नहीं थी।

लेकिन कुछ भी हो, फ़ौज तो कश्मीर में अवाम के लिए ही तैनात है और किसी ज़रूरतमंद को बिना मिले वापिस भेजना भारतीय सेना के आदर्शों के ख़िलाफ़ होता। अविनाश ने यही सोच कर फ़ौरन उस महिला को बाइज़्ज़त अपने दफ़्तर में लाने की हिदायत दे दी थी।

"सलाम वालेकुम जनाब। मैं शाज़िया हूँ। शाज़िया लोन। बटपोरा सोपोर से।"

हल्की-सी आवाज़ में उसने अपना तारुफ़ देना शुरू किया। वह शायद 35-40 साल की होगी। काले बुर्क़े के भीतर सिर्फ़ उसकी आँखें नज़र आ रही थीं। बेहद ख़ूबसूरत लेकिन बहुत उदास।

"आपसे एसपी साहब के दफ़्तर में मिली थी साहब, दो हफ़्ते पहले।"

अविनाश सोच में पड़ गया। उसे थोड़ा वक़्त तो लगा लेकिन फिर उसे सब कुछ याद आ गया। बारामूला शहर का एसपी ताहिर जावेद खान उसका अच्छा दोस्त था। अविनाश उसके पास अक्सर आता-जाता था। कभी पुलिस के साथ तालमेल करने और कभी यूँ ही इधर-उधर की गप्पें लड़ाने।

वह उस दिन भी बस ऐसे ही चाय पीने ताहिर के दफ़्तर में गया था और वहीं उसकी मुलाक़ात शाज़िया से हुई थी।

"इससे मिलिए जनाब। इसका पति आतंकवादी था। उस्मान था ना जो लश्कर

ए तैयबा तंज़ीम में कमांडर था। वही इसका घरवाला था। दो साल पहले एनकाउंटर में मारा गया था। लेकिन यह सुधरने का नाम ही नही ले रही है। अभी भी उन आतंकवादियों की मदद कर रही है। शी इस ए हार्ड कोर ओवर ग्राउंड वर्कर।''

इस दौरान शाज़िया ज़मीन पर सिर झुकाये किसी बुत की तरह बैठी थी। अविनाश को ऐसे किसी औरत का नीचे बैठा रहना ज़रा अजीब लगा था लेकिन पुलिस वालों का लोगों से बर्ताव करने का अपना तरीका था और वह इस बारे में अपनी राय देना फ़िज़ूल समझता था।

''आप बस पाँच मिनट यहीं इंतज़ार करो जनाब। मैं अभी आता हूँ।'' यह कह कर ताहिर अपने ऑफ़िस से निकल गया था।

बाहर किसी नज़दीक के गाँव वाले 10–12 लोग खड़े थे। शायद पिछली रात को पुलिस ने किसी युवक को गिरफ़्तार किया था। वे लोग उसी की पैरवी करने आए थे और हमेशा की तरह पुलिस के लिए सच और झूठ का पता लगाना बेहद मुश्किल था।

उन्हीं चन्द मिनटों में अविनाश ने शाज़िया से थोड़ी बात की थी। वही रोज़मर्रा की बातें जो वह अक्सर हर इन्सान से करता था। मसलन परिवार में कौन–कौन है। कोई परेशानी तो नहीं है। घर का गुज़ारा कैसे होता है। किसी चीज़ की ज़रूरत तो नहीं है, वग़ैरह–वग़ैरह। अविनाश का तजुर्बा था कि इस तरह की व्यक्तिगत बातों से संबध जोड़ने में आसानी होती है।

''साहब चाय।'' सिपाही सूरज की आवाज़ ने अविनाश की यादों के सिलसिले को तोड़ा और वह वर्तमान में लौट आया था।

''अरे हाँ, अब याद आया। उस दिन आपने बुर्क़ा नहीं पहना था ना। इसलिए पहचानने में ज़रा वक्त लगा।'' यह कहते हुए उसने शाज़िया को चाय का प्याला थमा दिया।

''लीजिए, लेकिन शायद यह फ़ौजी चाय आपको पसंद न आए। आपकी नून चाय या कहवा जितनी लज़ीज़ नहीं है यह।''

''साहब। आपने मुझे यहाँ कुर्सी पर बैठाया। चाय पिलाई और इतनी इज़्ज़त दी। मेरे लिए बस यही बहुत है। उस दिन आप से बातें कर के लगा था कि शायद आप मेरी मदद करोगे। इसलिए आज मैं आपके पास आई हूँ।''

''हाँ–हाँ, क्यों नहीं। फ़रमाइये मैं आपकी क्या मदद कर सकता हूँ।''

''लंबी कहानी है साहब। बस आपसे मेरी यह गुज़ारिश है कि किसी को भी इसकी भनक तक नहीं होनी चाहिए।''

बस फिर अगले 15–20 मिनट तक अविनाश चुपचाप सुनता रहा और शाज़िया

अपनी दास्तां बयां करती गयी।

कई साल पहले जब शाज़िया का निकाह मुश्ताक लोन से हुआ तब मुश्ताक सोपोर शहर के बाज़ार में गाड़ियों की एक वर्कशॉप में काम करता था। उनका घर बटपोरा गाँव के लोन मोहल्ले में था। अच्छा-खासा बड़ा घर था जो बिलकुल जंगल से सटा हुआ था। उस घने जंगल में आतंकवादियों ने कई ठिकाने बनाए हुए थे। उस वक्त कश्मीर में हालात बहुत खराब थे। वैसे तो गाँव के तकरीबन हर घर में आतंकियों का आना-जाना था लेकिन जंगल के नज़दीक होने के कारण शाज़िया के घर में आतंकवादियों की कुछ ज़्यादा ही चहल-पहल थी। धीरे-धीरे मुश्ताक उनके साथ काम करने लगा और फिर एक दिन वह खुद लश्कर ए तैयबा के साथ हथियार उठा कर तंज़ीम से जुड़ गया। 'उस्मान' कोड था उसका। धीरे-धीरे इलाके में उसका दबदबा बन गया लेकिन फिर एक दिन वही हुआ जो हर आतंकी के साथ कभी न कभी होता है। सुरक्षा बलों के साथ मुठभेड़ में मौत।

शाज़िया अब उसी घर में अपने तीन बच्चों के साथ रहती थी। लश्कर के आतंकवादी अक्सर उसके घर आते थे। आख़िर यह उनके पुराने साथी का घर था। शाज़िया से भी जो बनता वो उनके लिए करती। कभी-कभार लश्कर की तरफ़ से उसे कुछ पैसे भी मिल जाते थे।

बात यहीं तक रहती तो ठीक था लेकिन हालात तब संगीन हो गए जब इलाके में कुछ नए आतंकी आए थे। उनका सरगना था अबू हुजेफ़ा। उसका असली नाम था शौकत डार। वह दक्षिण कश्मीर के पुलवामा ज़िले का रहने वाला था। अक्सर वहाँ के आतंकवादी अपने आस-पास के इलाके में ही रहते थे लेकिन हुजेफ़ा अपने ज़िले से दूर उत्तर कश्मीर के सोपोर में आ गया था। और उसने आते ही पूरे इलाके में अपनी दहशत फैला दी थी। ऐसा लगता था कि लोगों पर ज़ुल्म करने के लिए ही उसने हथियार उठाए थे। उसका अपने साथियों के साथ शाज़िया के घर भी आना-जाना था।

"ओह! तो ताहिर साहब ने इसलिए आपको पुलिस स्टेशन बुलाया था।" अविनाश ने शाज़िया को अपनी कहानी सुनाने के बीच में ही टोक दिया।

"हाँ साहब। वह कह रहे थे कि तुम्हारे घर अक्सर मुजाहिद आते हैं। उनकी खबर देकर पुलिस की मदद करो।"

"लेकिन फिर भी आपने उनकी बात नहीं मानी।" अविनाश शाज़िया की बातों को टटोलने की कोशिश में लगा था।

"मुझे पुलिस पर भरोसा नहीं है साहब। ये कहते कुछ और हैं और करते कुछ और हैं।"

"तो आप अब मेरे पास क्यों आई हो।" अविनाश को लग रहा था कि शाज़िया केवल पुलिस की निगरानी से बचने के लिए फ़ौज का सहारा लेना चाहती है। कश्मीर में अक्सर संदिग्ध लोग इस पैंतरे का इस्तेमाल करते थे ताकि तालमेल की आड़ में अपना उल्लू सीधा कर सकें।

यह सुन कर शाज़िया ने गहरी सांस खींची और अविनाश को बड़ी निश्चय भरी निगाहों से देखते हुए बोली—

"मुझे बस हुजेफ़ा को मरवाना है। और सिर्फ़ इसलिए मैं आपके पास मदद के लिए आई हूँ।"

अविनाश थोड़ा-सा चौंक गया। उसे यह उम्मीद कतई ना थी कि शाज़िया उस से इस कदर साफ़ लहज़े में अपनी बात करेगी। वैसे भी यह उनकी पहली मुलाकात ही तो थी।

"लेकिन आप यह सब अचानक क्यों करना चाहती हैं।"

"वो क्या है ना साहब। मेरे शौहर के शहीद होने के बाद भी मुजाहिदों का मेरे घर आना-जाना लगा रहा। लेकिन हमारी चारदीवारी के अंदर आने का मतलब यह तो नहीं है ना कि वे हमारी चादर में भी दाखिल सकते हैं। हुजेफ़ा मेरी रिहाना के पीछे पड़ा है।" शाज़िया की आँख भर आई थी।

रिहाना शाज़िया की बड़ी बेटी थी। वह सोपोर डिग्री कॉलेज से ग्रेजुएशन कर रही थी।

जब मुजाहिद उनके घर में आते तो रिहाना भी उनके लिए खाना वगैरह परोसने में अपनी माँ की मदद करती। जब से हुज़ेफ़ा ने उनके घर में आना शुरू किया था तब से ही रिहाना थोड़ी असहज हो गई थी। आख़िर मर्द की नज़रों और हरकतों को भाँपने के मामले में ज़्यादातर महिलाओं की छठी इंद्री बड़ी मज़बूत मानी जाती है।

फिर एक दिन जब हुजेफ़ा ने उस से बदसलूकी करने की कोशिश की थी तो शाज़िया बीच में आ गयी थी। शाज़िया अपना शोषण तो सहन कर सकती थी पर अपनी बेटी की अस्मत उसको जान से भी प्यारी थी। चूँकि वह लश्कर के कई आतंकियों को जानती थी तो उसने उन सबको आगाह भी किया। उसने तंज़ीम के ओहदेदारों को बहुत संदेशे भी भेजे थे ताकि वे हुजेफ़ा और उसके साथियों को चेतावनी दे सकें।

लेकिन फिर भी शाज़िया की मिन्नतों का उन दरिंदों की नीयत पर कोई असर नही पड़ा था।

''बहुत मजबूर हूँ साहब। मुझे नहीं पता था कि जिसे मैं जिहाद समझी थी वो मेरे परिवार को इस कदर बरबाद कर देगा। अब आप ही मेरी मदद करो साहब।'' अपनी आपबीती सुनाते-सुनाते शाज़िया फूट-फूट कर रोने लगी थी।

''देखो मैं तुम्हारी मदद करूँगा लेकिन तुम्हें भी हमारा साथ देना पड़ेगा। इसमें थोड़ा खतरा भी हो सकता है। मुझे ज़रा वक्त लगेगा यह सब सही से समझने और संभालने के लिए। तब तक उन आतंकियों के साथ तुम्हारे बर्ताव में कोई बदलाव नहीं आना चाहिए।'' काफ़ी सोचने के बाद अविनाश के दिमाग में एक योजना पनप रही थी।

''तीन दिन बाद जुम्मा है। आप उस रोज़ फिर से ऑफ़िस आना। तब तक मैं कुछ तरकीब निकालता हूँ। और सबसे पहले रिहाना को थोड़े दिनों के लिए पढ़ाई के बहाने किसी रिश्तेदार के घर भेज दो।''

शाज़िया के जाने के बाद अविनाश तैयारी में लग गया था। ऐसे किसी की भी बात एकदम से बिना जाँचे मान लेना अविनाश की पेशेवर सिखलाई के खिलाफ़ था। वैसे शाज़िया की बातें सुन कर लगा था कि वह बहुत मुश्किल में है लेकिन अविनाश के ज़ेहन में अब भी कई सवाल थे। पता नहीं कितना सच है उसकी बातों में। वह कोई साज़िश तो नही रच रही। पुलिस के पास क्यूँ नहीं गयी। वगैरह-वगैरह।

सब कुछ नाप-तोलने के बाद अविनाश ने यह तय किया कि वह शाज़िया को अपने हिसाब से तैयार कर के लश्कर ए तैयबा को ज़्यादा-से-ज़्यादा नुकसान पहुँचाएगा। शाज़िया के निशाने पर सिर्फ़ हुजेफ़ा था लेकिन अविनाश का ख़याल था कि अगर यह काम सही से किया जाए तो सुरक्षा बलों को और भी फ़ायदा हो सकता है।

जुम्मे के दिन शाज़िया उसके दफ़्तर आई तो अविनाश ने उसे एक मोबाइल फ़ोन दिया।

''देखो बार-बार यहाँ आकर मिलने में खतरा है। अब से जो भी बात हो मुझे इस मोबाइल से ही फ़ोन करना। और इस नम्बर से किसी और को कभी कॉल मत करना। इस फ़ोन में कोई दूसरा सिम कार्ड भी मत डालना।'' उसकी बात सुनकर थोड़ा मुस्कुराई थी शाज़िया।

''मुझे पता है साहब। कई सालों से इन मुजाहिदों को ऐसे ही सावधानियाँ बरत कर अलग-अलग फ़ोन से बात करते देख रही हूँ।'' यह कहते हुए शाज़िया ने अविनाश को एक पर्ची पकड़ा दी थी।

''यह नंबर लश्कर वाले इस्तेमाल करते हैं। इसको चेक कर लीजिएगा। इस

तरह आप को मेरी बातों का भरोसा भी हो जाएगा।''

तभी अविनाश को इत्मिनान हो गया था कि शाज़िया का दिमाग बहुत तेज़ है और उसे शाज़िया को ज़्यादा कुछ सिखाने की ज़रूरत नहीं पड़ेगी।

दिन बीतते गए। आतंकवादियों का उसके घर आना-जाना लगा रहा। वह अविनाश को उनकी हरकतों के बारे में विस्तार से बताती। मगर अविनाश नहीं चाहता था कि शाज़िया पर किसी को कोई शक हो। इसलिए उन आतंकियों को किसी और जगह घेरना ज़रूरी था।

जहाँ शाज़िया को सिर्फ़ हुजेफ़ा को ठिकाने लगाने की जल्दी थी वहीं अविनाश इस पूरे वाकए को बड़े इत्मीनान से चलाना चाहता था। उसे लगता था कि शाजिया का इस्तेमाल हुजेफ़ा के ग्रुप केअलावा लश्कर ए तैयबा की बाक़ी गतिविधियों के बारे में जानकारी हासिल करने के लिए भी किया जा सकता है। आख़िर आतंकियों को पूरा भरोसा जो था शाज़िया पर।

शाज़िया के दिए फ़ोन नंबर के सहारे अविनाश को कई सुराग भी मिल गए थे। हालाँकि आतंकवादी इन सब का इस्तेमाल करने में बड़ी एहतियात बरतते थे। धीरे-धीरे अविनाश ने शाज़िया को पूरे इलाक़े में लश्कर ए तैयबा के नेट्वर्क का पता लगाने के लिए राज़ी कर लिया था। वैसे शाज़िया के पास अब कोई और चारा भी कहाँ था। अक्सर वो आतंकवादियो की बातें ज़रा गौर से सुनती और अविनाश को बता देती।

''साहब आज मुझे उनके काम से जाना है। लश्कर वाले कुछ अमानत छोड़ कर गए हैं। बोला है कि जलुरा गाँव में हमारे एक आदमी के घर पहुँचा देना। उन्होंने जो पता दिया है वह आपको मैसेज कर रही हूँ। आप देख लो क्या करना है। लेकिन जो भी करना वो थोड़ी सावधानी से करना।''

''और शायद लश्कर वालों का कोई ग्रुप पाकिस्तान से बॉर्डर क्रॉस करके आया है। ये कह रहे थे कि नए साथी आए हैं, कुपवाड़ा की तरफ़ से।''

उस दिन अविनाश शाज़िया की बात सुन कर दुविधा में पड़ गया था। यह अच्छा मौका था लश्कर के नेटवर्क पर हाथ डालने का। लेकिन इसमें शाज़िया के लिए खतरा भी था।

उस रात को सुरक्षा बलों ने बड़े स्तर पर जलूरा गाँव में सर्च ऑपरेशन किया। सभी घरों की तलाशी ली गई लेकिन शाज़िया के बताए हुए घर पर कुछ खास ध्यान दिया गया।

मगर उस जगह कोई संदिग्ध सुराग ना मिलने के कारण यह ऑपरेशन नाकाम साबित हुआ।

''बहुत देर कर दी साहब। थोड़ा जल्दी जाना था वहाँ। इतनी देर तक कौन रहता वहाँ।'' शाज़िया ने जब अगली सुबह फ़ोन कर के अविनाश को यह कहा था तो अविनाश ने बस उसकी हाँ में हाँ ही मिलाई थी।

अगले दिन हुजेफ़ा ने शाज़िया के घर आकर बहुत सवाल किए थे। उसको थोड़ा पीटा भी था लेकिन इस पिटाई के पीछे असली वजह शायद यह थी कि शाज़िया ने रिहाना को क्यों उस से दूर भेज दिया था। शाज़िया भी कम शातिर नहीं थी। उसने अपनी दलीलों से आतंकियों को अपनी बेक़सूरी का यक़ीन दिला दिया था।

अब तो दिन भर शाज़िया सिर्फ़ हुजेफ़ा को ख़त्म करवाने का प्लान बनाती। अविनाश नहीं चाहता था कि शाज़िया के घर में एंकाउंटर हो लेकिन शाज़िया को तो जैसे कोई भी डर नहीं था। बस एक जुनून था उसके सिर पर। और एक अहसास भी कि पिछले कई सालों से जिस आतंक की वो मदद कर रही थी वह सब कितना ग़लत था।

हुजेफ़ा ख़ूँख़ार तो था ही और साथ ही बहुत चालाक भी था। वह अक्सर बिना किसी को बताए हरकत करता था। पहले इलाक़े की तफ़तीश करता और हर एहतियात बरतता जिससे कोई ख़तरा ना हो।

मेजर अविनाश को कोई जल्दी नहीं थी। वह तो बस इस इंतज़ार में था कि हुजेफ़ा कब कोई ग़लती करेगा।

अगले दो-तीन महीनों में हुजेफ़ा के कई साथी तो मारे गए थे पर वो ज़िंदा था। और साथ ही ज़िंदा था उसका आतंक।

उधर शाज़िया भी परेशान थी। उसे दिन पर दिन घुटन हो रही थी।

''साहब, मैं रिहाना को घर बुला रही हूँ।'' एक दिन अचानक यह कह कर उसने अविनाश को भी परेशान कर दिया था।

''अरे, ऐसे क्यों खतरे में डाल रही हो उसको।''

''साहब जैसे ही रिहाना आएगी तो हुजेफ़ा भी आएगा। और हमारे लिए यही सबसे बेहतरीन मौका है।''

''हाँ वह तो है मगर इसमें बहुत खतरा है।'' अविनाश ने शाज़िया को समझाने को कोशिश की

''साहब अब ना तो मुझे हुजेफ़ा का खौफ़ है और ना आपके इनाम का लालच। *कुरान* पाक में भी तो लिखा है ना कि अल्लाह पर भरोसा करने वालों के लिए कोई भी अंत दुखद नहीं होता।'' यह दलील दे कर चुप करा दिया था उसने अविनाश को।

"आप सिर्फ़ मेरे फ़ोन का इंतज़ार करना और कोई ग़लती मत करना साहब।" बस इतना कह कर शाज़िया वापिस चली गयी थी।

अगली बार जब हुजेफ़ा उसके घर आया तो शाज़िया ने बातों-बातों में बड़े सलीके से रिहाना के घर वापिस लौटने का ज़िक्र किया था। चालाक हुजेफ़ा ने जवाब में कुछ नहीं कहा था लेकिन शाज़िया सब समझती थी।

एक हफ़्ते के बाद रिहाना घर आ गयी। अविनाश को शाज़िया ने सुबह-सुबह ही बता दिया था। उसे यक़ीन था कि रात को हुजेफ़ा भी ज़रूर आएगा।

अविनाश की योजना के मुताबिक दिन में फ़ौज की टुकड़ियों ने गाँव में अच्छी-खासी गश्त लगाई। और शाम को दिन ढलने से थोड़ा पहले वे वापिस अपने कैंप में चले गए। लोगों को लगा कि फ़ौज का ऑपरेशन खत्म हो गया है लेकिन सबकी नज़रों से दूर मेजर अविनाश और उसके साथ चन्द सिपाही जंगल के पास छुप गए थे। उस जंगल से शाज़िया के घर की ओर तीन रास्ते उतरते थे और अंधेरा होते ही वे उन रास्तों पर घात लगा कर छोटी-छोटी टुकड़ियों में बैठ गए।

रात भर कोई हरकत नहीं हुई तो अविनाश के मन में थोड़ी मायूसी छाने लगी थी। उसे लगा कि हुजेफ़ा ने फिर अपनी चालाकी दिखा दी। शाज़िया को यकीन था कि वह आएगा और अविनाश को उम्मीद थी कि शाज़िया का अंदाज़ा सही होगा।

फिर सुबह तीन बजे के करीब बीच वाली पगडंडी पर थोड़ी-सी हरकत हुई। तीन आदमी धीरे-धीरे नीचे गाँव की ओर उतर रहे थे।

इतने अंधेरे में इन्हें पहचानना मुश्किल था। रात वाली दूरबीन से देखने के बावजूद उनके हथियार साफ़ तौर पर नज़र नहीं आ रहे थे। अक्सर ऐसे हालात में फ़ौज के सिपाही दुविधा में आ जाते हैं।

लेकिन उस रात अविनाश को यकीन था कि यह हुजेफ़ा ही है। अविनाश ने उनके थोड़ा और नज़दीक आने का इंतज़ार किया और फिर उसके इशारे पर सिपाहियों ने ताबड़तोड़ गोलियाँ बरसानी शुरू कर दी थीं। सिर्फ़ पाँच मिनट चला था एन्काउंटर। हुजेफ़ा और उसके दो साथी मारे गए। बिना कोई मुक़ाबला किए।

अगले दिन हुजेफ़ा के जनाज़े में बहुत भीड़ इकट्ठा हुई थी। वहाँ शाज़िया भी गयी थी मातम मनाने। उसकी आँखों में हज़ारों आँसू भरे हुए थे। मगर वहाँ आए हुए लोगों को यह कतई नहीं पता था कि वे ख़ुशी के आँसू थे।

मेजर अविनाश के लिए तो शाज़िया बिना वर्दी की जांबाज़ सिपाही थी। कमाल की हिम्मत दिखाई थी उसने। शाज़िया को ना कोई शौहरत मिली, ना कोई तमगा। मगर वही थी भारतीय सेना की असली हीरो।

दिल-विल-प्यार-व्यार

"कोई है, दरवाज़ा खोलो। बोलते क्यों नहीं। कोई है यहाँ।" शीन थोड़ी देर पहले ही तो कपड़ों का अंबार उठाए बाथरूम में दाखिल हुई थी कि बाहर ज़ोर-ज़ोर से आती इन आवाज़ों ने उसे चौंका दिया।

इतना तो उसे अंदाज़ा लग गया था कि ये आवाज़ें फ़ौजियों की हैं। वह थोड़ा डर भी गई थी क्योंकि इस वक्त वह घर में बिलकुल अकेली थी।

"पता नहीं ये लोग यहाँ क्यों आए होंगे। वह भी ऐसे वक्त पर जब वह नहाने की तैयारी कर रही थी।" घबराते-घबराते उसने सारे कपड़े समेटे। अपने लंबे, गीले बालों पर तौलिया कस के बाँधा और जल्दी-जल्दी बाहर की ओर निकली।

दरवाज़े तक पहुँचते-पहुँचते उसकी घबराहट गुस्से में बदल चुकी थी। वहाँ नज़ारा ही कुछ ऐसा था। घर का सामान फ़र्श पर बेतरतीब बिखरा हुआ था। चंद फ़ौजी घर में दाखिल हो कर तलाशी ले रहे थे।

"आप लोगों की हिम्मत कैसे हुई इस तरह घर में घुसने की। समझते क्या हैं आप लोग खुद को।" एक लड़की को इस तरह चिल्लाता देख कर यूँ तो सब सिपाही सकपका गए थे लेकिन उन्होंने फिर भी अपना काम जारी रखा। किसी ने अलमारी खोल कर उसकी तलाशी ली और कोई बिस्तर से गद्दा दूर फेंक कर उसकी छान-बीन करने लगा।

शीन खड़ी-खड़ी भन्ना रही थी कि उसकी नज़र कोने में खड़े एक फ़ौजी अफ़सर पर जा रुकी। डील-डौल में तो वह सब सिपाहियों से दुबला-पतला था लेकिन जिस तरीके से वह हुकुम चला रहा था उस से साफ़ पता चलता था कि वही उनका कमांडर है। उसकी वर्दी से उसके पद और नाम का साफ़ पता चल रहा था।

कैप्टन शैलेंद्र। राष्ट्रीय राइफ़ल्स।

इससे पहले कि शीन उसकी ओर बढ़ती वह खुद शीन की तरफ़ तेज़ कदमों से आने लगा था। उसको इस तरह पास आता देख शीन थोड़ा सकपकाई ज़रूर लेकिन

इससे पहले कि वह कुछ कर पाती उसने इस कैप्टन को ठीक अपने सामने खड़ा हुआ पाया।

"जी, आप यहाँ रहती हैं।"

यह सवाल जितना साधारण था शीन ने उसका जवाब उतनी ही बेरुखी से दिया।

"वाह जी, वाह। आप लोग तो बिना इजाज़त के घर में घुस आए हो। सारा सामान उथल-पुथल कर दिया है। मैं इस हालत में आपके सामने खड़ी हूँ और आप पूछ रहे हो कि आप यहाँ रहती हो क्या?"

"देखिए, जितना पूछा जाता है उतना ही जवाब दीजिए। और हमें अपना काम करने दीजिए।" कैप्टन शैलेंद्र ने बड़ी इज़्ज़त और सख्ती के साथ शीन को खामोश कर दिया।

"और हाँ, कुछ देर पहले यहीं पास के मोहल्ले से दो आतंकवादी फ़ौज के घेरे से भाग गए हैं। हमें शक है कि वे इस तरफ़ आए होंगे। इसलिए यहाँ घर-घर तलाशी ली जा रही है। आपने किसी को देखा तो नहीं।"

इससे पहले वह कुछ बोल पाती दरवाज़े पर ज़ोर से आवाज़ हुई और उसने अपने पिता को बाहर से अंदर आते हुए देखा।

"जय हिन्द सर। जी मैं प्रीतम सिंह हूँ। पुलिस से रिटायर हुआ हूँ, डीएसपी रैंक से। यह मेरा घर है। हम लोग पड़ोस के मकान में गए थे। कुछ गड़बड़ है क्या सर?"

"हाँ, इसलिए हम पूरे इलाके की तलाशी ले रहे हैं। आप लोगों को कोई भी शकिया हरकत दिखाई दे तो ज़रूर बताना।"

"ठीक है सर। वैसे इस मोहल्ले में तो केवल सिख परिवार ही रहते हैं। हमें तो खुद हमेशा डर बना रहता है। हम पक्के हिन्दुस्तानी जो हैं।" प्रीतम सिंह ने अपनी सफ़ाई देते हुए कहा।

"देखो जनाब, पक्के और कच्चे हिन्दुस्तानियों का तो अभी फ़र्क करना ज़रा मुश्किल है लेकिन आप सब होशियार रहना।" यह कहते हुए कैप्टन शैलेंद्र ने अपने सिपाहियों को वापिस होने का इशारा किया। जाते वक्त बस पल भर को उसने शीन की तरफ़ नज़र घुमाई थी। इस लड़की का यूँ गुस्सा करना उसे अब तक हज़म नहीं हुआ था।

शैलेंद्र पाँच महीने पहले ही 76 राष्ट्रीय राइफ़ल्स में पोस्टिंग पर आया था। बारामूला शहर में उनका हेडक्वार्टर था और शहर के इर्द-गिर्द ही चारों कंपनियाँ तैनात थीं। शैलेंद्र अल्फ़ा कंपनी कमांडर था जो पुराने बारामूला शहर के बीचोंबीच नूरबाग में थी।

बहुत शांत और परिपक्व स्वभाव का था कैप्टन शैलेंद्र। पूरी यूनिट उसके काम करने के अंदाज़ से खासा प्रभावित थी। लेकिन उस दिन शैलेंद्र को खुद बुरा लग रहा था कि सुराग मिलने के बावजूद आतंकवादी उसके हाथ से निकल गए। वैसे भी बारामूला बड़ा संवेदनशील शहर था और वहाँ आतंकवादियों की मौजूदगी काफ़ी खतरनाक साबित हो सकती थी।

फ़ौजियों के जाने के बाद शीन वापिस अपने काम में जुट गई। उसके पिता प्रीतम सिंह भी किसी काम से घर के बाहर चले गए। उनकी तीन बेटियाँ थीं। शीन सबसे बड़ी होने के बावजूद भी सबसे लाडली थी। हर पिता की तरह उनकी भी सिर्फ़ एक ही चिंता थी। जल्द-से-जल्द तीनों लड़कियों की शादी कराना। बड़ी मेहनत से अपनी बेटियों को पाला-पोसा था उन्होंने। शीन की छोटी बहन मीनू तो शहर के आर्मी स्कूल में टीचर थी जबकि सबसे छोटी प्रीत अभी ग्यारहवीं कक्षा में पढ़ रही थी। कभी-कभी प्रीतम सिंह को लगता था कि उन्हें फिर से कोई नौकरी कर लेनी चाहिए लेकिन फिर अपनी होनहार बेटियों को देख कर वह अपनी सोच बदल लेते और चैन की सांस लेने लगते थे।

उधर शीन का गुस्सा अभी भी पूरी तरह से उड़नछू नहीं हुआ था और उस गुस्से का बोझ बेचारे कपड़ों को झेलना पड़ रहा था। आज कुछ ज़्यादा ही ज़ोर लगा रही थी शीन उन्हें कूटने में।

तकरीबन एक घंटा गुज़र गया होगा जब शीन नहा-धो कर फ़ारिग हुई। अच्छी-खासी धूप भी निकल आई थी। वह हमेशा की तरह धुले हुए कपड़ों को सुखाने के लिए घर के पीछे वाले हिस्से में गई।

वह वहाँ पहुँची ही थी कि मानो उसके पाँवों के नीचे से ज़मीन खिसक गई। फर्श पर कुछ खून के दाग थे और दीवार के साथ एक मैली-कुचैली चादर पड़ी थी। उसने इधर-उधर देखा और फिर सहमे हुए, दबे कदमों से घर के हर कोने का मुआयना किया पर उसे कोई नज़र नही आया। शीन को पूरी कहानी समझने में ज़्यादा देर नहीं लगी थी।

इसका मतलब वह आर्मी कैप्टन ठीक कह रहा था। ज़रूर वे आतंकवादी भागते वक्त उनके घर से गुज़रे थे। वैसे भी पूरे मोहल्ले के सभी घर एक-दूसरे से जुड़े हुए ही तो थे।

शीन को समझ नहीं आ रहा था कि वह अब क्या करे। घर में फ़िलहाल कोई नहीं था। वह थोड़ी देर के लिए तो चुपचाप बैठ गई लेकिन मन के अंदर एक तूफ़ान तो उमड़ ही पड़ा था।

फिर उसने सोचा कि फ़ौज को इसकी जानकारी देने में ही भलाई है। क्या पता वे आतंकी अब तक आस-पास कहीं छुपे बैठे हों। उसने बाहर गली की तरफ़ झांका तो कोई भी सिपाही नज़र नहीं आया। ऐसा लग रहा था कि कोई सुराग ना मिलने पर फ़ौज दूसरे इलाके में चली गई थी।

अब शीन को थोड़ी मायूसी होने लगी थी। उसे लगा कि काश, वह पहले ही थोड़ा संयम और समझ से काम ले लेती तो उन बेचारे सैनिकों से इस तरह का बेरुखा बर्ताव नहीं करती।

कुछ देर बाद जब उसके पिता घर वापिस आए तो अपनी लाडली का बुझा हुआ चेहरा देख कर थोड़े सकपका से गए। लेकिन जब शीन ने उन्हें आतंकियों के वहाँ से गुज़रने और खून के धब्बों वाली बात बताई तो उन्होंने अपने सालों के पुलिस महकमे वाले तजुर्बे का हवाला देते हुए शीन को शांत रहने को कहा। वैसे वह सही भी थे।

कश्मीर में रोज़ जाने कितने ही आतंकवादी अपनी किस्मत के कारण सुरक्षा बलों के चंगुल से बच जाते हैं। हालाँकि बारामूला शहर के इस मोहल्ले के लिए ऐसा वाकया थोड़ा नया था पर प्रीतम सिंह को पता था कि एक न एक दिन भागे हुए आतंकी भी कहीं न कही फंस ही जायेंगे और वह भी जल्द ही।

वैसे तो अक्सर वक्त के साथ-साथ बीती बातें थोड़ी धुंधली हो जाती हैं लेकिन फिर भी शीन के लिए इस घटना को आसानी से भूल पाना ज़रा मुश्किल साबित हो रहा था।

किस्मत का कुछ ऐसा संजोग बना कि शीन का दोबारा शैलेंद्र से सामना हो गया। हालाँकि इस बार मुलाकात बड़े खुशनुमा माहौल में हुई।

उस दिन बारामूला के आर्मी स्कूल में बाल दिवस के उपलक्ष्य में बच्चों द्वारा एक रंगारंग प्रोग्राम आयोजित किया गया था। शहर के सभी नामी-गिरामी लोग उपस्थित थे। शीन की बहन मीनू ने पूरे कार्यक्रम का संचालन किया और शीन समेत पूरा परिवार बड़ी खुशी और गौरव के साथ वहाँ आया था। बाद में चाय के दौरान शीन की नज़र कैप्टन शैलेंद्र पर गई तो उसे फिर से पूरा घटनाक्रम बखूबी याद आ गया।

शैलेंद्र वहाँ उपस्थित लोगों से मिलने में व्यस्त था। वह समारोह में आए हुए हर बड़े-छोटे तबके के इंसान के पास जा--जा कर उनसे बातें कर रहा था। वैसे आतंकग्रस्त कश्मीर में भारतीय सेना की सफलता का सबसे बड़ा कारण उनके अधिकारियों की यह मिलनसार प्रवृत्ति भी थी लेकिन शैलेंद्र को इस तरह लोगों के बीच इतना सहज देख कर शीन थोड़ी देर के लिए खिसिया गई थी।

''उस दिन तो बड़ा शेर की तरह दहाड़ें मार रहा था और आज कैसे आराम से सबकी बातें सुन रहा है।'' मन-ही-मन शीन बुदबुदा ही रही थी कि उसने अपनी बहन मीनू और अपने पिता को शैलेंद्र के साथ अपनी तरफ़ बढ़ते देखा।

''जी नमस्ते! कहीं आप उस दिन के कारण अब तक गुस्सा तो नहीं हो ना।'' शैलेंद्र की शालीनता ने शीन को भी मुस्कुराने के लिए मजबूर कर दिया था।

''ऐसा नहीं है सर। मैं भी तो उस दिन बेकार ही आप लोगों पर बरस पड़ी थी। आई एम रियली सॉरी।''

''हाँ, और एक बात है जो उस दिन मुझे आप लोगों के जाने के बाद पता लगी।'' शीन के मन में अब तक उन आतंकवादियों के खून से सने कपड़ों का बोझ था और वह मौका ढूँढ रही थी कि सेना को किसी तरह यह बता सके।

''वह उस दिन आप जिन लोगों को ढूँढ रहे थे वे शायद वहीं हमारे मोहल्ले में... ।''

''हाँ-हाँ पता है।'' जो बात शीन कई दिनों से दिल में रखे बैठी थी वह बात शैलेंद्र ने उसे पूरी भी नहीं करने दी।

''दरअसल हमें बाद में यह खबर मिली थी कि वे आतंकवादी आपके मोहल्ले से होते हुए उष्करा गाँव की ओर भाग गए थे। ख़ैर उस दिन उनकी किस्मत अच्छी थी लेकिन यह किस्मत ज़्यादा दिनों तक उनका साथ नहीं देगी।'' अब तक मुस्कुरा रहे शैलेंद्र की बातों में अचानक अजब सा निश्चय और संजीदापन आ गया था।

वहीं पास में चुपचाप खड़े सरदार प्रीतम सिंह ने शैलेंद्र को ज़रा सहज करने की कोशिश की।

''बिलकुल जनाब। ये दो कौड़ी के लड़के हमारी इंडियन आर्मी के आगे भला कब तक टिक पायेंगे। आज कल तो ये वैसे ही भागे-भागे फिर रहे हैं। सब लोग यही कहते हैं कि आजकल आर्मी ज़्यादा बेहतर तरीके से काम कर रही है। लोगों से खूब मेल-जोल बढ़ा रही है। खासकर 76 आरआर तो बहुत अच्छी है। कुछ साल पहले ऐसा नहीं था सर। पहले हम लोग फ़ौज से बहुत डरते थे। सच में।''

यह सब सुन कर शैलेंद्र हल्का-सा मुस्कुराया। उसे कश्मीर आने के बाद ऐसी चिकनी-चुपड़ी बातें सुनने की आदत हो चुकी थी।

''वह क्या है ना सरदार साहब, वैसे तो हम सब हमेशा ही अच्छा बने रहने की कोशिश करते हैं। हमें अच्छा बनने के लिए किसी वजह की ज़रूरत भी नहीं होनी चाहिए। और हम तो बस अपना फ़र्ज़ निभा रहे हैं। ऐसा नहीं है कि हमसे पहले यहाँ

काम करने वाले फ़ौजी बुरे थे। शायद उनके काम करने का तरीका थोड़ा अलग होगा। थोड़ा कड़ा होगा। हो सकता है उस वक्त ज़्यादा सख्ती की ज़रूरत हो। खैर।'' इसी के साथ शैलेंद्र बाकी लोगों के दूसरे समूह की तरफ़ बढ़ गया। लेकिन जाते-जाते उसने शीन की तरफ़ देखा और धीरे से बोला।

''पता है, ज़िन्दगी में सबसे बड़ा बोझ क्या होता है। चुप रहना। दिलोदिमाग में रोज़ दस्तक दे रही किसी भी बात को, भले वह बात कोई भी हो। उसको चाह कर भी नहीं बोल पाना। उसे अंदर-ही-अंदर दबाए रखना। यह सच में बहुत बड़ा बोझ होता है। गनीमत है कि आज आपको घर वाली बात बोलने का मौका मिल गया। मगर आगे से ख़याल रखियेगा।''

यह सुन कर शीन कश्मीर के पहाड़ों पर पड़ी बर्फ़ की तरह जम गई थी। वह चुपचाप उसे जाते हुए देखती रही। वापिस घर आने के बाद भी उसे शैलेंद्र का चेहरा भूल नहीं पा रहा था। वैसे पहली नज़र में शैलेंद्र का व्यक्तित्व ऐसा कुछ खास रौबदार और आकर्षक तो नहीं था लेकिन शीन को कुछ खास, कुछ अलग ज़रूर महसूस हुआ था। अगले कई दिनों तक उसके ज़ेहन में शैलेंद्र की हल्की आवाज़ गूँजती रही।

दोनों की अगली मुलाकात कुछ ही दिन बाद बारामूला के डिग्री कॉलेज वाली सड़क पर हुई। वैसे उसे मुलाकात कम और दीदार ज़्यादा समझा जाना चाहिए।

उस दिन वहाँ सेना ने अपना नाका लगाया हुआ था। सभी आती-जाती गाड़ियों की तलाशी चल रही थी। शैलेंद्र सड़क के साथ अपनी बुलेट प्रूफ़ महिंद्रा जीप के पास खड़ा होकर अपने सिपाहियों को निर्देश दे रहा था।

तभी उसकी नज़र वहाँ से पैदल गुज़रती शीन पर पड़ी। वह कंधे पर झोला लटकाए और हाथ में बेतरतीबी से कुछ सामान उठाए उसी रास्ते से चली आ रही थी। पल भर को दोनों की नज़रें मिलीं और शीन मुस्कुरा उठी। लेकिन शैलेंद्र के हाव-भाव वैसे ही थे। मुस्कुराने की बजाय उसमें शायद थोड़ा कड़कपन ही आया होगा। शायद आस-पास अपने सिपाहियों की मौजूदगी ने उसे ऐसा रहने पर मजबूर कर दिया था।

शीन उसके पास से गुज़री तो पल भर को रुक कर सिर्फ़ ''गुड मॉर्निंग सर'' ही बोल पाई थी।

''गुड मॉर्निंग। आप खैरियत से तो हैं। घर में सब ठीक है ना।'' शैलेंद्र के जवाब देने पर शीन ने बस हाँ कह कर गर्दन झुकाई और इससे पहले वह कुछ और बोलता शीन तेज़-तेज़ कदमों से आगे बढ़ गई।

~

शोले फ़िल्म की बसंती से भी ज़्यादा बातूनी और तेज़-तर्रार मिजाज़ की शीन को अचानक जाने क्या साँप सूँघ गया था। जैसे ही वह घर पहुँची तो सीधा अपने बिस्तर पर जा कर पसर गई। करवटें बदलते हुए कुछ वक्त गुज़ारने के बाद भी जब उसके उथल-पुथल भरे मन को चैन नसीब नहीं हुआ तो उसने कैप्टन शैलेंद्र से दुबारा बात करने की ठानी।

वैसे कश्मीर में तैनात भारतीय सेना के किसी भी कंपनी कमांडर का फ़ोन नंबर पता लगाना शायद दुनिया का सबसे आसान काम है। अवाम से जुड़े रहने की लगातार कोशिशों के कारण अक्सर ज़्यादातर लोगों के पास उनके फ़ोन नंबर होते ही हैं। यहाँ तक कि गाँव-मोहल्लों के बीचोंबीच कई जगह चुनिंदा दीवारों पर भी ये बकायदा बड़े-बड़े आकार में अंकित होते हैं।

शीन को कैप्टन शैलेंद्र का फ़ोन नंबर हासिल करने में ज़्यादा वक्त तो नहीं लगा था लेकिन फिर भी उसे फ़ोन करने की हिम्मत वह कई दिनों तक नहीं जुटा पाई थी। और कैंप में जा कर मिलने का तो वह सोच भी नहीं सकती थी।

कई रोज़ इसी उधेड़बुन में गुज़ारने के बाद आख़िर उसने एक दिन शैलेंद्र को फ़ोन लगा ही दिया।

"गुड मॉर्निंग सर। मैं, शीन।"

"गुड मॉर्निंग, आप कैसी हैं। सब ख़ैरियत तो है न। दरअसल मैं छुट्टी पर आया हुआ हूँ। आपको नए कंपनी कमांडर साहब का नंबर देता हूँ। अगर कुछ ज़रूरी बात हो तो उनको बता देना।" घर आने के बावजूद भी शैलेंद्र के लहज़े में वही फ़ौजी तरतीब थी।

"नहीं-नहीं सर। कुछ काम नहीं है। बस ऐसे ही हाल-चाल पूछने के लिए फ़ोन किया था।" शीन से कुछ बोले ना बन रहा था।

"वैसे आप बुरा न मानें तो पूछ सकती हूँ कि आपका घर कहाँ है? मतलब छुट्टी के लिए आप कहाँ गए हो।" उसने फिर थोड़ा हिचकिचाते हुए पूछा।

"अरे, मैं भला क्यों बुरा मानूँगा। मैं ओडिसा से हूँ। कश्मीर से बहुत दूर। लेकिन बस थोड़े दिन की छुट्टी बची है। फिर चले आयेंगे वापिस आपके बारामूला में।" शैलेंद्र हँस पड़ा था।

"जी, थैंक यू।" शीन ने झट से फ़ोन रख दिया।

जल्दबाज़ी और घबराहट में वह यह भी न पूछ पाई कि शैलेंद्र कब वापस आ रहा है। लेकिन वह पूछती भी कैसे। उससे मिलना तो दूर शीन को तो बात करने में

भी मुश्किल हो रही थी।

कोई तो वजह थी जिसके कारण शीन आजकल थोड़ा बेकरार रहने लगी थी। मगर किसी अनजान इंसान के लिए इस तरह की बेचैनी के क्या मायने थे इसका सही तरह से अंदाज़ा खुद शीन को भी नहीं था।

शैलेंद्र से बात करने के बाद उसने घर के किसी कमरे में धूल चाट रही नक्शों वाली एटलस को ढूँढ निकाला था। आख़िर उसे हिन्दुस्तान के नक्शे में ओडिसा को जो ढूँढना था। यह बड़े ताज्जुब की बात है, मगर शीन की दुनिया सच में इतनी सिमटी हुई थी कि भारत देश के इस राज्य का नाम आज उसने पहली बार शैलेंद्र के मुँह से सुना था। और अब वह यह जानना चाहती थी कि कश्मीर से ओडिसा नाम का प्रदेश कितनी दूर है।

अब शीन को इंतज़ार था शैलेंद्र की छुट्टियाँ खत्म होने का और उसके वापिस बारामूला आने का। लेकिन मुसीबत सिर्फ़ इतनी थी कि उसको यह भी नहीं पता था कि ऐसा कब होगा। शैलेंद्र ने फ़ोन पर कुछ दिन कहा था लेकिन कुछ का क्या मतलब है यह साफ़-साफ़ नहीं बताया था। दो दिन या दो हफ़्ते या फिर एक महीना। कुछ का मतलब तो कुछ भी हो सकता है।

ख़ैर एक हफ़्ते के बाद शीन ने दुबारा शैलेंद्र को फ़ोन लगाया।

''हेलो, जी मैं शीन, आप आ गए वापिस घर से।''

''हेलो शीन। गुड आफ़्टरनून। बस अभी श्रीनगर एयरपोर्ट पहुँचे हैं। वैसे आपने किसी को मेरे पीछे तो नहीं लगा रखा ना। यहाँ उतरते ही आपका फ़ोन आ गया।'' शैलेंद्र ने बड़े शांत और संजीदा तरीके से जवाब दिया।

''नहीं-नहीं। मैंने तो बस ऐसे ही फ़ोन किया था। आज मीनू स्कूल फंक्शन की बात कर रही थी तो आपका ज़िक्र हुआ। मैंने सोचा पूछ लूँ कि आप वापिस आए या नहीं।'' शीन सकपका कर बोली।

''चलिए ठीक है। अपना ख़याल रखिए। घर वालों को मेरा नमस्कार कहना।''

शैलेंद्र ने फ़ोन के इस सिलसिले पर उस वक्त ज़्यादा गौर नहीं किया लेकिन शीन के दिमाग पर तो जैसे कोई फितूर सवार था। कैप्टन शैलेंद्र से गुफ़्तगू करने का। उस से रूबरू होने का। कुछ तो ऐसा था शैलेंद्र के व्यक्तित्व में जो शीन को खींचे चला जा रहा था।

अगले दिन जब शैलेंद्र ने खुद फ़ोन किया तो शीन को बहुत खुशी के साथ-साथ आश्चर्य भी हुआ था।

“गुड मॉर्निंग। आप कैसी हो। वह आपने कल जब फ़ोन किया था तो उस वक्त मैं रास्ते में था। इसलिए ज़्यादा बात नहीं हो पाई। मैंने सोचा आपको तसल्ली से फ़ोन करूँगा। आई होप आई एम नॉट डिस्टर्बिंग यू।”

“इट्स ओके। आपका सफ़र कैसा रहा।” शीन ने बात को आगे बढ़ाने की कोशिश की।

“हाँ, ठीक था। कंफ़र्टेबल। अच्छा सुनिए, ऑफ़िस में कोई मिलने आया है। मैं आपको बाद में कॉल करता हूँ।” शैलेंद्र की आवाज़ में एकदम से मसरूफ़ियत झलकने लगी थी।

शैलेंद्र के फ़ोन रखते ही शीन मन-ही-मन बड़बड़ाने लगी थी।

“अरे पता नहीं क्या समझता है। बंदा दो-चार मिनट तस्सली से बात भी नहीं करता। खुद ही फ़ोन किया और अब खुद ही बिज़ी होने का ड्रामा भी कर रहा है।”

उसका यूँ चिड़चिड़ाना जायज़ था लेकिन हमेशा खुशमिजाज़ रहने वाली शीन ज़्यादा वक्त तक खुद को रोक नहीं पाई थी। यह तो गनीमत है कि उन दिनों व्हाटसएप, फ़ेसबुक इंस्टाग्राम जैसे साधन नहीं थे वरना उसने शायद अपने संदेशों की बौछार से ही शैलेंद्र को धराशाई कर देना था।

अगले दिन उसने शैलेंद्र को फ़ोन लगाया। इस बार उनकी बात दो-तीन मिनट लंबी चली। लेकिन मामला हाल-चाल पूछने तक ही सीमित रहा। उसके अलावा शीन कहती भी तो क्या।

उस वक्त शायद शीन को अंदाज़ा नहीं था कि शैलेंद्र का स्वभाव ही कुछ इस किस्म का था। कम बोलने वाला कैप्टन शैलेंद्र अपनी ड्यूटी पूरी मेहनत से करता था। आतंकवादियों की धरपकड़, लोगों से मिलना-जुलना और यूनिट के बाकी कामों की तरफ़ ही उसका ध्यान था। लेकिन फिर भी वह बड़े इत्मीनान से सबकी बात सुनने-समझने की कोशिश करता। शैलेंद्र का शीन से यूँ बात करना किसी इशारे से कम न था।

दिन गुज़रते गए और साथ ही उन दोनों की बातें भी बढ़ती गईं। यह सिलसिला कब और कैसे शुरू हुआ इसका कोई खास वक्त या तारीख मुकर्रर कर पाना मुश्किल है।

शीन अक्सर शैलेंद्र को फ़ोन करती। वह भी उसे मौका मिलने पर फ़ोन लगा लेता। शीन के पास तो वैसे भी लफ़्ज़ों और किस्सों का पिटारा था। हिन्दी फ़िल्म जगत के सितारों की ज़िन्दगी से लेकर बारामूला के बाज़ार की अफ़वाहों तक जो उसे मालूम पड़ता वह शैलेंद्र को सुनाती।

शुरू-शुरू में वे हर दिन बात करते। फिर रोज़ाना एक-दो बार और धीरे-धीरे यह फ़ोन की आदत दिन से गुज़र कर रात में समा गई। लेकिन कैप्टन शैलेंद्र ने इस नए पनपते हुए रिश्ते की आँच अपने काम और रोज़ की दिनचर्या पर बिलकुल नहीं आने दी थी।

हाँ यह ज़रूर है कि उसका फ़ोन आजकल कुछ ज़्यादा ही व्यस्त रहने लगा था। तभी तो एक दिन उसके कमांडिंग ऑफ़िसर कर्नल सौरभ देशपांडे ने बातों-बातों में यूँ ही कटाक्ष कर दिया था।

''क्या बात है शैलेंद्र, आजकल तुम्हारा फ़ोन बड़ा बिज़ी रहता है।''

''नो, नो सर। एक्चुअली शहर से कोई-ना-कोई मिलता और बात करता रहता है।'' शैलेंद्र सच में नहीं समझ पाया था कि कर्नल साहब क्या कहना चाह रहे थे।

वैसे कर्नल देशपांडे को समझना ज़्यादा मुश्किल नहीं था। दस्तूर और अनुशासन के दायरे में रह कर भी वह बड़े मिलनसार थे। न सिर्फ़ 76 राष्ट्रीय राइफ़ल्स को बल्कि अपने इलाके के सारे अवाम को भी वह अपने परिवार की तरह समझते थे। मगर यह भी सब जानते थे कि उन्हें किसी भी तरह का दोगलापन और अनैतिक व्यवहार बिलकुल मंज़ूर नहीं था। कैप्टन शैलेंद्र के लिए तो उनके दिल में खास प्रेम था।

उधर शीन और शैलेंद्र की दास्तान धीरे-धीरे और परवान चढ़ रही थी। हालाँकि उन्हें एक-दूसरे से मिलने का ना तो कोई मौका था ना कोई बहाना। एक-आध बार जब शैलेंद्र उनके घर के पास से गुज़रा तो शीन ने छत पर आकर पल भर को उसका दीदार ज़रूर कर लिया था।

लेकिन उनकी फ़ोन पर भरपूर बातें होती थीं। अब तो वह उसके खाने-पीने का हिसाब भी रखने लग गई थी। शैलेंद्र की अव्यस्थित ज़िन्दगी को थोड़ा ठीक करने की कोशिश में कभी-कभी जब वह ज़्यादा ही उत्साह दिखाती तो शैलेंद्र उसे फ़ौजी तौर-तरीकों का पाठ भी पढ़ा देता था। धीरे-धीरे शैलेंद्र भी खुलने लगा था और शीन के साथ छेड़खानी करने का कोई मौका न जाने देता।

''पता है शीन, हम स्कूल में पीरियोडिक टेबल पढ़ते थे ना, जिसमें हर एलिमेंट की प्रॉपर्टीज़ बताते थे।''

''हाँ तो।''

''तो तुम वैसे ही इतनी सुपर सेंसिटिव हो कि तुम्हारे नाम पर भी कोई-ना-कोई एलिमेंट होना चाहिए।''

शैलेंद्र के यूँ हँसते-हँसते किए गए मज़ाक पर शीन का चेहरा भी खिलखिला उठता।

लेकिन शैलेंद्र के दिल में हमेशा यही डर बना रहता कि बारामूला जैसे संवेदनशील शहर में एक फ़ौजी अफ़सर और स्थानीय लड़की का यूँ एक-दूसरे के नज़दीक आना एक बड़ा तूफ़ान खड़ा कर सकता था। विडंबना की बात यह भी थी कि चूँकि शीन सिख परिवार से संबंध रखती थी तो मामला फिर भी उतना संगीन नहीं माना जाता। मगर फिर भी कट्टरपंथियों की तरफ़ से ज़रूर कुछ-ना-कुछ बवाल मचना तय था।

बहुत अजीब सी हालत थी। ना मुलाकातें थी। ना एक-दूसरे के साथ गुज़ारे बेशकीमती पल थे। किसी रंग-बिरंगे प्रेम-प्रसंग से तो यह रिश्ता कायम रखना कहीं ज़्यादा मुश्किल था।

लेकिन शीन को इसकी परवाह नहीं थी। और उसने जब अपनी बहन मीनू के सामने अपने दिल का राज़ खोला तो वह अचंभित होने के साथ-साथ खुश भी हुई थी। और सरदार प्रीतम सिंह तो अपनी बेटियों को इतना लाड़-प्यार से रखते थे कि शीन की ख़्वाहिश के खिलाफ़ जाना उनके लिए नामुमकिन था।

मगर यह तो कश्मीर था। यहाँ पता नहीं कब कौन किस बात को तोड़-मरोड़ कर उनके परिवार और पूरे सिख समाज को बदनाम कर दे। बस उन्हें इसी बात का डर था।

उन्हें एक और डर यह भी था कि कैप्टन शैलेंद्र पता नहीं इस ताल्लुक को किस नज़र से देखता है। हालाँकि उन्हें खुद शैलेंद्र बड़ा नेक इंसान लगता था लेकिन पुलिस में इतने साल गुज़ारने के बाद वह ऐसे कई किस्सों से खूब वाकिफ़ थे जिनमें गलतफहमी और दगाबाज़ी का फ़र्क कर पाना मुश्किल हो जाता है।

वैसे भी राष्ट्रीय राइफ़ल्स में आमतौर पर दो साल का कार्यकाल होता है जिसमें से शैलेंद्र एक साल तो गुज़ार ही चुका था। बस कुछ महीनों की ही तो बात थी और फिर एक बार शैलेंद्र कश्मीर से चला गया तो इस रिश्ते का भी समय की दहलीज़ पर बलि चढ़ना तय था।

सरदार प्रीतम सिंह को लगा कि अब इस मामले को ज़्यादा देर तक नहीं लटका सकते और एक दिन वह खुद ही जा पहुँचे 76 राष्ट्रीय राइफ़ल्स की नूरबाग कंपनी में कैप्टन शैलेंद्र से मिलने।

शैलेंद्र ने बड़ी इज़्ज़त से उनकी आवभगत की। यूँ तो शैलेंद्र से मिलने रोज़ ना जाने कितने लोग आते थे लेकिन आज उसे अंदाज़ा नहीं हो रहा था कि प्रीतम सिंह उससे क्या कहने वाले हैं। आख़िर आज वह एक आम नागरिक की हैसियत से कम्पनी कमांडर को मिलने नहीं बल्कि शीन के पिता की तरह शैलेंद्र से मिलने आए थे। वो

भी गोल-मोल बातें करने की बजाय सीधे मुद्दे पर आ गए थे।

''शैलेंद्र जी, आप हमारे घर आइए ना दावत पर।''

''घर पर कहाँ आया जायेगा। अकेला तो मैं आ नहीं पाऊँगा और फिर इतने सारे सिपाहियों और इतने ताम-झाम को लाना ठीक नहीं रहेगा।''

''नहीं-नहीं जी। सब इंतज़ाम हो जायेगा। वैसे शीन बहुत अच्छा खाना बनाती है।

''हाँ, वह मुझे पता है। दो-तीन बार शीन ने खाना भिजवाया था। सच में वह कमाल का खाना बनाती है।''

''अच्छा जी, हमें तो उसने कभी बताया ही नहीं कि आपको खाना भी भिजवाया है। पता नहीं और क्या-क्या छुपाया है मेरी बच्ची ने।'' प्रीतम सिंह हँसते हुए कुछ शरारती ढंग से बोले।

''सॉरी पापाजी, ऐसा कुछ छुपाने वाला नहीं है। शायद आपको पता होगा कि हम आपस मे काफ़ी बातचीत करते हैं। लेकिन आपको यहाँ के हालात पता ही हैं।''

''तो क्या सोचा है आपने शैलेंद्र जी। देखिए, आपके मन में जो भी है आप ज़रा साफ़-साफ़ बता देना।''

''जी, मुझे थोड़ा वक्त दीजिए।'' शैलेंद्र को खुद यकीन नहीं हुआ था कि उसने कितनी आसानी से यह बात कह दी थी।

''ठीक है बेटा, आप सोच लो। लेकिन घर ज़रूर आओ एक बार। कहो तो सीओ साहब को भी न्योता दे दूँ।''

''नहीं-नहीं, मैं खुद ही किसी दिन आ जाऊँगा।'' जब सरदार प्रीतम सिंह ने सीओ साहब को भी बुलाने की बात की थी तो शैलेंद्र हड़बड़ा गया था।

दरअसल उसे अपने घर वालों से ज़्यादा चिंता अपने कमांडिंग ऑफ़िसर कर्नल देशपांडे की थी। वह उनकी बहुत बड़ी इज़्ज़त करता था और अपने किसी भी कदम से उनको आहत नही करना चाहता था।

दरअसल किसी भी आर्मी यूनिट में कमांडिंग ऑफ़िसर यानी सीओ का रुतबा परिवार के मुखिया और सबसे बड़े शुभचिंतक की तरह होता है। अपने परिवार, अपनी यूनिट की हर छोटी-बड़ी बात, हर चिंता, हर ज़रूरत के लिए सीओ साहब ही ज़िम्मेवार होते हैं।

वैसे भी कर्नल देशपांडे तो निराले ही थे। उनकी पैनी नज़र तो वैसे भी कई दिन से शैलेंद्र पर थी। जिस दिन प्रीतम सिंह नूरबाग कंपनी में गए तो कर्नल देशपांडे का

रहा–सहा शक भी दूर हो गया।

अगले दिन ही वह घूमते–घामते शीन के मोहल्ले पहुँच गए थे। कई लोगों से मुलाकात की। कई घरों में गए। और फिर जा रुके प्रीतम सिंह के घर। उनकी वाकफ़ियत तो पहले से ही थी लेकिन आज उनके आने का मकसद खास था।

कर्नल देशपांडे की साख से सब लोग वाकिफ़ थे। अवाम को उन पर भरोसा था और प्रीतम सिंह को उनके आगे अपने मन का हाल कहने में ज़्यादा देर नहीं लगी थी।

''बच्चे हैं सरदार जी। संभल जायेंगे। आप चिंता न करें।''

''और हाँ, शीन कहाँ है। मैं भी तो देखूँ कि मेरा सीधा–साधा अफ़सर ऐसे कैसे फ़िसल गया।'' कर्नल देशपांडे की रौबदार आवाज़ पूरे घर में गूँज उठी थी।

शीन जब सहमे–सहमे उनके सामने आई तो कर्नल देशपांडे ने उसके सर पर अपनी बेटी की तरह हाथ रखा।

''अच्छा तो यह है वह चुड़ैल जो मेरे बेटे को खा गई।'' आशीर्वाद देने का यह अंदाज़ थोड़ा अजीबोगरीब था लेकिन सब के चेहरे पर मुस्कुराहट ज़रूर आ गई थी।

जाते वक्त उन्होंने प्रीतम सिंह को अकेले में बस इतना कहा था कि वह कुछ वादा तो नहीं कर सकते लेकिन उनसे जो हो सकेगा वह ज़रूर करेंगे। यह फ़ैसला आख़िर दो ज़िन्दगियों का था।

उसी शाम रोज़ की तरह जब सभी कम्पनी कमांडर अपने दिन भर की रिपोर्ट दे चुके थे तो उन्होंने शैलेंद्र को अलग से बात करने के लिए कहा था।

''यंग मैन, व्हाट्स हैपनिंग विद यू।'' कर्नल देशपांडे ने सीधा सवाल किया।

''सॉरी सर, आई डिड नोट गेट यू।''

''देखो शैलेंद्र। दिस इज़ वेरी सेंसटिव एरिया। और तुमने यहाँ गर्लफ्रेंड बना ली। मुझे तो लगता था तुम पैन फ्रेंड तक नहीं बना सकते।''

''नो सर, ऐसा नहीं है। एक्चुअली, आई एम सीरियस अबॉउट दिस। आपको बताने वाला था। सॉरी सर।'' कैप्टन शैलेंद्र की आवाज़ उसको दगा देने लगी थी।

''यू डू वन थिंग। कम टू बटालियन हेडक्वार्टर टॉमोरो। कल सुबह ठीक नौ बजे मेरे ऑफ़िस। इज़ इट क्लियर।''

''यस सर।''

शैलेंद्र के लिए वह रात बहुत लंबी थी। उसे यह सोच–सोच कर घबराहट हो रही थी कि पता नहीं कर्नल देशपांडे क्या सोच रहे होंगे। और अब सुबह उस पर क्या कयामत गुज़रने वाली है।

अगले दिन वह बिलकुल सही वक्त पर बटालियन हेडक्वार्टर पहुँच गया था। कर्नल देशपांडे ने जान–बूझ कर उसे थोड़ा और इंतज़ार कराया और दस बजे के करीब उसे अपने ऑफ़िस बुलाया।

''गुड मॉर्निंग सर।''

''गुड मॉर्निंग। लेट्स टॉक स्ट्रेट माई सन। आर यू सीरियस अबाउट शीन।''

''सर, वह एक्चुअली, मैंने सोचा था कि वह घर वालों को पता नही हैं अभी। वैसे सर आई वाज़ थिंकिंग।''

''शैलेंद्र, कट द क्रेप। सीधे–सीधे बोलो। आर यू सीरियस। उससे शादी करोगे। अगर हाँ तो ठीक है। एक हफ़्ते की छुट्टी जाओ और अपने घर वालों को मना लाओ। वे नहीं माने तो भी हम तो हैं ही। आई विल कन्विंस देम।''

''और अगर नहीं करनी शादी तो फिर ये फालतू फ़ोन पर बातचीत और मिलने–जुलने का तमाशा बंद करो। इज़ इट क्लियर।''

ये सब खरी–खोटी सुन कर शैलेंद्र थोड़ी देर तो चुप रहा था। इस बात का डर उसे पहले ही था। लेकिन अब वक्त आ गया था कड़े फ़ैसले लेने का। उसने एक ठंडी आह भरी और हिम्मत जुटाते हुए कर्नल देशपांडे की आँखों में देखते हुए कहा।

''सॉरी सर, फॉर लेटिंग यू डाउन। मुझे आपको पहले हो बोल देना चाहिए था। बट सर, नाउ यू नो।''

''सर, क्या मैं कल छुट्टी जा सकता हूँ। मैं शीन से शादी करना चाहता हूँ।''

शैलेंद्र के इतना कहते ही कर्नल देशपांडे ने उसे खड़े हो कर गले से लगा लिया और अगले बीस मिनट में ही उसे अपने साथ ले कर बटालियन हेडक्वार्टर से बाहर निकल गए थे।

इसके बाद वह सीधा सरदार प्रीतम सिंह के घर पहुँच गए। कैप्टन शैलेंद्र के लिए शीन का हाथ मांगने और उनकी शादी की तारीख मुकर्रर करने।

महज़ तीन हफ़्तों बाद ही बारामूला की शीन और ओडिसा के कैप्टन शैलेंद्र की प्रेम कहानी पर शादी की मोहर लग गई और वे एक–दूसरे के जीवन साथी बन गए।

अमानत

केरन, कश्मीर की खूबसूत वादियों में बसा एक छोटा-सा गाँव। थोड़ी-सी आबादी वाला यह गाँव लाइन आफ़ कंट्रोल के बिलकुल नज़दीक है। दुर्गम पहाड़ियों और तेज़ बहते नदी-नालों से गुज़रती हुई इस काल्पनिक रेखा ने दो पड़ोसी मुल्कों को बाँटने के अलावा कई परिवारों और इंसानी रिश्तों में भी एक गहरी दरार पैदा कर दी है।

1990 से कश्मीर में आतंकवाद को बढ़ावा मिलने के कारण सीमा पर बसे इस इलाक़े की भी अहमियत बढ़ गई थी। 90 के दशक में तो केरन और इसके आस-पास के गाँवों से इतनी घुसपैठ होती थी कि दहशतगर्दों ने इसको हाईवे का नाम दे दिया था। यह अलग बात है कि केरन और उसके सबसे नज़दीक वाले शहर कुपवाड़ा के बीच आने-जाने के लिए कोई पक्की सड़क भी नहीं थी।

जैसे-जैसे जम्मू कश्मीर में आतंकवाद बढ़ा, वैसे-वैसे रियासत में भारतीय फ़ौज की तादाद भी बढ़ गई। फ़ौज के आने के साथ ही जहाँ एक ओर उस इलाक़े से घुसपैठ में कमी आई वहीं दूसरी ओर यहाँ धीरे-धीरे तरक्की भी होनी शुरू हुई थी।

लेकिन इसके बावजूद यह इलाका अब भी किसी बीते हुए युग में बसा हुआ था। जहाँ पूरा देश थ्री जी और फोर जी के बग़ैर जीने की कल्पना भी नहीं करता था वहीं केरन में उस वक्त सिर्फ़ एक एसटीडी बूथ था जो बाहर की दुनिया से राब्ते का एकमात्र ज़रिया था। पिछले दो-तीन सालों में कुछ लोगों ने मोबाइल फ़ोन तो ले लिया था लेकिन उसका सिग्नल कुपवाड़ा शहर और केरन गाँव के दरमियान किसी अजगर के माफ़िक फैली शमशाबारी नामक पहाड़ी पर पहुँचने के बाद ही आता था। जब किसी दिन बिजली सात-आठ घंटो से ज़्यादा आ जाती तो उस दिन मानो गाँव वालों की दीवाली हो जाती। मगर इन आधुनिक सेवाओं की कमी कुदरत ने अपनी सौगातों और अदभुत नज़ारों से पूरी कर दी थी।

इसी खूबसूरत गाँव में रहता था अल्ताफ़ खटाना। जंगल के पास एक छोटा-सा

कच्चा मकान था उसका। उसके पास थोड़ी-सी ज़मीन थी जिस पर खेती कर के वह अपने परिवार का पेट पालता था। इसके बावजूद उनका बड़ी आसानी से गुज़ारा हो रहा था क्योंकि उसका परिवार कुछ खास बड़ा नहीं था। सिर्फ़ चार लोग ही तो थे। वह, उसकी बीवी रेशमा और दो छोटे बच्चे। उनके खर्चे तो वैसे ही बहुत कम थे क्योंकि ना वहाँ घूमने के लिए कोई बाज़ार या शॉपिंग माल था और ना ही उन्हें किसी ऐशो-आराम की चाहत थी।

कुछ साल पहले अल्ताफ़ नौकरी करने श्रीनगर तो गया था लेकिन शहर की अफ़रा-तफ़री भरी ज़िन्दगी उसको बिलकुल रास नहीं आयी थी। वैसे भी देहाती गुज्जरों को शहरी कश्मीरी लोग हमेशा नीची नज़रों से ही देखते थे। सिर्फ़ दो साल एक होटल में वेटर की नौकरी करने के बाद वह वापिस गाँव आ गया था और सीधी -सादी ज़िन्दगी बसर करने लगा था।

यूँ तो कभी-कभी वह और रेशमा अपने बच्चों के मुस्तकबिल के बारे में सोचते ज़रूर थे और ताज्जुब्ब भी करते कि क्या कभी उनके बच्चों को भी किसी बड़े शहर में ऐशो-आराम का जीवन गुज़ारने का मौका मिलेगा। इसी तरह के कुछ सादे अरमान तो कभी-कभार उनके दिल में भी पनपते थे लेकिन फिर वे अपनी गरीबी और साधारण सी ज़िन्दगी से मुत्मइन होकर रह जाते।

सुबह जल्दी उठ कर अल्ताफ़ मवेशी लेकर जंगल में जाता। फिर दिन भर खेत में काम करता। रेशमा पूरा घर संभालती। उनके दोनों बच्चे सरकारी स्कूल में पढ़ने जाते। और बाकी सब गाँव वालों की तरह शाम होते ही वे अपने घर में घुस जाते।

यह वहाँ का एक अनकहा उसूल था। रात के अंधेरे में जंगली जानवरों के अलावा या तो फ़ौजी दस्ते बाहर रहते थे या फिर सीमा पार से घुसपैठ की कोशिश करते आतंकवादी। ऐसे में किसी गाँव वाले का रात को बाहर निकलना अपनी मौत को दावत देने की तरह था।

यह सितंबर के महीने की शुरुआत थी। सर्दी का मौसम वादी के आंगन पर दस्तक दे रहा था। उस दिन भी रोज़ाना की तरह अल्ताफ़ जल्दी ही सो गया था जब आधी रात को उसकी नींद गोलियों की ताबड़तोड़ आवाज़ से खुली।

वैसे तो लाइन ऑफ़ कंट्रोल पर भारत और पाकिस्तान की फ़ौजें एक-दूसरे पर अक्सर गोले बरसाती थीं। लोगों को ऐसे धमाके सुनने की आदत पड़ गई थी पर इन आवाज़ों को सुन कर अल्ताफ़ को अंदेशा हुआ कि ज़रूर गाँव के पास ही कुछ मसला हुआ है।

लगातार आ रही उन खौफ़नाक आवाज़ों के बावजूद अल्ताफ़ का परिवार आराम की नींद सो रहा था जब उनके दरवाज़े पर ज़ोर-ज़ोर से खटखटाहट होने लगी।

"कौन है भाई। इतनी रात को क्यूँ दरवाज़ा पीट रहे हो।" कोई जवाब ना मिलने पर अल्ताफ़ खिसियाते हुए दरवाज़े की ओर बढ़ा।

"अरे कौन है। बोलते क्यूँ नहीं।"

बाहर से कोई जवाब आने की बजाय खटखटाने की आवाज़ और भी तेज़ हो गई।

"खोल रहा हूँ भाई। थोड़ा सब्र करो। अन्दर बच्चे सो रहे हैं।"

जैसे ही अल्ताफ़ ने दरवाज़ा खोला तो उसकी सांस वहीं अटक गई। इससे पहले वह कुछ कह पाता, बाहर खड़ा उसका वह अनचाहा मेहमान झट से घर के अंदर दाखिल हो गया और उसको दरवाज़ा बंद करने का फ़रमान जारी कर दिया।

काला पठानी सूट पहने उस आदमी की पीठ पर एक भारी बैग लटका हुआ था। उसके पसीने और मिट्टी से तर शरीर पर झूलती कलाश्निकोव राइफ़ल ने अल्ताफ़ के मन में उठे हर सवाल का जवाब दे दिया।

"थोड़ा पानी मिलेगा भाई जान।" इसी गुज़ारिश के साथ वह अजनबी एक कोने में पसर गया। वह बहुत थका-हारा और थोड़ा घबराया हुआ सा था।

उसका नाम सोहैल था। पाकिस्तान के मुल्तान शहर का रहना वाला। वही मुल्तान जिसके बारे में एक बहुत पुरानी कहावत है कि यह शहर सिर्फ़ चार चीज़ों के लिए बहुत मशहूर है—गरमी, धूल, भिखारी और कब्रिस्तान।

छोटी-सी उम्र में ही सोहैल जैश ए मोहम्मद तंज़ीम में शामिल हो गया था। उसको कश्मीर में जिहाद जो करना था। मुज़्ज़फ़राबाद वाले कैंप में छह महीने ट्रेनिंग करने के बाद तीन दिन पहले उसको पाँच आतंकवादियों के ग्रुप के साथ लाइन ऑफ़ कंट्रोल के पास भेज दिया गया।

केरन के सामने पाकिस्तान की तरफ़ नीलम वादी का इलाका पड़ता है जहाँ से अक्सर आतंकवादी संगठन घुसपैठ करने की कोशिश करते हैं। सोहैल अपने चार साथियों के साथ सीमा पार से घुसपैठ करने में तो सफल हो गया था लेकिन थोड़ा-सा रास्ता तय करने के तुरंत बाद उनका ग्रुप फ़ौज के लगाए एंबुश में फंस गया था। जब फ़ौज ने उन पर फ़ायरिंग शुरू की थी तो सब तरफ़ अफ़रा-तफ़री मच गई थी। सोहैल वहीं पर एक छोटे से नाले में छुप गया और धीरे-धीरे उसी नाले में रेंगने लगा। उसके लिए यह सारा इलाका अंजान था मगर खुदा की रहमत थी कि

वह किसी तरीके से फ़ौज के चंगुल से निकल गया और फिर गिरता-पड़ता अल्ताफ़ के घर पहुँच गया।

इस तरह सोहैल तो जान बचाने में सफल हो गया लेकिन अब अल्ताफ़ एक बहुत बड़ी परेशानी में पड़ गया था। उसको सोहैल की हालत देख कर बड़ा तरस आया था। उसने मन-ही-मन सोचा कि गैर मुल्क में अनजाने लोगों के लिए कैसे कोई भी इतना बड़ा जोखिम उठा सकता है। उसे यह कतई अंदाज़ा नहीं था कि ये मज़हबी जुनून कितने कमाल की चीज़ है।

यही जुनून सोहैल को जिहाद की ओर खींच लाया था। बहुत गर्मजोशी से उसने अपना सफ़र शुरू किया था लेकिन पिछली रात को फ़ौज के घेरे में फंस जाने के साथ ही उसे इस मुश्किल डगर का अहसास हो गया था। इतनी तकलीफ़ सहने के बाद भी उसके दिल में जिहादी जज़्बा अब भी बरकरार था। सोहैल के पास अब अपनी मंज़िल तक पहुँचने के लिए सिर्फ़ अल्ताफ़ का सहारा था।

"देखो, मैं तुम्हें परेशान नहीं करना चाहता। इसलिए जैसा मैं कहूँगा वैसे ही करना। मुझे हलमतपुरा गाँव पहुँचना है। यहाँ मैं किसी को नहीं जानता हूँ। लेकिन इतना ज़रूर पता है कि यहाँ सब मुसलमान भाई हैं और इसलिए मुझे तुम सबसे मदद मिलने की बहुत उम्मीद है।" सोहैल ने अल्ताफ़ को सब कुछ साफ़ बता दिया।

"भाई जान आप जो कोई भी हो अब हमारे मेहमान हो। थोड़ा-सा इत्मीनान रखो। अभी आराम करो। सुबह होने पर आगे का सोचेंगे।" अल्ताफ़ वैसे तो बहुत उलझन में था लेकिन अपनी बेचैनी का एहसास सोहैल को नहीं होने देना चाहता था। उसे बस सुबह होने का इंतज़ार था।

~

सोहैल घर के एक कोने में चुपचाप लेट गया था लेकिन उसकी आँखों से नींद गायब थी। ट्रेनिंग के दौरान उनको बार-बार समझाया गया था कि कश्मीर में पहुँच कर किसी पर कोई भरोसा नहीं करना है। उसके दिमाग में अब बस यही ख़याल था कि वह किसी तरह बताए हुए इलाक़े हलमतपुरा में पहुँच जाए। उसे यकीन था कि वहाँ पहुँचने पर उसकी तंज़ीम वाले साथी उसको ढूँढ ही निकालेंगे।

जैसे ही सुबह की नमाज़ का वक़्त हुआ तो सोहैल वज़ू कर घर के अंदर ही नमाज़ पढ़ने की जगह तलाशने लगा। उसे ऐसा करते देख अल्ताफ़ भी गाँव की मस्ज़िद में जाने की बजाय उसके साथ ही नमाज़ के लिए बैठ गया था। नमाज़ पढ़ने के बाद

जब अल्ताफ़ रोज़ की तरह खेत में जाने को तैयार हुआ तो सोहैल का माथा ठनका।

''कहाँ जा रहे हो। यहीं बैठो चुपचाप। जब तक मैं यहाँ हूँ तब तक कोई घर से बाहर नहीं जाएगा।'' सोहैल ने सख़्ती से कहा।

''देखो भाई, बाहर का माहौल पता करना बहुत ज़रूरी है। फ़ौज यक़ीनन चारों तरफ़ फैली होगी। ऐसे में आप कैसे यहाँ से बाहर जाओगे। वैसे आप घबराओ मत। मेरा परिवार तो यहीं है ना। इनको मैं ख़ामख्वाह खतरे में क्यूँ डालूँगा। मैं जब तक कोई तरीक़ा नहीं निकालता तब तक आप यहीं रहो।'' अल्ताफ़ ने उसको फिर समझाने की कोशिश की।

अल्ताफ़ की बात में सोहैल को थोड़ी समझदारी नज़र आई।

''ठीक है, लेकिन अगर कोई भी होशियारी की तो उसके अंजाम की ज़िम्मेवारी तुम्हारे सिर पर होगी। समझे।''

उधर रेशमा भी घबराई हुई थी। उनके घर में दो छोटे-छोटे बच्चे थे और ऊपर से यह बेकार का बवाल आ गया था। उसने अल्ताफ़ को इशारे से अपनी ओर बुलाया और दबी आवाज़ में उसको खबरदार किया।

''यह आप किन चक्करों में पड़ गए। इसको यहाँ से दफ़ा करो। अगर फ़ौज आ गई तो हमारे पास जो यह छोटा-सा घर है वह भी बर्बाद हो जाएगा।''

''हाँ-हाँ, जानता हूँ। तुम बिलकुल सही कह रही हो। लेकिन अब हम कर भी क्या सकते है। और यह भी तो बेचारा कितना मजबूर है। इसकी हालत तो देखो। तुम बच्चों का ख़याल रखो। जब तक यह यहाँ है तब तक वह उस एक कमरे के अंदर ही रहेगा। दो-तीन दिन की तो बात है। बाकी जो अल्लाह की मर्ज़ी होगी वही होगा।''

अल्ताफ़ चार घंटे बाद वापिस आया तो सोहैल की बेचैनी कुछ कम हुई।

''कहाँ रह गए थे। इतना वक़्त क्यूँ लगा दिया।''

''अरे भाई जान, बाहर जंगल की तरफ़ बहुत फ़ौज है। बड़ा ऑपरेशन चल रहा है। आपके बाकी चार साथियों की लाशें उठा कर पुलिस चौकी में रखी हैं। मेरी मानो तो आज आप यहीं रुको। जैसे ही हमारे इलाक़े से फ़ौज चली जाए तो आप भी चुपचाप निकल जाना।''

अब यह सुन कर सोहैल की परेशानी और बढ़ गई। उसके साथ वाले सब साथी शहीद हो चुके थे। ना उसके पास कोई फ़ोन था और ना कोई रेडियो सेट। ना

रास्ते का पता था और ना लोगों की जानकारी। बस यह पता था कि हलमतपोरा गाँव में उनका पहला पड़ाव था। इस हालात में अब अल्ताफ़ ही उसको अपनी मंज़िल तक पहुँचा सकता था।

उधर फ़ौज का जंगल में तलाशी अभियान जारी था। शायद उन्हें कोई नया सुराग हासिल हुआ था, जिसकी वजह से चौबीस घंटों बाद भी चप्पे-चप्पे पर सैनिक तैनात थे। इसलिए अब सोहैल के लिए वहीं छुप कर रहना मजबूरी बन गई थी। अल्ताफ़ भी अपनी तरफ़ से सोहैल का पूरा ख़याल रखने की कोशिश कर रहा था।

''भाई जान माफ करना, हमारे पास रूखा-सूखा जो कुछ भी है वही आपके सामने पेश कर सकते हैं।''

''क्या बात कर रहे हो। तुमने तो मुझे पनाह दे कर मेरी जान बचाई है। अगर इसके लिए तुम्हें पैसों की ज़रूरत हो तो मुझसे ले लो।'' सोहैल ने अपना बैग खोल कर अल्ताफ़ को कुछ पैसे देने की कोशिश की तो अल्ताफ़ ने साफ़ मना कर दिया।

''नहीं-नहीं। आपसे पैसे ले कर मैं खुदा को क्या जवाब दूँगा। आप पाकिस्तान से इतनी दूर यहाँ जिहाद के लिए आए हो। हम आपकी इतनी खिदमत तो कर ही सकते हैं।''

''वैसे यह बताएँ कि क्या आपके पास अपने किसी भी साथी का कोई अता-पता नहीं है। कुछ तो तरीक़ा निकालना होगा ना किसी से राब्ता करने का। वैसे तो हलमतपुरा गाँव पहाड़ी के पार ही है। बस एक रात का सफ़र होगा। लेकिन आप वहाँ किस से मिलोगे। कैसे अपने लोगों तक पहुँच पाओगे।'' अल्ताफ़ अब थोड़ा खुल कर सोहैल से बात करने लगा था।

''बताया ना अल्ताफ़, मुझे कुछ पता नहीं है। लेकिन वहाँ पहुँच कर शायद कुछ बात बन जाए। बस एक बार यहाँ से निकल जाऊँ।''

''भाई जान आप बुरा ना मानो तो एक बात बोलूं। जब से आप आए हो तब से मेरे दिमाग में बार-बार यही ख़याल आ रहा है।''

''हाँ-हाँ बोलो। अब तो मैं वैसे भी तुम्हारे सहारे ही हूँ। क्या हुआ। कोई दिक्कत है क्या।''

''नहीं-नहीं। सब ख़ैरियत है। मगर वह क्या है ना कि,'' अल्ताफ़ थोड़ा-सा हिचकिचाया और फिर सहमते-सहमते बोला, ''ये जो आपके जूते हैं। ये बहुत शानदार हैं। काफ़ी महँगे होंगे ना। मैं एक बार पहन कर देख सकता हूँ क्या।''

सोहैल यह सुन कर हँसने लगा था।

"अरे, इतनी सी बात, ये लो। पहन के देखो। ये जूते पहाड़ी रास्तों के लिए बेहद अच्छे हैं। इन पर बर्फ़ का भी कोई असर नहीं होता। अगर मेरे पास और एक जोड़ा होता तो पक्का तुम्हें दे देता। मगर तुम चाहो तो कुछ पैसे ले लो। आठ-दस हज़ार में आ जाएँगे। अगर यहाँ मिलते हों तो खरीद लेना।" एक बार फिर सोहैल ने पैसों के लिए अपने बैग की तरफ़ हाथ बढ़ाया तो अल्ताफ़ ने फिर उसे हाथ जोड़ कर मना कर दिया।

"भाई जान एक और बात कहनी थी," अल्ताफ़ फिर घबराते हुए बोला। "अभी भी फ़ौज जंगल की तलाशी ले रही है। हो सकता है कि इसके बाद घरों की भी तलाशी लेना शुरू कर दे। अगर ऐसा हुआ तो फिर आपके लिए बहुत खतरा हो सकता है।"

"ठीक है अल्ताफ़। समझदार को इशारा काफ़ी है। मैं अंधेरा होते ही निकल जाऊँगा। मुझे बस यह बता दो कि हल्मतपुरा जाने का रास्ता किस तरफ़ है।"

"अरे, कैसी बात कर रहे हो भाई। चारों तरफ़ फ़ौज लगी है। दो-चार दिन में सब हालात ठीक हो जाएँगे। फिर आप जंगल के रास्ते चले जाना। लेकिन अभी के लिए तो आपको यहीं रहना होगा।" अल्ताफ़ ने उसे समझाया।

"लेकिन तुम तो कह रहे थे कि गाँव में घर-घर की तलाशी शुरू हो सकती है।" सोहैल को अल्ताफ़ की बात कुछ समझ नहीं आई।

"हाँ, लेकिन उससे बचने के लिए मेरे पास एक तरकीब है। यहीं हमारे घर के पास पहाड़ में बड़े-बड़े पत्थर हैं जिसके कारण कई छोटी-सी कुदरती गुफ़ाएँ बनी हुई हैं। यहाँ से तकरीबन आठ सौ मीटर दूर होंगी। दिन में वहाँ आराम से रह सकते हैं। और चाहो तो रात को आप घर में आ सकते हो।" अल्ताफ़ ने सोहैल को अपनी तरकीब समझाई।

"वैसे भी फ़ौज तो दिन के उजाले में ही घरों की तलाशी लेती है। दो-तीन रोज़ की बात है। मेरे ख़याल से यह ठीक रहेगा कि आप दिन में मेरी बताई हुई जगह पर बैठो और रात को घर में रहो। यह कैसे करना है, आप मुझ पर छोड़ दो। बाकी आप की मर्ज़ी है।"

सोहैल ने इसके बारे में बहुत सोचा। पहले उसे लगा कि यह भी हो सकता है कि अल्ताफ़ कोई होशियारी कर रहा हो मगर इस वक्त उसके पास अल्ताफ़ की नीयत का पता लगाने का कोई ज़रिया नहीं था। वैसे भी पिछले दो दिनों से वह अल्ताफ़ के भरोसे ही तो रह रहा था। यह सब सुन कर वह काफ़ी कशमकश में पड़ गया था।

यह भी सही था कि वह अगर घर के अंदर फ़ौज के घेरे में फंस गया तो उसका बचना नामुमकिन था। ट्रेनिंग के दौरान भी तो उनको ज़्यादा-से-ज़्यादा जंगलों और पहाड़ों में छुपने की हिदायत दी गई थी।

यही सोच कर अगले दिन उजाला होने से पहले ही सोहैल तैयार हो गया। अल्ताफ़ ने दिन भर के लिए थोड़ा पानी और खाने का सामान साथ रख दिया। अपनी ए के 47 और ग्रेनेड के अलावा बाकी सब सामान उसने अल्ताफ़ के घर पर ही छोड़ दिया।

''भाई जान, ये आपका बैग।''

''इसको यहीं रखो। यह मेरी अमानत है। अब मैं इसको उठा कर कहाँ-कहाँ भटकूँगा। वैसे भी रात को तो यहाँ वापिस आना है। है ना।'' कहते हुए सोहैल ने बाकी सामान वहीं वापिस रखवा दिया।

पूरा दिन सोहैल पत्थरों वाली गुफा में छुपा रहा। और अंधेरा होते ही अल्ताफ़ उसको वापिस घर ले गया। उसने सोहैल को बताया कि फ़ौज अब भी ऊपर वाली पहाड़ी पर सर्च ऑपरेशन कर रही है। उसका अंदाज़ा था कि शायद दो-तीन दिन के बाद फ़ौजी अपनी चौकियों पर वापिस चले जाएँगे और फिर सोहैल अपना सफ़र शुरू कर सकता है।

अगले दो दिन दोनों ने इसी तरह गुज़ारे। पूरा दिन सोहैल अल्ताफ़ की बताई हुई जगह पर छुप कर बैठता और रात होते ही अल्ताफ़ उसको घर में ले आता। इसी दौरान थक-हार कर फ़ौज का आपरेशन भी समाप्त हो गया।

''भाई जान। आज रात को आप हलमतपूरा गाँव की तरफ़ निकल जाना। मैं अंधेरा होते ही आपको पहाड़ी रास्ते पर छोड़ दूँगा। माफ़ करना पर मैं आपको हलमतपुरा तक नहीं ले जा सकता। मुझे बहुत डर लगता है। यह छोटा-सा परिवार है मेरा। मुझे कुछ हो गया तो इनका क्या होगा।'' सुबह होने से पहले अल्ताफ़ ने सोहैल को पहाड़ी के बीच की गुफाओं में छोड़ दिया और आगे की योजना भी समझा दी।

''अरे नहीं, अल्ताफ़ भाई, तुमने इतना कर दिया यही बहुत है।''

''ठीक है भाई जान। फिर शाम को मिलते हैं।'' अल्ताफ़ सोहैल को छोड़ कर वापिस घर आ गया था। थोड़ी देर उसने खेत में काम किया और फिर दोपहर का खाना खा कर वह आराम से सो गया।

तकरीबन तीन बजे उसकी नींद एक बड़े धमाके से खुली। दो-तीन मिनट गोलियाँ भी चली थीं। आवाज़ जैसे बिलकुल नज़दीक से ही आ रही थी।

अल्ताफ़ समझ गया कि फ़ायरिंग पक्का उसी गुफा वाले इलाक़े में हुई है लेकिन

सोहैल का क्या अंजाम हुआ होगा इसका अंदाज़ा लगाना मुश्किल था। अल्ताफ़ के पास इस वक्त घबराने और दुआ करने के अलावा कोई और चारा नहीं था।

थोड़ी ही देर में ही सब कुछ साफ़ हो गया। फ़ौज को ज़्यादा वक़्त नहीं लगा था सोहैल को मार गिराने में। उसकी लाश को उठा कर फ़ौज अपनी चौकी पर ले आई थी। यह एनकाउंटर गाँव के इतना नज़दीक हुआ था कि बहुत लोग वहाँ इकट्ठा हो गए थे। सारी कानूनी कार्यवाही करने के बाद शाम को फ़ौज ने गाँव वालों और पुलिस की मदद से इस्लामी रस्मो-रिवाज के मुताबिक सोहैल के शरीर को दफ़ना दिया।

दो हफ़्तों के बाद अल्ताफ़ को श्रीनगर जाना था। वह जब तैयार हो कर चलने लगा तो उसने एक नज़र अपने काले जूतों पर डाली। वह जूते सच में बहुत अच्छे थे। सोहैल ने बिलकुल सही तो कहा था अपने उन जूतों के बारे में।

जब अल्ताफ़ ने केरन में तैनात आर्मी इंटेलिजेंस के कैप्टन विजय मिश्रा को सोहैल के बारे में इत्तिला दी थी तो उसने कैप्टन साहब के सामने बस दो ही शर्तें रखी थीं।

एक तो एनकाउंटर उसकी बताई हुई जगह पर होगा और दूसरी यह कि सोहैल के जूते उसको दिये जायेंगे। बस इस तरह एक सोची-समझी तरक़ीब के मुताबिक़ उसने पहले सोहैल का भरोसा जीता और उसे उस गुफा में दो दिन तक रखने के बाद कैप्टन विजय को वहाँ का पता दे दिया।

इतनी पक्की खबर होने के कारण फ़ौज बिलकुल तैयारी से गई थी और इसलिए उन्हें ज़्यादा वक़्त नहीं लगा था सोहैल को ठिकाने लगाने में।

सब कुछ सोचे हुए तरीके से ही हुआ। सोहैल को वहीं केरन में उसके बाकी साथियों के साथ दफ़ना दिया गया। गाँव वालों को अपने इलाक़े में हुए एनकाउंटर के बारे में थोड़ा अचरज तो हुआ लेकिन फिर सब अपनी रोज़मर्रा की ज़िन्दगी के मसलों में मशगूल हो गए थे।

आज दो हफ़्तों बाद अल्ताफ़ श्रीनगर जा रहा था। गाँव वालों की नज़रों से दूर बैंक में अपना खाता खुलवाने। उसने तय किया था कि कुछ दिनों के बाद वह उस खाते में धीरे-धीरे पैसे जमा करवाना शुरू कर देगा।

कैप्टन विजय ने उसे इस पुख़्ता खबर और पूरे ऑपरेशन की योजना को अंजाम देने के लिए दो लाख रुपए देने का वादा किया था। इसके अलावा सोहैल की अमानत भी तो अब तक उसके पास थी। वह बैग जिसमें तकरीबन पाँच लाख रुपए थे। जिसके बारे में उसने किसी को कुछ नहीं बताया था। कैप्टन विजय को भी नहीं। उसी बैग

को हड़पने की खातिर तो उसने बहुत सोच-समझ कर बड़े इत्मीनान और होशियारी से यह पूरा चक्रव्यूह रचा था।

अल्ताफ़ ने रेशमा को यह समझा कर मना लिया था कि खुदा ने सोहैल का जिहाद इस तरह ही मुकम्मल होना तय किया था क्योंकि जिहाद का मकसद भी तो ज़रूरतमंदों की मदद करना ही होता है।

और वह बैग जैसे उनके लिए बस अल्लाह का एक तोहफ़ा था। सोहैल की दी हुई उस अमानत की वजह से अब अल्ताफ़ के परिवार का मुस्तकबिल यकीनन थोड़ा बेहतर होने वाला था।

इश्क मोहब्बत

"देखो। वहाँ उस तरफ़। वह सप्तपर्णी का पेड़ है। यह गज़ब का खुशबूदार होता है और रात में तो यह कुछ ज़्यादा ही महकता है। मगर अफ़सोस कि उस वक्त तक तो यह बाग बंद हो जाता है। अंधेरा होते ही कश्मीर में कर्फ़्यू जो लग जाता है ना।"

श्रीनगर के मशहूर निशात बाग में आज अच्छी-खासी भीड़ थी। और इस भीड़ से थोड़ा परे जा कर ताहिरा अपने साथ-साथ चल रहे प्रशांत को किसी टूरिस्ट गाइड की तरह समझा रही थी।

लेकिन प्रशांत का ध्यान ताहिरा की बातों में कम और उसके चाँद जैसे चेहरे पर ज़्यादा था।

"वैसे इस पेड़ को हम सरकारी पेड़ भी कहते है।" ताहिरा ने हँसते हुए कहा तो प्रशांत उसे और भी ज़्यादा गौर से देखने लगा। कमाल की हँसी थी ताहिरा की। जैसे हज़ारों फूल एक साथ खिल उठे हों।

"यह पेड़ कश्मीर में कम और दिल्ली की सड़कों पर ज़्यादा होता है। इन चिनारों के बीच किसी सरकारी महकमे ने इन्हें यूँ लगा दिया हैं जैसे कुछ ज़बरदस्ती थोप दिया गया हो। दिल्ली की बाकी चीज़ों की तरह।"

ताहिरा की इस तरह की बातें ही अजीबोगरीब लगती थीं मेजर प्रशांत अहलावत को। चौबीस साल की उम्र के प्रशांत का ताल्लुक इंडियन आर्मी की कुमाऊँ रेज़िमेंट से था। आजकल वो राष्ट्रीय राइफ़ल्स में कंपनी कमांडर था। उसको जम्मू-कश्मीर में काम करने का खासा तजुर्बा था और वो इस खूबसूरत वादी में फ़ौजियों के लिए कदम-कदम पर मौजूद खतरों से बखूबी वाकिफ़ था।

पता नहीं फिर भी वह क्यों ताहिरा से मिलने आज रविवार को निशात बाग में आ गया था। किसी सामान्य नागरिक की तरह जींस, टी शर्ट पहन कर। हालाँकि ज़्यादा

सर्दी तो नहीं थी फिर भी उसने ऊपर से हल्का जैकेट भी डाल लिया था। ताकि जींस में ठूँसी हुई पिस्टल को सलीके से छुपा सके।

ताहिरा की बातों के बीच उसने तिरछी निगाह से आस-पास देखा। सब कुछ सामान्य लग रहा था। तभी उसकी नज़रें अपने से थोड़ी दूर चल रहे रमीज और दीपक से जा मिलीं।

सिपाही रमीज लोन और नायक दीपक कुमार—दोनों प्रशांत के साथ ही आए थे। आख़िर इस तरह किसी कश्मीरी लड़की के साथ किसी सार्वजनिक जगह पर अकेले मिलने जाना ठीक नहीं था। इसलिए प्रशांत उन को अपने साथ ले आया था। दूर से निगरानी रखने के लिए।

ताहिरा और प्रशांत तकरीबन दो घंटे उस बाग में रहे। ज़्यादातर वक्त ताहिरा ही बोलती रही। उसके घर बार की बातें, अपने कॉलेज की कहानियाँ और कभी-कभार कश्मीर के हालात पर हल्की-सी टिप्पणी। उनके बीच कुछ पल खामोशी में भी गुज़रे जब दोनों बस चुपचाप बैठे एक-दूसरे के कुछ बोलने का इंतज़ार करते रहे।

ताहिरा के जाते ही प्रशांत वापिस अपने कैंप में आ गया था। लेकिन उसका मन बैचेन था।

~

उसे अब भी बिलकुल साफ़-साफ़ याद थी उनकी वह पहली मुलाकात।

तकरीबन तीन महीने पहले रोज़ की तरह उस दिन भी प्रशांत की चार्ली कंपनी ने हाईवे पर चेक पोस्ट लगाया था। उनकी यूनिट बारह राष्ट्रीय राइफ़ल्स (12 आर आर) श्रीनगर शहर के पास ही तैनात थी। उनकी ज़िम्मेवारी का एक खास पहलू था श्रीनगर एयरपोर्ट से गुलमर्ग की तरफ़ जाने वाले नेशनल हाइवे पर सुरक्षा का बंदोबस्त रखना।

इसलिए वे अक्सर इस सड़क पर गुज़रने वाली गाड़ियों की जाँच-पड़ताल करते थे। इन रास्तों पर दौड़ती गाड़ियों की संख्या हाल के दिनों में काफ़ी बढ़ गई थी। इस से जहाँ यह अंदाज़ा होता था कि कश्मीर में हालात सामान्य हो रहे हैं वहीं सेना के लिए इन सभी गाड़ियों को रोक कर चेक करना बड़ा मुश्किल साबित हो रहा था। एक तो इसमें काफ़ी वक्त और मेहनत लगती थी मगर उससे भी ज़्यादा अहम बात यह थी कि आम नागरिकों को भी इससे बहुत परेशानी होती थी। लेकिन चूँकि सुरक्षा के लिहाज़ से ज़रूरी था इसलिए सेना और पुलिस के पास इस कार्यवाही को अंजाम देने के अलावा कोई चारा न था।

~

उस दिन जब वाहनों की तलाशी जारी थी तो प्रशांत को अचानक किसी के ज़ोर से चिल्लाने की आवाज़ सुनाई दी।

"आप लोग क्यों परेशान कर रहे हैं हम लोगों को। यहाँ रोज़ यही तमाशा होता है। मुझे यूनिवर्सिटी जाने में लेट हो रहा है। इन बाकी लोगों को भी अपने-अपने काम हैं।"

प्रशांत ने नज़र घुमा कर देखा तो बस के दरवाज़े पर खड़ी एक नवयुवती उसके सिपाहियों पर बरस रही थी।

हाल ही में भारतीय सेना ने "आवाम और जवान, अमन है मुकाम" का सिद्धांत बड़ी ज़ोर-शोर से अपनाया था। अपनी ड्यूटी निभाने और इस सिद्धांत का बोझ सख्ती से उठाने के बीच की दुविधा में फंसे जवान अक्सर स्थानीय लोगों की तीखी बातों का कड़वा घूँट पीने के अलावा कुछ नहीं कर पाते थे।

प्रशांत ने इशारे से अपने जवानों को चुप रहने को कहा और धीरे-धीरे उनकी ओर बढ़ने लगा।

"देखिए मैडम, ये लोग सिर्फ़ अपना फ़र्ज़ निभा रहे हैं। हमें मालूम है कि आप सब को परेशानी हो रही है। लेकिन क्या करें। हमारी भी कुछ मजबूरी है ना।" प्रशांत ने मामले को संभालने की कोशिश की।

"अरे, क्या ड्यूटी कर रहे हो। हम बीस मिनट से यहाँ रुके हुए हैं। आप लोग समझते क्यूँ नहीं हमारी परेशानी को।" वह मोहतरमा तो कुछ सुनने के मूड में ही नज़र नहीं आ रही थी।

एक बार तो प्रशांत के मन में आया कि उसे खूब खरी-खोटी सुनाए लेकिन फिर अपने पद की गरिमा और भारतीय सेना के नियमों के ख़याल ने उसे रोक दिया।

"नो प्रोब्लम मैडम। आप लोग जाइए।" प्रशांत के इशारे पर सिपाही नीचे उतर आए और बस धीरे-धीरे आगे की ओर बढ़ गई।

"अरे सोहन सिंह, इस बस का नंबर नोट कर लो। बाद में तफ़्तीश करेंगे।" प्रशांत ने अपनी टीम को हिदायतें दी और बाकी काम में जुट गया।

~

फिर कुछ दिनों बाद अलगाववादियों ने पूरी कश्मीर वादी में बंद का आह्वान किया था। यह कोई नई बात नहीं थी। बड़ा आम हो चुका था इस तरह के बंद और विरोध प्रदर्शन करना। साल में कितने ही दिन मुख़्तलिफ़ कारणों से ऐसे ही बंद करने की

कोशिश की जाती थी। कभी किसी संदिग्ध के पकड़े जाने पर। कभी किसी के पकड़े जाने पर। कभी दिल्ली के किसी मंत्री के दौरे के खिलाफ़। कभी सरकार द्वारा की गई किसी घोषणा के विरोध में। कई बार तो दुनिया के किसी कोने में हुई कोई दुखदाई घटना भी बंद का कारण बन जाती। ऐसा महसूस होता था कि अलगाववादियों को बस एक बहाना चाहिए। लोग भी अब रोज़मर्रा की इस तंगी से परेशान हो चुके थे।

उस दिन बंद की घोषणा कई बरस पहले हुई एक हुर्रियत नेता की मौत के विरोध में की गई थी। बीस साल पहले आतंकवादियों द्वारा की गई इस हत्या को उनकी तंज़ीम के नेता अब भी भुनाने में लगे थे। इसी तरह लाशों की तर्ज़ पर सियासत करना कश्मीर के हालात की एक अमिट पहचान बन चुकी थी।

उस दिन भी बाज़ार बंद थे हालाँकि कई दुकानदारों ने हमेशा की तरह शटर आधा ऊपर करके अपनी दुकान खोली हुई थी ताकि अगर हालात खराब हों तो जल्दी से दुकान बंद कर लें। लेकिन बेचारे रेड़ी वालों और दिहाड़ी के मज़दूरों के पास यह चारा नहीं था। सड़कें खाली पड़ी थीं। बीच-बीच में कुछ युवक घरों से बाहर निकलते और पत्थर फेंक कर वापिस संकरी गलियों में भाग जाते। उनके लिए यह आज़ादी और मनोरंजन दोंनो का ही एक सस्ता तरीका था।

प्रशांत अपनी क्यूआरटी (क्विक रिएक्शन टीम) के साथ अपने इलाके में पेट्रोलिंग कर रहा था। उसे अच्छा लगता था यूँ बाहर ताज़ी हवा में घूमना और चौकन्ना रहना। हालात पर काबू रखना।

ठीक उसी वक्त नरबल कस्बे के पास वाले बस स्टैंड पर तीन लोग खड़े थे। दो लड़कियाँ और एक लड़का। वे खासे परेशान नज़र आ रहे थे। देखने से ही लग रहा था कि वे किसी कालेज में पढ़ाई करते हैं।

प्रशांत की गाड़ी जब वहाँ से गुज़री तो उनमें से एक ने घबराते-घबराते हुए उन्हें हाथ दिखाया।

''जी कहिए, कुछ प्रोब्लम है?'' प्रशांत ने अपनी बुलेट प्रूफ़ गाड़ी के अंदर से ही पूछा।

''सर, हमें यूनिवर्सिटी जाना है। लेकिन आज सारी गाड़ियाँ बंद हैं। कोई सूमो वाला भी नही तैयार हो रहा। आप हमारी मदद कर देंगे प्लीज़।''

प्रशांत ने जवाब देने में ज़रा सा भी वक्त नहीं लगाया।

''ठीक है। मैं आपको छुड़वा देता हूँ। आप तीनों उस सबसे पीछे वाली सफ़ेद मारुति जिप्सी में बैठ जाओ।''

प्रशांत की तेज़-तर्रार नज़रें बीच में खड़ी उस लड़की को पहचान गई थीं। यह वही तो थी जो उस दिन बहुत बड़बड़ा रही थी लेकिन इस वक्त प्रशांत ने इस बात का ज़िक्र करना ठीक नहीं समझा।

अपनी गाड़ी के काफ़िले को उसने श्रीनगर शहर की तरफ़ मोड़ दिया और उन तीनों को बताई हुई जगह उतार कर वापिस आ गया।

प्रशांत को क्या मालूम था कि ये दो अंजानी सी मुलाकातें कुदरत द्वारा दी गई एक शुरुआत हैं। एक ऐसे सफ़र की जो हसीन तो बहुत था लेकिन जिसकी मंज़िल उसको खुद नहीं मालूम थी।

ताहिरा से उसकी जान-पहचान कुछ दिनों बाद हुई थी। वह खुद ही आई थी प्रशांत के कैंप में। अपने अब्बा और अम्मी के साथ। वैसे तो स्थानीय लोग अक्सर किसी न किसी काम से या कभी मिलने-जुलने मिलिट्री कैंप में आते-जाते रहते थे लेकिन ऐसे किसी लड़की का अपने परिवार के साथ यूँ आना तो बड़ी अजीबोगरीब बात थी। ख़ैर मसला ही कुछ ऐसा था।

ताहिरा के छोटे भाई अशरफ़ को पुलिस ने पकड़ कर थाने में बंद कर दिया था। दो दिन हो गए थे और एसएचओ उन्हें मिलने तक नहीं दे रहा था।

''आप ही कुछ कीजिए सर। मेरे बेटे ने कुछ नहीं किया है। वह बिलकुल बेकसूर है।'' ताहिरा के पिता वसीम अहमद की काँपती आवाज़ को प्रशांत बड़े गौर से सुन रहा था।

''खुदा कसम सर, जब परसों यह पत्थरबाज़ी हुई तो अशरफ़ था ही नहीं वहाँ। वह तो पुलवामा गया था।'' ताहिरा की आवाज़ में गुस्सा था।

''देखिए, मुझे पता नहीं कि पुलिस ने क्यों उसे पकड़ा है। मैं ज़रूर पुलिस चौकी में पता करूँगा। लेकिन अगर वह किसी गलत काम में लिप्त होगा तो सॉरी, मैं आपकी कोई मदद नहीं कर पाऊँगा। आप लोग यहाँ के हालात से अच्छी तरह वाकिफ़ हैं। आप मुत्मयीन रहें। और घर जाइए।''

जाते वक्त ताहिरा और प्रशांत की नज़रें जब पल भर को मिलीं तो प्रशांत उसकी खूबसूरती से सिहर उठा था। ताहिरा भी शायद ये भाँप गई थी और पहली बार उसके होंठों पर हल्की से मुस्कान छा गई थी जिसकी वजह से प्रशांत थोड़ा-सा झेंप गया था।

इस के बावजूद उसने अशरफ़ को छुड़ाने की कोई खास कोशिश नहीं की थी। बस पुलिस से एक बार पूछा था कि इलाके से किन-किन लोगों को गिरफ़्तार किया है। वैसे भी तो कश्मीर पुलिस आए दिन इलाक़े में धरपकड़ करती ही रहती थी। हालाँकि ज़्यादातर ये सुरक्षा की नज़र से उठाए हुए कदम ही होते थे लेकिन कभी-कभी कुछ

पुलिस वालों के लिए यह आमदनी का ज़रिया भी बन जाता था।

दो-तीन दिन के बाद ताहिरा का फ़ोन आया था। अशरफ़ छूट गया था। पुलिस ने पर्चा नहीं लगाया था उस पर। ताहिरा ने शुक्रिया करने के लिए फ़ोन किया था। प्रशांत को ताहिरा के इस तरह फ़ोन करने पर थोड़ा अचरज तो हुआ था मगर चाह कर भी वह यह ना बोल पाया कि अशरफ़ को छुड़ाने में उसने कोई मदद नहीं की थी।

''बुरा ना मानो तो एक बात कहूँ सर। ये पुलिस वाले बहुत तंग करते हैं। अगर ऐसे ही जवान लड़कों को बिना बात के पकड़-पकड़ कर थाने में रखेंगे तो यह ठीक नहीं होगा।'' ताहिरा बेचैन थी।

''हाँ, लेकिन और कोई तरीका भी तो नहीं है ना।'' प्रशांत ने सफ़ाई देने की कोशिश की।

''क्यों नहीं है और कोई तरीका। दरअसल ये पैसा खाते हैं इन लड़कों से। तभी तो लोग गन उठाते हैं कश्मीर में। इसी जुल्म से आज़ादी की खातिर।''

''अरे अरे, ये तो कोई बात नहीं हुई। ये तो ज़बरदस्ती का बहाना हुआ ना मिलिटेंट बनने का। पुलिस का काम करने का अपना तरीका है और फिर ये पुलिस वाले भी तो सब जम्मू-कश्मीर के ही हैं ना।'' प्रशांत ने ताहिरा को समझाने की हल्की-सी कोशिश तो की मगर उसे थोड़ा अचंभा भी हुआ था ताहिरा की इस बात और उसके लहज़े पर।

''ख़ैर, छोड़ो सर। आप तो सच सुनना नहीं चाहते। यहाँ प्रोब्लम ही यह है। हर कोई बस वही सुनना चाहता है जो उसकी राय और उसकी सोच के मुताबिक हो।'' अब ताहिरा के निशाने पर प्रशांत था।

~

''नहीं-नहीं ऐसी बात नहीं। आप बेहिचक बोलिए। वैसे भी यहाँ कश्मीर में सच कहने वाले लोग बहुत कम हैं।''

''हाँ, और सच सुनने वाले उससे भी कम।'' यह कह कर ताहिरा ने झट से फ़ोन काट दिया था।

उस बेरुखी से फ़ोन पटकने के तीन महीने बाद भी आज यह वाकया याद आते ही प्रशांत के चेहरे पर मुस्कुराहट फैल गई थी। ऐसी ही थी ताहिरा। थोड़ी मूडी। थोड़ी सनकी। बेहद तेज़-तर्रार। लेकिन बहुत प्यारी। बिलकुल मासूम और खूबसूरत।

और इसलिए प्रशांत खिंचा चला जा रहा था उसकी ओर।

उन तीन महीनों में दोनों के दरमियान गुफ़्तगू काफ़ी ज़्यादा बढ़ गई थी। उनके

इस पनपते रिश्ते को किसी साँचे में ढालना ज़रा मुश्किल था। हाँ यह ज़रूर था कि फ़ोन पर वक्त-बेवक्त की गई वो बेबाक बातें दोनों को अच्छी लगती थीं।

ताहिरा की आवाज़ में कुछ तो जादू था। उन्हीं दिनों पता नहीं कब और क्यों ताहिरा ने जब उसे देर रात को एक वॉयस नोट भेजा था तो प्रशांत ने कुछ खास रिएक्ट नहीं किया था। किसी नज़्म की दो-चार पंक्तियाँ थी जिसे ताहिरा ने अपनी मोहक आवाज़ में रिकॉर्ड कर के भेजा था।

कुछ दिन बाद प्रशांत ने बातों-बातों में जब उस वॉयस नोट की तारीफ़ की थी तो फिर यह सिलसिला और ज़ोरों से चल पड़ा था। प्रशांत को ताहिरा की आवाज़ बड़ी सुहानी लगती थी। थोड़ी-सी अलग और सुकून से भरी। शायद दिन भर की भागदौड़ के बीच किसी लड़की की इतनी हसीन आवाज़ सुनने का लालच हो गया था उसे।

वैसे ताहिरा प्रशांत के लिए एक ज़रिया भी थी। कश्मीर के बारे में ज़्यादा-से-ज़्यादा सीखने का ज़रिया। कश्मीर के रस्मों-रिवाज की एक ताज़ा झाँकी। वह अक्सर उसे फ़ोन पर वादी के सामाजिक और सांस्कृतिक पहलुओं और तहज़ीब के बारे में समझाने लगी थी।

''आपने वाजवान तो खाया ही होगा ना।''

''सुना तो बहुत है ताहिरा लेकिन अफ़सोस मैं मीट नहीं खाता हूँ।''

''अरे तो किस बेवकूफ़ ने आपको बताया है कि वाजवान में सिर्फ़ मटन चिकन होता है।'' ताहिरा ऐसे ही अक्सर किसी स्कूल की मास्टरनी का लहज़ा अपना लेती थी।

''नदरू खाओ। हाक खाओ। पनीर से बना हुआ चमन है। राजमा है। कितना सब तो है आप जैसे शाकाहारियों के लिए। और हाँ, जब बाहर बाज़ार में जाओ ना तो नदूर मंजे खाना या फिर गैर मंज। उँगलियाँ चाटते रह जाओगे।''

''अच्छा बाबा, ठीक है। मुझे वैसे भी खाने का कोई शौक नहीं है।''

''अरे, अजीब आदमी हो। कश्मीर में पोस्टिंग आए हो और खाने से दूर भाग रहे हो। वैसे मुझे पता है कि आपको मीठा पसंद है। फिरनी तो सब टूरिस्ट खाते हैं लेकिन आप बसरक और शंगराम खाना। यह मैदा, दूध और घी से बनता है। खाने में यह...''

''तुम्हारी बातों से तो ज़्यादा मीठा नहीं हो सकता।'' प्रशांत ने जब ताहिरा की बात को बीच में ही काट दिया तो वह खिलखिला उठी थी।

~

इसी तरह उनके बीच बातों का सिलसिला गहरा होता गया। किसी आर्मी ऑफ़िसर का स्थानीय लड़की से खुले आम मिलना तकरीबन नामुमकिन था। लेकिन फिर भी प्रशांत और ताहिरा एक-दूसरे से मिलने के मौके तलाशते रहते। और पिछले तीन महीनों में वो दो बार एक-दूसरे से मुलाकात कर चुके थे। एक बार नेहरू गार्डन में गुलशन बुक के साथ वाली कॉफ़ी शॉप में और आज निशात बाग में।

पर भारी भीड़ में हुई इन मुलाकातों से उनके दिलों के अरमान और भी ज़्यादा बेलगाम होने लगे थे।

उनकी बातें उसी शिद्दत से जारी थीं लेकिन अब उनके बीच एक अजीबो-गरीब रिश्ता बन चुका था। और दोंनो के ज़ेहन में अपने रिश्ते के मुस्तकबिल को लेकर कुछ सवाल उठने लगे थे।

उस दिन ताहिरा का मिज़ाज ज़रा संगीन था।

"आपको पता है, यहाँ वादी में एक फूल पाया जाता है। येंबरजल नाम का। अंग्रेज़ी में इसे नार्सिसस कहते हैं। बहुत ही खूबसूरत लगता है। जब सर्दियाँ खत्म होती हैं तो यह फूल नज़र आता है। मगर अब तो यहाँ के कब्रिस्तान में भी यह फूल खूब उगता है। कश्मीर है ना। खूबसूरत चीज़ें अक्सर कब्रिस्तान में पाई जाती हैं।"

"कहना क्या चाहती हो ताहिरा, साफ़-साफ़ बताओ।"

"कुछ नहीं, बस सोच रही थी कि आपके लिए मैं हूँ कौन। साल दो साल के बाद आप चले जाओगे किसी नई जगह। बहुत दूर।"

प्रशांत ने ज़रा सोचा और फिर ताहिरा को यकीन दिलाने की कोशिश की।

"ताहिरा, तुम मेरे लिए ख़ुदा का तोहफ़ा हो। सच में।"

ताहिरा मुस्कुराई और धीरे से बोली—

"सज़ा भी तो हो सकती हूँ।"

"अरे, ऐसा क्यों।" प्रशांत ज़रा सकपकाया।

"वह इसलिए मेजर साहब," ताहिरा ने गहरी सांस ली और फिर हँसते हुए बोली—

"क्योंकि मोहब्बत एक सज़ा ही तो है।"

"तुम भी ना ताहिरा, कमाल करती हो।" उसकी हँसी के आगे प्रशांत बेबस था।

"वैसे तुम मुझे परख तो नहीं रही हो ना।"

"परख नहीं रही हूँ। आपको समझने की कोशिश कर रही हूँ। और खुद को भी। सोच रही हूँ कि बचपन से हमारे दिल ओ दिमाग में वर्दी वालों के लिए जो कुछ भी भरा हुआ है, उसको आपसे कैसे जोड़ा जाए।"

"डर रही हो क्या ताहिरा, भला किस से। फ़ौज से, ज़माने से या फिर मुझसे।" प्रशान्त की आवाज़ में शरारत थी।

"ऐसा है सरकार, डरती तो मैं अपने बाप से भी नहीं।" ताहिरा ने सख्ती से कहा तो प्रशांत की सारी शरारत पलभर में रफ़ूचक्कर हो गई।

~

इंसानी रिश्ते-नाते बड़े अजीब होते हैं। खासकर वे जिन्हें किसी सामाजिक साँचे में ढाला ना जा सके। बहुत सी बातें अनकही रह जाती हैं। बहुत सारे ऐसे पहलू जिन्हें कोई छूना नहीं चाहता। ऐसा ही कुछ प्रशान्त और ताहिरा के बीच था। वैसे तो वे दोनों घंटों गुफ़्तगू करते थे। कश्मीर के इतिहास और संस्कृति पर बहस करते। वहाँ के खूबसूरत सैलानी स्थानों की चर्चा होती। मगर कुछ ऐसी बातें थीं जिनका ज़िक्र ना प्रशांत करता और ना ही ताहिरा।

मसलन, प्रशांत कभी फ़ौज से संबंधित कोई बात नहीं करता। कभी यह नहीं बताता कि वह अपने साथियों के साथ किस इलाके में कोई कार्यवाही या ऑपरेशन करने जा रहा है। ताहिरा कभी नहीं पूछती कि हालात कैसे हैं। या कश्मीर के बारे में सरकारी रवैया कैसा और क्यों है। इन बातों को लेकर मानो एक लक्ष्मण रेखा हो दोंनो के बीच।

हालाँकि एक बार ताहिरा ने ज़रूर अफ़रा-तफ़री में प्रशांत को फ़ोन करके पूछा था कि कहीं वो बटमालू बस अड्डे के आस-पास तो नहीं है क्योंकि उसने सुना था कि वहाँ पर किसी ने भरे बाज़ार में ग्रेनेड फेंका है। फिर जब प्रशांत ने बताया कि वह अपने ऑफ़िस में ही है तो ताहिरा ने खुश होकर चैन की सांस ली थी।

प्रशांत ने भी तो यही सोच कर ताहिरा से ताल्लुक़ात बढ़ाए थे कि उसे अपने इलाके और स्थानीय हाल-चाल को मालूम करने का एक ज़रिया चाहिए था। लेकिन अब उनकी बातों का दायरा कहीं और ज़्यादा बढ़ चुका था।

दो बार मुलाकात भी हो चुकी थी। अब तो वे दोंनो फिर से मिलने को बेताब थे। वैसे भी सिर्फ़ बातों से भला दिलों को कहाँ सुकून मिलता है। खासकर नौजवां दिलों को। लेकिन कश्मीर वादी में इस तरह किसी से मिलना-जुलना बड़ा मुश्किल था। अभी कुछ दिन पहले ही तो इकबाल पार्क के पास वाले टैक्सी स्टैंड पर लोगों की

भीड़ एक युवा दंपति को घेर कर मारपीट करने पर सिर्फ़ इसलिए आमादा हो गई थी क्योंकि लड़का दिखने में कश्मीरी नहीं लग रहा था। वह तो पुलिस ने मौके पर पहुँच कर हालात को संभाल लिया था।

सितंबर का महीना शुरू हो चुका था। प्रशांत की छुट्टी मंजूर हो गई थी। दो हफ़्ते के लिए वह भोपाल जा रहा था जहाँ उसके माता पिता रहते थे। वैसे प्रशांत अपनी छुट्टी को लेकर उतना उत्साहित नहीं था जितना अमूमन यूनिट के बाकी अफ़सर रहते थे। लेकिन वादी में रोज़-रोज़ की तनाव भरी भागदौड़ के बीच कुछ दिनों का अवकाश ज़रूरी भी था।

उसने यही बात ताहिरा को भी कही। उसे लगा ताहिरा को शायद बुरा लगेगा लेकिन ऐसा कुछ नहीं हुआ।

''अच्छा ठीक है। कब जा रहे हो। सुना है भोपाल बहुत खूबसूरत जगह है।''

''हाँ, दो हफ़्ते बाद जाऊँगा। अभी टिकट नहीं कराई है। वैसे तुम चाहो तो।'' प्रशांत बोलते-बोलते ज़रा हिचकिचा गया था।

''मैं चाहूँ तो क्या मेजर साहब?'' ताहिरा ने तपाक से पूछा।

''क्या है कि यहाँ तो हम मिल नहीं पा रहे। तो अगर तुम चाहो तो जम्मू आ जाओ या फिर दिल्ली। मतलब फिर आराम से मुलाकात कर पाएँगे ना हम दोंनो।'' प्रशांत को खुद ताज्जुब हो रहा था कि उसने यह कहने का साहस कहाँ से संजो लिया था।

ताहिरा कुछ देर तो खामोश रही और फिर हँसने लगी। वही मनमोहक और नादान हँसी जिसे सुनकर प्रशांत पिघल जाता था।

~

''वाह-वाह। क्या सही प्लान बनाया है आपने।''

''नहीं-नहीं, तुम गलत समझ रही हो।'' प्रशांत ने सफ़ाई देने की आधी-अधूरी कोशिश की

''सच कहूँ मेजर साहब, मन तो मेरा भी बहुत कर रहा है आपसे मिलने का। साथ वक्त बिताने का। लेकिन ये जम्मू, दिल्ली या कश्मीर के बाहर किसी और जगह वाला प्रोग्राम मेरे लिए ज़रा मुश्किल है।'' ताहिरा की इस बात का प्रशांत के पास कोई जवाब नही था।

''आप आराम से घर जाओ। खुदा ने चाहा तो कोई रास्ता ज़रूर निकलेगा।''

यह कह कर ताहिरा ने फ़ोन रख दिया था।

प्रशांत भी अपनी रोज़मर्रा की ड्यूटी में मशगूल हो गया था। कश्मीर के हालात कुछ बेहतर थे लेकिन सुरक्षा बलों के पास फिर भी किसी तरह की ढील देने की गुंजाइश नहीं थी। आतंकियों और अलगाववादियों की धरपकड़ में अक्सर दिन गुज़रने का कुछ पता ही नहीं लगता था।

उस दिन जुम्मे का वार था। ताहिरा ने सुबह-सुबह प्रशांत को फ़ोन किया था।

"आप आज मिल सकते है क्या," ताहिरा ने जब दबी आवाज़ में कहा तो प्रशांत सोच में पड़ गया था।

"आज, क्यों क्या हुआ। सब ठीक तो है न।"

"हाँ-हाँ सब ठीक है। मिल सकते हो क्या, यह बताओ।"

प्रशांत अभी सोच ही रहा था कि ताहिरा ने फिर पूछा।

"बोलो ना, मिल सकते हो या नहीं?" उसकी आवाज़ में झुंझलाहट थी।

"हाँ-हाँ, वैसे तो आज कुछ खास काम नहीं है। कहाँ मिलना है।" प्रशांत अब भी सोच में था।

"लाल चौक के पास। आप अगले हफ़्ते जा रहे हो ना तो मैंने सोचा कि मिल लेती हूँ। मन बहुत उचाट था।" ताहिरा मिलने की बात से खुश नज़र आ रही थी।

"आज जुम्मा है। मेरे चचेरे भाई की वहाँ छोटी से दुकान है। लाल चौक के पीछे वाली गली में। बाज़ार से थोड़ी-सी दूर। आज मैं वहीं जा रही हूँ। वह जब नमाज़ पढ़ने जायेगा तो आप आ जाना। इसी बहाने कुछ पल अकेले बिताने का मौका मिल जायेगा।"

"हाँ, आ जाऊँगा पर वहाँ कोई।" प्रशांत को यह सब थोड़ा अजीब लग रहा था लेकिन ताहिरा ने उसे बीच में ही टोक दिया।

"अरे आप ही तो बोल रहे थे कि मिलना है। जम्मू आ जाओ। दिल्ली आ जाओ। अब यहाँ मौका मिल रहा है तो आप ना-नुकुर कर रहे हो।"

"यह बात नहीं है ताहिरा। तुमने अचानक यह बात छेड़ी इसलिए कह रहा था। मसला मिलने का नहीं है। बस थोड़ी तैयारी करनी पड़ती है इसलिए।"

"अरे, आपको क्या तैयारी करनी है। तैयारी तो हम लड़कियों को करनी पड़ती है। घर में कोई बहाना बनाना पड़ता है। सजना-संवरना है। बस आप तो आ जाओ चुपचाप। लोन इल्क्ट्रिकल वर्क्स। लाल चौक के पीछे गली नंबर पाँच में। ओके। बाय।"

ताहिरा के फ़ोन रखने के बाद प्रशांत सोच में पड़ गया था। वह खुश तो हुआ था मगर ऐसे अचानक ताहिरा का मिलने की गुहार करना कुछ अजीब था।

लेकिन ताहिरा से मिलने और उसको करीब से देखने की उसकी दिली तमन्ना को आज पूरा करने का अच्छा मौका था।

थोड़ी देर सोचने के बाद उसने अपने कमांडिंग ऑफ़िसर कर्नल पीटर कुरियन से बात की।

''गुड मॉर्निंग सर। कैन आई रिक्वेस्ट फोर योर परमिशन टू गो टू श्रीनगर सिटी।''

कर्नल कुरियन बड़े सुलझे हुए अफ़सर थे। उनका मानना था कि उनके अधीन अफ़सरों को आज़ादी और ज़िम्मेवारी मुहैया कराने से यूनिट का प्रदर्शन और बेहतर होगा। इसलिए वे छोटे-मोटे फ़ैसले अपने जूनियर कमांडर्स पर छोड़ देते थे।

''आज श्रीनगर में अचानक क्या काम पड़ गया। वैसे भी आज जुम्मा है। दोपहर की नमाज़ के बाद यहाँ लोगों में गर्मी आ जाती है। इसलिए एहतियात बरतना ज़रूरी है।''

''राइट सर, एक ज़रूरी मीटिंग करनी है। एक-दो घंटे का काम है बस। आई विल बी केयरफुल।''

कर्नल कुरियन के इस तरह आसानी से इजाज़त देने और ज़्यादा सवाल-जवाब न करने की वजह से प्रशांत को ज़रा सी शर्मिंदगी का एहसास तो हुआ था। आख़िर उसने पूरी बात जो नहीं बताई थी अपने सीओ कर्नल कुरियन को।

प्रशांत के कंपनी बेस से लाल चौक का रास्ता तकरीबन चालीस मिनट का था। प्रशांत ने मन-ही-मन वक्त का अंदाज़ा लगाया। अगर जुम्मे की नमाज़ के वक्त ताहिरा से मिलना है तो तकरीबन बारह बजे तक अपनी कम्पनी से निकलना पड़ेगा।

उसने तुरंत सूबेदार जोशी को बुलाया और ज़रूरी आदेश पास कर दिए।

''जोशी साहब, लाल चौक के पास एक मीटिंग हैं आज दोपहर को। बारह बजे हम निकलेंगे। मेरी जिप्सी के अलावा एक और बख्तरबंद गाड़ी साथ जायेगी। टोटल दस लोग जायेंगे। दो ड्राइवर और क्विक रिएक्शन, टीम के आठ जवान। सबने बुलेट प्रूफ़ जैकेट और पटका लगाया होगा। कोई बड़ा हथियार नहीं साथ होगा। सिर्फ़ अपनी-अपनी ए के 47 ले कर चलेंगे।

रमीज और दीपक सिविल ड्रेस में होंगे। उन दोनों के पास अपना-अपना पिस्टल होगा। गाड़ी लाल चौक से थोड़ा पहले सन्डे मार्केट वाली सड़क पर छोड़ कर

हम तीनों पैदल जायेंगे।''

''जी साहब।''

''और सबको बता देना कि चलने से पहले खाना खा लेंगे। हो सकता है आते-आते देर हो जाए।''

इसके बाद प्रशांत अपना ऑफ़िस का काम निबटाने में जुट गया। लेकिन उसका ध्यान बार-बार ताहिरा की तरफ़ भटक रहा था। बहुत इंतज़ार के बाद एकांत में मुलाकात करने के इस मौके पर उसका मन खुशी से उत्तेजित था। उसे यह भी अंदाज़ा था कि इस तरह मिलने के लिए एहतियात बरतना भी ज़रूरी है मगर उसके दिल और दिमाग के बीच चल रही इस कशमकश से उसके इरादों पर कोई असर नहीं पड़ा था।

बताए हुए वक्त पर सभी सिपाही चलने के लिए तैयार खड़े थे। प्रशांत ने आज भी हमेशा की तरह जींस और टीशर्ट पहन रखा था। हालाँकि उसने तैयार होने में थोड़ा वक्त ज़रूर लिया था। पहले उसने पठानी सूट पहनने का सोचा लेकिन फिर उसे ध्यान आया कि श्रीनगर शहर में पठानी सूट उतना नहीं जँचेगा। वह तो अपने पहनावे से आम शहरियों में घुल-मिल जाना चाहता था। फिर भी उसने हल्का-सा परफ़्यूम लगा ही लिया था।

उस दिन सड़क पर ज़्यादा भीड़ नहीं थी। जुम्मे का दिन और नमाज़ का वक्त हो चला था। ज़्यादातर लोग मस्जिदों की तरफ़ रुख कर चुके थे। लाल चौक से एक किलोमीटर पहले प्रशांत अपनी टोली के साथ रुक गया। आगे संकरा बाज़ार था और वहाँ पर फ़ौजी गाड़ियों का जाना खतरनाक सिद्ध हो सकता था। यहाँ पर गाड़ियाँ खड़ी करने की जगह भी थी और उसके सिपाही इधर-उधर फैल कर इलाके पर नज़र रख सकते थे।

प्रशांत ने सिपाही रमीज और नायक दीपक को इशारे से अपने पास बुलाया।

''मेरे पीछे-पीछे चलना और आस-पास नज़र रखना। बाकी तुम्हें मालूम है। लाल चौक के पीछे वाली गली में जाना है। वहाँ एक दुकान है। मैं अंदर जाऊँगा और तुम वहाँ बाहर मेरा इंतज़ार करना। कुछ गड़बड़ लगे तो फ़ोन कर देना। समझ गए ना।''

''जी साहब।''

इसके बाद तीनों ने लाल चौक की तरफ़ चलना शुरू किया। आम तौर पर खचाखच भरे रहने वाले बाज़ार में आज वैसे तो इतनी ज़्यादा भीड़ नहीं थी। प्रशांत की निगाहें चारों ओर मंडरा रही थीं। वह आस-पास से गुज़रते लोगों को बारीकी से देख रहा था मानो जैसे हर चेहरे की अपनी अलग कहानी हो।

गली नंबर पाँच तक पहुँचते-पहुँचते उसके दिल की धड़कने ज़रा तेज़ हो गई थीं। वह गली उसके अंदाज़े से ज़्यादा संकरी थी। बेतरतीबी से खड़ी दो-तीन मोटर साइकिल और स्कूटर ने रास्ते को और भी तंग कर दिया था। गली के शुरू में चाय वाली दुकान पर बैठे आदमी ने उसे वैसे ही अचरज भरी नज़र से देखा जैसा आमतौर पर किसी बाहरी इंसान को देखा जाता है। उसने पीछे मुड़ कर नज़र घुमाई तो रमीज और दीपक धीरे-धीरे उसके पीछे चलते हुए इलाके का मुआयना कर रहे थे। वह अभी सोच में ही था कि उसका फ़ोन बजा।

"कहाँ हो ?" ताहिरा की आवाज़ थी।

"बस यहीं पास में हूँ। थोड़ा-सा ही वक्त लगेगा। अच्छा सुनो। यार, सब कुछ बहुत खाली-खाली है यहाँ। थोड़ा अजीब लग रहा है।

"अरे मेजर साहब। आज जुम्मा है ना। सब नमाज़ पढ़ने गए हैं। आप जल्दी आ जाओ। दुकान रास्ते के बाईं तरफ़ है। दरवाज़ा खुला है। मैं अंदर ही आपका इंतज़ार कर रही हूँ।" कह कर ताहिरा ने फ़ोन रख दिया।

प्रशांत ने आस-पास नज़र घुमाई और फिर सावधानी से धीरे-धीरे आगे बढ़ना शुरू किया। उसकी निगाहें लोन इलेक्ट्रिकल वर्क्स का बोर्ड तलाश रही थीं।

उसका फ़ोन फिर बजा। उसे लगा कि यह ताहिरा होगी मगर इस बार आवाज़ रमीज की थी। "साहब, बड़ी खामोशी है आस-पास। यहाँ से जल्दी-से-जल्दी निकल जाएँ तो ठीक रहेगा।"

"अरे नमाज़ का वक्त है ना। फिर भी तुम थोड़ा चौकन्ना रहो। बस थोड़ी देर रुक कर वापिस चलेंगे।" प्रशांत को रमीज की बात में वजन लगा था।

लोन इलेक्ट्रिकल का बोर्ड कुछ खास बड़ा और आकर्षक नहीं था। फिर भी प्रशांत ने उसे पहचान लिया था।

छोटी-सी दुकान लग रही थी। बाहर एक प्लास्टिक की टूटी अधमरी कुर्सी रखी हुई थी। प्रशांत ने हल्के से खुले हुए दरवाज़े पर दस्तक दी और दबे पाँव अंदर घुसा। दुकान में हल्की-हल्की रोशनी थी। दो-तीन रेडियो और टीवी खुले पड़े थे मानो कोई उनकी मरम्मत कर रहा हो। बाहर से छोटी नज़र आने वाली दुकान अंदर से खासी बड़ी थी।

"ताहिरा। ताहिरा। कहाँ हो।" प्रशांत ने आवाज़ लगाई। उसने इधर-उधर झाँका मगर कोई नज़र नहीं आया। अंदर दो छोटे-छोटे कमरे और थे जिन्हें शायद सामान रखने के लिए इस्तेमाल किया जाता होगा।

हर तरफ़ खामोशी थी। प्रशांत ने ताहिरा को फ़ोन लगाया और वापिस जाने के लिए मुड़ गया।

जवाब में थोड़ी देर तो कोई आवाज़ नहीं आई लेकिन फिर वहाँ पर फैला सन्नाटा एकदम से भंग हो गया। एक धमाके की आवाज़ से।

यह ज़्यादा बड़ा धमाका नहीं था लेकिन इतना ताकतवर तो था ही कि दुकान की हर चीज़ तबाह हो गई।

रमीज और दीपक भाग कर दुकान के अंदर घुसे थे। लेकिन अंद्र कुछ नहीं था। सब बिखरा पड़ा था। यकीनन यह रिमोट कंट्रोल से किया गया बम धमाका था। और उन्हें सिर्फ़ मेजर प्रशांत का लहूलुहान शरीर ही पड़ा मिला था।

लाल चौक से थोड़ी-सी ही दूर, एक पेड़ के नीचे बैठी ताहिरा का जब फ़ोन बजा था तो उसने कोई जवाब नहीं दिया था। सिर्फ़ अपने फ़ोन से सिम कार्ड को निकाल कर उसे तोड़ा और फिर उस फ़ोन और टूटे हुए सिमकार्ड को झेलम नदी में फेंक दिया।

लाल रंग की जैकेट

"अरे नींद तो नहीं आ रही ना तुम लोगों को।"

"नहीं साहब," सफ़ेद जिप्सी में बैठते हुए मेजर गौतम द्वारा किए गए इस सवाल पर गाड़ी के अंदर बैठे दोनों सिपाही एक साथ ही पूरे जोश में बोल पड़े थे।

लेकिन साथ ही सिपाही नज़ीर अहमद ने हिचकिचाते हुए अपने जवाब में हमेशा की तरह ज़रा-सा फ़ौजी तड़का भी लगा दिया था।

"साहब आपके साथ रह कर सुबह-सुबह चलने की आदत हो गई है। शुरू-शुरू में तो बहुत नींद आती थी लेकिन अब बिलकुल नहीं आती।"

"हाँ-हाँ ठीक है। तू ज़िन्दगी में अगर थोड़ी बहुत आशिक़ी भी कर लेगा तो फिर कभी नींद नहीं आएगी।" अपने मेजर साहब के इस फ़िल्मी डायलॉग को सुनकर नज़ीर के साथ-साथ ड्राइवर रवि भी हँसने लगा था।

मेजर गौतम की इसी आदत से उनकी यूनिट में सभी लोग काफ़ी सहज महसूस करते थे। सबसे नरम तरीके से बात करना। अपने जवानों का ख़याल रखना। हल्का-फुल्का मज़ाक करना लेकिन काम में कोई ढिलाई बरदाश्त नहीं करना। गौतम में वे सभी खूबियाँ थीं जो वैसे तो बहुत मामूली प्रतीत होती हैं लेकिन जिनके कारण किसी भी फ़ौजी यूनिट में बहुत खुशनुमा और कारगर माहौल बना रहता है।

उस दिन सुबह के तकरीबन पाँच बजे थे। कश्मीर की खूबसूरत वादियों में अभी सर्दियों के मौसम का पूरी तरह से आग़ाज़ नहीं हुआ था।

दिन भर चहल-पहल से भरा बारामूला शहर उस वक्त गहरी नींद में सोया हुआ था। मेजर गौतम की यूनिट पिछले कई सालों से पुराने बारामूला शहर के बिलकुल आख़िरी वाले छोर पर तैनात थी।

इस महत्त्वपूर्ण शहर में अमन बनाए रखने की ज़िम्मेवारी उन्हीं के सिर पर थी। और वे अपने फ़र्ज को बखूबी अदा भी कर रहे थे। इसके लिए ना सिर्फ़ आतंकियों के खिलाफ़ लगातार ऑपरेशन करना ज़रूरी था बल्कि उससे कहीं ज़्यादा ज़रूरी था

अवाम को अपने साथ मिला कर रखना।

गौतम को जब भी आस-पास के इलाकों में जाना होता तो वह अक्सर सुबह-सुबह निकल जाता था। आज उसका इरादा ऊरी जाने का था। वैसे तो अमूमन बारामूला से ऊरी जाने में करीब दो घंटे लगते थे लेकिन इस वक्त ट्रैफ़िक ना होने के कारण यह सफ़र एक घंटे में ही आसानी से तय करना मुमकिन था।

इस वीराने में बारामूला से ऊरी तक का खूबसूरत रास्ता और भी हसीन लग रहा था। बेहद खूबसूरत नज़ारा था। ऊँची पहाड़ियों की कोख में बसे घने जंगल। ठंडी हवाओं में लहराते बादल और इन सब के बीच हाईवे के साथ-साथ बहती हुई झेलम नदी।

इस रास्ते पर आते-जाते गौतम अक्सर अपनी सरकारी जिप्सी और झेलम के बीच हो रही किसी दौड़ की कल्पना करता था। लम्बे सुनसान रास्ते में वक्त बिताने का यह उसका अपना आसान सा तरीका था। इस रेस में कभी उसकी गाड़ी आगे निकल जाती तो कभी बेपरवाह बहती झेलम नदी।

दिल बहलाने के लिए यह बचकाना ख़याल अच्छा था। वैसे यह मुकाबला एक तरफ़ा था क्योंकि गौतम की जिप्सी सिर्फ़ ऊरी शहर तक ही जा सकती थी जबकि झेलम वहाँ से बहुत आगे पाकिस्तान में भी उसी उमंग से अपना रास्ता पिरोती थी।

मगर किसी भी फ़ौजी के लिए इन कुदरती नज़ारों में गुम हो जाने से कहीं ज़्यादा अहम था अपनी हिफ़ाज़त करना। और इसलिए गौतम और उसके दोंनो साथियों की सटीक नज़रें सड़क के आस-पास के इलाकों पर भी टिकी हुई थीं।

इस बात का कोई पता नहीं था कि कब किस तरफ़ से कोई छुपा हुआ आतंकवादी हमला बोल दे। वैसे तो फ़ौज अपनी खुद की और इसके अलावा आने-जाने वाली सभी गाड़ियों की हिफ़ाज़त के लिए रोड ओपनिंग यानी सड़क के दोनों तरफ़ सुरक्षा प्रबंध तो करती थी लेकिन वह सब कार्यवाही दिन चढ़ने के बाद ही की जाती थी।

अभी इतनी जल्दी सुबह के वक्त तो हर तरफ़ सिर्फ़ सन्नाटा ही था और इसलिए गौतम और उसके साथी बिलकुल सावधान थे।

इसी रास्ते में बसा था बोनियार। वह छोटा-सा कस्बा जहाँ पर आतंकवाद के चरम दौर में भी ज़्यादातर अमन का ही माहौल बना रहा था। इक्का-दुक्का वाकयों के बावजूद फ़ौज और अवाम के दरमियान काफ़ी दोस्ताना ताल्लुक़ात थे।

लेकिन यह भी सब जानते थे कि लाइन ऑफ़ कंट्रोल के नज़दीक होने के कारण पाकिस्तान से घुसपैठ करने वाले आतंकवादी ऊरी और बोनियार के रास्ते ही

कश्मीर की वादी में दाखिल होते थे। शायद इसलिए वे इस इलाक़े में कोई गड़बड़ नहीं करते थे ताकि सुरक्षा बलों का ध्यान उन पर ना जाए।

"थोड़ा धीरे चला भाई। जल्दबाज़ी में ऊरी की बजाए अस्पताल मत पहुँचा देना।" गौतम हमेशा की तरह ड्राइवर रवि को समझा रहा था कि तभी उसकी नज़र थोड़ी-सी दूर एक बड़े से दरख़्त पर पड़ी। एकदम से उसको यह शक हुआ कि शायद वहाँ कोई छुपा हुआ है।

उसके इशारे पर रवि ने गाड़ी ज़रा धीरे की तो गौतम ने ज़रा बारीकी से इलाक़े का नज़री मुआयना किया।

उन्हें कोई और हरकत तो नज़र नहीं आई लेकिन उस बड़े से पेड़ के भारी तने से सट कर शायद कोई इन्सान बैठा हुआ था। इतनी सुबह-सुबह सड़क के किनारे इस तरह छुप कर बैठे किसी शख़्स को देख कर शक करना लाज़िमी था।

"नज़ीर देख तो ज़रा। कोई हथियार वगैरह तो नहीं दिख रहा। ज़रा एहतियात बरतना, समझे।"

गौतम के इशारे पर सिपाही नज़ीर बड़ी होशियारी से आगे बढ़ा और कुछ कदम चलने के बाद एकदम वापिस लौट आया।

"कोई पागल, नशेड़ी लगता है साहब। पता नहीं कहाँ से आया होगा।"

नज़ीर उसी इलाक़े का रहने वाला था। उसको स्थानीय लोगों की अच्छी-खासी पहचान थी। इतनी कम रोशनी में भी उसने अंदाज़ा लगा लिया था कि वह इन्सान कहीं बाहर से आया है। वैसे वह दिखने में भी बहुत कमज़ोर और गरीब ही लग रहा था।

इस दौरान वह आदमी ठंड में ठिठुरते हुए चुपचाप मुँह नीचे किए बैठा रहा और किसी भी सवाल का जवाब देने की बजाए उनको बस टकटकी लगा कर देखता रहा। बढ़े हुए गंदे बाल और लंबी दाढ़ी में वह शख़्स बड़ा ही बीमार मालूम हो रहा था।

उसकी इस दयनीय हालत को देख कर गौतम से रहा नहीं गया।

"ऐसा कर नज़ीर। यह जैकेट उसको दे दे। और बिस्कुट के दो तीन पैकेट भी रख देना उसके पास।"

अपनी गाड़ी में कपड़े और खाने-पीने का सामान रखना गौतम की पुरानी आदत थी। वैसे भी अगर बेवक्त कहीं रुकना पड़ जाए तो रोज़मर्रा की ज़रूरतें पास होने के कारण कहीं भी ठहरने में कुछ ज़्यादा तकलीफ़ नहीं होती थी।

गौतम के दिए गए हुक्म के अनुसार सिपाही नज़ीर सब सामान उस बेबस इन्सान के पास रखने लगा। तब भी उसे कोई फ़र्क नहीं पड़ा और वह उसी तरह

चुपचाप बैठा रहा। शायद वह आदमी सच में अपने होशो–हवास में नहीं था।

उनकी गाड़ी थोड़ी दूर आगे बढ़ी तो नज़ीर से रहा नहीं गया।

''साहब बुरा ना मानो तो एक बात कहूँ।'' और गौतम की अनुमति का इंतज़ार किए बगैर ही वह आगे बोल पड़ा।

''साहब, हमें ऐसे कहीं पर भी रास्ते में नहीं रुकना चाहिए। पता नहीं कौन कहाँ से छुप कर वार कर दे। यहाँ पर किसी के ऊपर कोई भरोसा नहीं है।''

गौतम यह सुन कर सिर्फ़ हल्के से मुस्कुराया था। वह सोच रहा था कि इसी इलाके का रहने वाला नज़ीर उसको यहीं के लोगों पर भरोसा नहीं करने की सलाह दे रहा है। वैसे ठीक ही तो कह रहा था वह। कश्मीर में पहले भी तो इसी कारण कई हादसे हो चुके थे। धरती पर जन्नत कहे जाने वाले कश्मीर में आतंकवाद के कारण सब से ज़्यादा नुकसान इन्सानियत को ही तो हो रहा था।

''तुम्हारी बात तो सही है नज़ीर। मगर हम आस–पास के इलाक़े को ध्यान से देखने के बाद ही यहाँ रुके थे। पर हाँ, हमें हमेशा पूरी एहतियात बरतनी चाहिए।''

वे थोड़ा आगे बढ़े तो नज़ीर ने उसे याद दिलाया।

''साहब वो थोड़ी दूर में दत्ता मन्दिर आने वाला है। आपने पिछली बार कहा था कि जब भी इस तरफ़ से गुजरेंगे तो दर्शन कर के चलेंगे।''

हज़ारों साल पुराना दत्ता मन्दिर हाईवे के बिलकुल किनारे पर स्थित है। कहते हैं इसे पाण्डवों ने बनवाया था। वैसे तो अब यह मन्दिर ज़रा खस्ता हाल में है लेकिन उसके प्रांगण में एक बड़ा सा मटका रखा हुआ है जिसे भीम मटका कहते हैं। लोगों का मानना है कि भीम द्रौपदी और बाकी पांडव भाइयों के लिए रोज़ इस मटके में झेलम का पानी भर के लाते थे। बड़े गज़ब की बात यह है कि आज भी इस मटके से चाहे जितना पानी निकाल लिया जाए उसमें पानी का स्तर उतना ही बना रहता है।

गौतम का वैसे तो वहाँ रुकने का कोई इरादा नहीं था लेकिन वह नज़ीर की बात को नज़रंदाज़ नहीं करना चाहता था। खासकर इस मामले में।

वे मन्दिर में थोड़ी देर रुके। आस–पास कुछ तस्वीरें खींची और उसके बाद जल्द ही ऊरी पहुँच गए। उन दिनो वहाँ हालात थोड़े संजीदा थे। कुछ महीनों पहले पाकिस्तान से घुसपैठ कर के आए कुछ आतंकवादी एक फ़ौजी कैंप में दाखिल होने में कामयाब हो गए थे। बदकिस्मती से उस वक्त सोते हुए सिपाहियों के तम्बू में बड़ी बर्बरता से आग लगा कर उन्होंने दर्जनों सैनिकों को हमेशा के लिए सुला दिया था।

इस दर्दनाक घटना के बाद लाइन ऑफ़ कंट्रोल पर दोंनो तरफ़ से गोलीबारी में

तेज़ी आ गई थी। इसी टकराव का फ़ायदा उठा कर पाकिस्तानी फ़ौज आतंकवादियों को सीमा पार से कश्मीर में भेजने की निरंतर कोशिश कर रही थी।

उस दिन गौतम के ऊरी जाने का मकसद भी यही था। थोड़े दिनों बाद ही बर्फ़बारी शुरू होने का अंदेशा था और अक्सर आतंकवादी सर्दियों के मौसम की शुरुआत से ठीक पहले ज़्यादा-से-ज़्यादा घुसपैठ की कोशिश करते थे।

ऊरी इलाक़े के कई लोग भारतीय सेना के साथ मिलकर काम करते थे। वे अक्सर फ़ौज से माली मदद जैसे कि पैसे और राशन वगैरह भी लिया करते थे। आमतौर पर उनका काम कहीं भी संदिग्ध हरकत होने पर फ़ौज को इत्तिला करना था। यह अलग बात है कि कुछ लोग तो इस काम को पूरी संजीदगी से करते थे जब कि कुछ चालाक लोग फ़ौज के अजनबी और अंजान होने का फ़ायदा उठा कर उनको झूठी कहानियाँ सुनाते थे।

ऊरी पहुँचते ही गौतम ने तमाम लोगों से मिलने का सिलसिला शुरू किया। वह इसी में मशगूल था कि तभी उसका ध्यान अपने मोबाइल की बजती हुई घंटी की तरफ़ गया।

''हेलो हेलो। पहुँच गए क्या। फ़ोन क्यों नहीं किया। पता है कितनी देर से तुमसे बात करने की कोशिश कर रही हूँ। बहुत चिंता हो रही थी मुझे। वहाँ सर्दी कैसी है। कुछ खाया या नहीं। तबियत कैसी है।''

फ़ोन पर सवालों की बेतहाशा बौछार सुन कर गौतम की हँसी छूट गई।

''सॉरी यार। कुछ लोगों से मुलाकात करनी थी। इसलिए तुम्हें फ़ोन करने का मौका ही नहीं मिला।''

जब से सिमरन गौतम की ज़िन्दगी में आयी थी तब से बस यही सिलसिला तो चल रहा था। हज़ारों किलोमीटर दूर रहने के बावजूद दोनों एक-दूसरे के पल-पल की खबर रखते। चूक अक्सर गौतम से ही होती थी। शायद वह कभी-कभी ऐसा जानबूझ कर भी करता था क्योंकि सिमरन की प्यार भरी डाँट उसे बहुत पसंद थी।

''अच्छा सिम। याद है तुमने मुझे एक लाल रंग का जैकेट दिया था।''

''हाँ-हाँ। बिलकुल याद है। वो मैनचेस्टर युनाइटेड वाला जैकेट। वही ना।''

''हाँ वही। यार, वह जैकेट आज मैंने रास्ते में किसी को दे दिया। एक बेचारा गरीब ठंड में सिकुड़ा बैठा था, तो मुझसे रहा नहीं गया।''

''तुम भी कमाल हो। मदर टेरेसा बनने का बड़ा शौक है ना तुम्हें। चलो कोई नहीं। वैसे भी मैनचेस्टर यूनाइटेड आजकल बहुत ही ख़राब खेल रही है। परसों ही तो

लिवरपूल से कितनी बुरी तरह पिटी है तुम्हारी फेवरेट टीम।''

उसकी इस बात पर गौतम चिढ़ने की बजाए मुस्कुराने लगा था। किसी भी खेल में कोई दिलचस्पी नहीं रखने वाली सिमरन सिर्फ़ गौतम के कारण ही तो फुटबॉल के सभी मैचों का लेखा-जोखा रखने लगी थी।

''हाँ यार, बड़ी बुरी तरह हारे उस दिन। लेकिन अभी आगे देखना। जीतेगी तो अपनी टीम ही। अच्छा अभी फ़ोन रखता हूँ। शाम होने से पहले वापिस बारामूला पहुँचना है। बाय-बाय।''

पूरा दिन गौतम ने ऊरी में गुज़ारा और देर रात वापिस बारामूला पहुँच गया। ऊरी में कई लोगों से मुलाकात के बाद उसको यह तो यकीन हो गया था कि जल्द ही उस इलाक़े से आतंकवादी घुसपैठ की कोशिश ज़रूर करेंगे।

और आख़िर वही हुआ जिसका उसे अंदेशा था। कुछ दिनों बाद लाइन ऑफ़ कंट्रोल पर तैनात एक यूनिट ने रिपोर्ट दी कि उनके इलाक़े में लगी तार किसी ने काट दी है। दरअसल बॉर्डर पर रोज़ सुबह-सुबह हर यूनिट अपने इलाक़े में लगी तार का अच्छी तरह से मुआयना करती है। तार कटी मिलने का मतलब साफ़ होता है कि वहाँ से घुसपैठ हुई है। इससे फ़ौज को अक्सर अंदाज़ा हो जाता है कि आतंकवादी किस इलाक़े की तरफ़ जाएँगे और अगर वक्त पर उस इलाक़े की घेराबंदी हो जाए तो फिर आतंकवादियों का बच पाना मुश्किल होता है। जब से सन् 2001 में लाइन ऑफ़ कंट्रोल पर घुसपैठ रोकने के लिए तार लगाई गई थी तब से हज़ारों आतंकवादी इसी तरह मारे गए थे।

इस बार भी जैसे ही रिपोर्ट मिली तो फ़ौज ने चारों तरफ़ सर्च ऑपरेशन शुरू कर दिया था। गौतम ने भी अपने साथ काम करने वाले सभी लोगों को आगाह कर दिया था और वह खुद भी उनकी खबर हासिल करने में जुट गया था।

मगर आतंकवादियों के इस ग्रुप की शायद किस्मत अच्छी थी। दो-तीन दिन गुज़र जाने के बाद भी उनका कोई सुराग नहीं मिल रहा था। इसी दौरान ऊपर पहाड़ों में हल्की-हल्की बर्फ़ भी पड़नी शुरू हो गई थी।

फ़ौज की एक टोली को लच्छीपुरा गाँव के पास बर्फ़ में पाँवों के कुछ निशान ज़रूर दिखाई दिए थे। सब तरफ़ तलाशी ली गई और खोजी कुत्तों का भी इस्तेमाल किया गया लेकिन फिर उसके आगे कोई और सुराग नहीं मिलने के कारण फ़ौज ने अपना ऑपरेशन मुअत्तल कर दिया था।

बारामूला में फ़ौज के उच्च अधिकारी इस पूरे घटना क्रम से काफ़ी नाराज़ थे। उनका एक ही सवाल था कि आख़िर सीमा पार से घुसे आतंकवादी कहाँ गायब हो गए।

पिछले तीन-चार दिनों से कमांडर साहब अक्सर गौतम से इसी सवाल का जवाब माँग रहे थे।

उस दिन सुबह गौतम इसी गुत्थी को सुलझाने की कोशिश कर रहा था कि सूबेदार राजीव उसके दफ़्तर के अंदर दाखिल हुआ।

"साहब ऊरी से अयूब आया है। साथ में वह पुलिस वाला मोहम्मद शफी भी है। कह रहे हैं कि अभी मिलना है। कुछ ज़रूरी काम है।"

"ठीक है। भेज दो। और हमारे लिए थोड़ी चाय भी भिजवाना।"

अयूब उर्फ मास्टर कई सालों से फ़ौज के साथ काम करता था। 2002 में पाकिस्तान जाकर मुज़्ज़फ़राबाद स्थित कैंप में ट्रेनिंग लेने के बाद उसने हिज्बुल मुजाहिदीन तंज़ीम के साथ तकरीबन चार साल बिताए थे। फिर किसी आतंकी की खतरों भरी मुश्किल ज़िन्दगी से परेशान होकर उसने आत्मसर्पण कर दिया था। बस तभी से वह फ़ौज के साथ काम कर रहा था। बहुत तेज़-तर्रार और होशियार था अयूब।

"हाँ भाई जान, इतनी सुबह-सुबह कैसे आना हुआ। और आज तो साथ में पुलिस भी लाए हो।"

"सलाम वालेकुम जनाब। इसके पास एक अच्छी खबर है।" कांस्टेबल शफी बिना कोई भूमिका बाँधे सीधा मुद्दे पर आ गया था। यही तो खास बात थी शफी में।

वह कई सालों से सीआईडी में था। इतने वक्त में वह बारामूला के चप्पे-चप्पे से वाकिफ़ हो गया था। गौतम के साथ तो उसकी अच्छी-खासी दोस्ती थी। अपने महकमे को रिपोर्ट करने के अलावा वह गौतम को भी अनौपचारिक तरीके से कुछ ना कुछ काम की बात बताता रहता था। हाँ, वह उसके बदले में अपनी कीमत भी पूरी वसूल करता था।

गौतम को शुरू-शुरू में तो यह बंदोबस्त थोड़ा अजीबोगरीब लगा था लेकिन अब इतने सालों में कश्मीर को अच्छी तरह समझने के बाद वह जान गया था कि यहाँ पर हर काम की कुछ-ना-कुछ कीमत होती है। वह यह भी भली-भाँति समझता था कि यहाँ ज़्यादा अहमियत ख़यालात और जज़्बातों की नहीं बल्कि हैसियत और रुतबे की होती है। शायद हर आतंकवाद ग्रस्त इलाक़े का यह एक प्राकृतिक पहलू है जिसे लोग अक्सर समझ नहीं पाते।

शफी की अच्छी खबर वाले दावे को सुनकर किसी का भी उत्सुक हो जाना स्वाभाविक था। लेकिन गौतम तो एक मंझा हुआ खिलाड़ी था। वह हमेशा यह मानता था कि इन मामलों में भावुक होने से फ़ायदा कम और नुकसान ज़्यादा होता है।

उसने बड़े इत्मीनान से दोंनो को बैठने का इशारा किया।

''साहब, पिछले दिनों आतंकवादियों का जो ग्रुप बॉर्डर से क्रॉस हुआ है ना, वह लच्छीपुरा के ऊपर वाले रास्ते से रफियाबाद की तरफ़ गया है।''

अयूब ने विस्तार से बताना शुरू किया। मगर ऐसा लग रहा था कि जैसे वह बहुत जल्दी में है।

''अच्छा, तुम्हें कैसे पता कि कोई ग्रुप आया है।''

''मुझे यकीन है साहब, पक्की खबर है। कल-परसों बर्फ़ पड़ने के बाद हमारे बकरवाल लोग मवेशी लेकर जब नीचे उतर रहे थे तब उन्होंने खुद देखा।''

''अरे तो तभी क्यों नहीं बताया। अब तक तो वे पता नहीं कहाँ पहुँच गए होंगे। तुम पहले पुख़्ता जगह का पता करो। फिर देखेंगे, समझे।''

गौतम जान-बूझ कर अपनी आवाज़ में बेरुखी का रंग उड़ेल ही रहा था कि अयूब फिर से बोल पड़ा—

''साहब, उनमें से एक पाकिस्तानी है जिसको बहुत ज़्यादा चोट लगी है। उससे चला नहीं जा रहा। जो गब्बेवार वाला नाला है ना, वह तो उसी के पास रुक गया है। शायद उसके साथी उसको बाद में ले जाएँगे।'' अयूब बड़े आत्मविश्वास से बोला।

''और यह भी तुम्हें उन्हीं बकरवालों ने बताया है क्या? ऐसे कैसे यह आतंकवादी अपने साथी को अकेला छोड़ देंगे।'' गौतम ने उससे सवाल किया।

''साहब मैं खुद देख कर आया हूँ। तभी तो पूरा दिन लग गया। पूछ लो इस शफी से।'' अयूब और शफी की बातों में बहुत उतावलापन था।

काफ़ी सोच-विचार के बाद यह तय हुआ कि अयूब द्वारा बताई हुई जगह की जल्द से जल्द तलाशी ली जाए। वैसे भी अयूब खुद फ़ौज के साथ वहाँ जाने को तैयार था। पहले भी कई बार वह फ़ौज के साथ ऑपरेशन में भाग ले चुका था। कश्मीर में यह बहुत आम बात है कि फ़ौज के साथ काम करने वाले और उनको खबर देने वाले लोग रास्ता बताने और पहचान करने के लिए सेना के साथ खुद ऑपरेशन में साथ जाते हैं।

जब गौतम ने कमांडर साहब को सारी इत्तिला दी तो वह काफ़ी उत्सुक हो गए थे। इतने दिनों से आतंकवादियों के उस ग्रुप का कोई भी सुराग नहीं मिलने के कारण वह भी काफ़ी हताश थे। उन्होंने गौतम को तुरंत कार्यवाही करने को कहा।

''दिस साउंड्स गुड सन। गो एंड गेट हिम फास्ट। गुड लक''।

उसके बाद गौतम का पूरा दिन ऑपरेशन की तैयारी करने में निकल गया था। सभी इंतज़ाम पुख़्ता करने के बाद वह अपने साथ चंद सिपाहियों को लेकर रात के अंधेरे में लचीपोरा गाँव की तरफ़ निकल पड़ा था। उनका इरादा था कि सुबह-सुबह वहाँ पहुँच कर तफ़सील से तफ़्तीश की जाए।

अयूब ने कहा था कि वह उनको लचीपोरा गाँव के बाहर ही मिलेगा। गौतम ने शफ़ी को भी अयूब के साथ रहने की ज़िम्मेवारी थमा दी थी।

''शफी, तुम इसको लेकर वक्त पर आ जाना। ऐसा ना हो कि हम पूरी तैयारी के साथ वहाँ पहुँचें और यह भाईजान गायब हो जाएँ।''

''नहीं-नहीं साहब। यह काम बिलकुल पक्का है। देखना मैं खुद आपको उस पाकिस्तानी तक लेकर जाऊँगा।'' अयूब की इस उत्साह से भरी गुहार को गौतम ने जानबूझ कर नज़रअंदाज़ कर दिया था।

अंधेरी रात को हल्की-हल्की बर्फ़बारी ने और ज़्यादा सर्द कर दिया था। वैसे रास्ता ज़्यादा मुश्किल नहीं था और सुबह-सुबह गौतम अपने सिपाहियों के साथ अपने गंतव्य पर पहुँच गया था।

अयूब भी उनके साथ था। लचीपोरा गाँव के पास मिलने के बाद वही तो उनको आगे का रास्ता बता रहा था।

''थोड़ा ध्यान से साहब। वह बस यहीं कहीं पास में छुपा हुआ है।''

अयूब के कहने पर गौतम ने अपने सिपाहियों को चारों तरफ़ तैनात कर दिया था।

अब अयूब का इशारा नज़दीक ही एक पहाड़ी के बीचोंबीच बहते एक छोटे से नाले की तरफ़ था। बड़े-बड़े पत्थरों और घनी झाड़ियों में छुपे उस नाले को कोई अनजान आदमी ठीक से देख भी नहीं सकता था। छुपने के लिए यह यकीनन बहुत उचित जगह थी।

बस फिर क्या था। किसी स्वचालित मशीन की तरह सभी सिपाही छोटी-छोटी टुकड़ियों में बँट गए थे। फ़ौज की ट्रेनिंग और तजुर्बा इस आला दर्जे का होता है कि ऐसे हालात में किसी को कुछ ज़्यादा समझाने की ज़रूरत नहीं पड़ती।

गौतम के इशारों को उसके सिपाही भली-भाँति जानते थे। एक टोली पास वाली टेकरी पर, एक कच्चे रास्ते के बगल में, एक नाले के नीचे की तरफ़ और एक टोली दूर वाली पहाड़ी पर बिना कोई वक्त गंवाए तैनात हो गई थी।

गौतम चंद सिपाहियों के साथ नाले की ओर बड़ी सावधानी से आगे बढ़ा।

अयूब और शफी उनके थोड़ा-सा आगे चल रहे थे।

''वह देखो साहब, झाड़ी में उस बड़े पत्थर के बाईं तरफ़। मैंने कहा था ना कि वह यहीं छुपा हुआ है।'' अयूब दबी आवाज़ में बोला। गौतम के सिपाही दो चार कदम आगे बढ़े और थोड़ा ज़्यादा बारीकी से देखने की कोशिश करने लगे। अयूब सही कह रहा था।

''हाँ साहब, झाड़ी के पीछे एक बंदा तो दिख रहा है। छुप कर बैठा हुआ है। साथ में एक बड़ा पिट्ठू भी रखा है।''

''साहब मैं तो कहता हूँ यहीं से रॉकेट लांचर मार देते हैं। पास जाने का खतरा क्यूँ लेना।''

एनकाउंटर का मौका मिलता देख कर गौतम के सब जवान जोश में आ गए थे। अब उनको बस अपने साहब के हुक्म का इंतज़ार था।

गौतम लंबे-चौड़े दरख़्तों की आड़ लेता हुए थोड़ा आगे बढ़ा। उसकी पैनी नज़रें बड़े पत्थर और झाड़ियों की तरफ़ टिकी थीं।

''हरजीत, कोई हथियार दिख रहा है क्या उसके आस-पास।''

''नहीं साहब। हथियार तो नज़र नहीं आ रहा। हो सकता है उसने एक तरफ़ रखा हुआ हो।''

गौतम की नज़रें वहीं टिकी हुई थीं। वह बहुत ध्यान से कुछ देख रहा था।

कुछ मिनटों बाद उसने अयूब और शफी को इशारे से अपनी तरफ़ बुलाया।

''क्या कहते हो अयूब मास्टर।''

''साहब सोचना क्या है। देखो कैसे छुप कर बैठा हुआ है। यहीं से उड़ा देते है इस हरामी को।''

''अच्छा, लेकिन उसके पास हथियार तो दिख नहीं रहा। क्यूँ शफी।''

''वह तो है साहब। लेकिन हथियार दिखने का इंतज़ार तो नहीं कर सकते ना। और इस जंगल में ऐसे छुप कर बैठना तो हमारे शक को और पुख़्ता करता है। वह इतना बड़ा पिट्ठू भी तो रखा हुआ है उसके पास।''

गौतम ने थोड़ी देर सोचा और दो कदम आगे बढ़ा।

अगले ही पल जो आवाज़ पहाड़ियों में गूँजी वह गोलियों की नहीं बल्कि उस थप्पड़ की गूँज थी जो गौतम ने कस कर अयूब के गाल पर जड़ा था।

''शर्म नहीं आती तुम्हें। बहुत होशियार समझते हो अपने आप को।'' गौतम

अयूब पर अचानक ही बरस पड़ा था।

''ओए नज़ीर। ज़रा पास जा कर देख। मगर थोड़ा ध्यान से जाना। और इस बदमाश को भी ले जा अपने साथ।''

मेजर गौतम के कहने पर नज़ीर और अयूब धीरे-धीरे आगे बढ़े और जल्द ही उस कथित पाकिस्तानी के नज़दीक पहुँच गए।

''साहब।''

थोड़ी देर बाद नज़ीर वहीं से चिल्लाया।

''साहब। यह तो वो बुनियार वाला पागल लग रहा है।''

''हाँ-हाँ मुझे पता है। उसको यहाँ ले आओ।''

गौतम को नज़ीर की बात सुन कर ज़रा भी अचंभा नहीं हुआ था। उसने तो पहले ही दूर से अपने मैनचेस्टर यूनाईटेड वाले लाल जैकेट को पहचान लिया था।

फिर इसके आगे कुछ कहने-सुनने की ज़रूरत नहीं थी। सारा मामला बिलकुल साफ़ था। अयूब जान-बूझ कर उस पागल को बहला-फुसलाकर उस पहाड़ी नाले में ले आया था। पूरे इलाके में ना कोई उस पागल को जानता था और ना किसी को उसके रहने या ना रहने से कोई मतलब था।

अयूब को पता था कि फ़ौज आतंकवादियों के नए ग्रुप की बहुत बैचेनी से तलाश कर रही है। उसे लगा था कि एक बार एनकाउंटर हो गया तो उस पागल को पाकिस्तानी समझ कर कोई इस पर बवाल नहीं करेगा। हथियार की कमी को पूरा करने के लिए उसने एक पिट्ठू भी वहीं रख दिया था। ठीक वैसा ही बैग जैसा आतंकवादी आमतौर पर इस्तेमाल करते हैं।

शफी को भी उसने अपने साथ शामिल कर लिया था ताकि बाद में कोई मसला न बन जाए।

लेकिन यह किस्मत का खेल ही था कि वे अपनी कहानी लेकर मेजर गौतम के पास जा पहुँचे।

और शायद वे कामयाब भी हो जाते लेकिन गौतम ने कोई जल्दबाज़ी नहीं दिखाई और खुशकिस्मती से उसने अपनी पसंदीदा जैकेट को पहचान कर उनके पूरे प्लान पर पानी फेर दिया।

शाम को गौतम और उसके सिपाही थक-हार कर बारामूला वापिस आ गए। आमतौर पर तो किसी ऑपरेशन में अगर कोई आतंकवादी मारा या पकड़ा ना जाए तो वह ऑपरेशन नाकामयाब माना जाता था लेकिन आज गौतम को कोई अफ़सोस नहीं

था। उसकी सोच में तो यह ऑपरेशन बेहद सफल रहा था।

रोज़ की तरह उस शाम को भी सिमरन ने उसे फ़ोन किया था।

''कहाँ हो जनाब। कल रात से फ़ोन आउट ऑफ़ रीच है। खाना खाया या नहीं। बर्फ़बारी शुरू हो गई ना। कितनी बर्फ़ पड़ी है वहाँ पर।''

''हाँ, सब ठीक है। बर्फ़ भी गिरना शुरू हो गई है। मुझे थोड़ा ज़रूरी काम था। बस अभी वापिस आया हूँ।'' गौतम की थकान हमेशा की तरह सिमरन की आवाज़ सुन कर रफ़ूचक्कर हो गई थी।

''अच्छा सिम सुनो। वो लाल जैकेट था ना।''

''यार, तुम अब तक उस जैकेट के पीछे पड़े हो। उसे तो तुमने किसी को दे दिया था ना। अगली बार छुट्टी आओगे तो एक और ले लेंगे। और यहाँ बंगलौर में थोड़े दिन पहले ही मैनचेस्टर यूनाइटेड का एक नया आउटलेट और कैफ़े खुला है। यू विल लव इट।'' सिमरन चहचहा उठी थी।

''अरे सुनो तो। आज उस जैकेट के कारण एक इन्सान की जान बच गई।''

गौतम ने उसे पूरी कहानी बताना शुरू किया। बहुत देर तक सिमरन बस चुप-चाप सुनती रही। आज उसे एक बार फिर अपने गौतम पर बहुत नाज़ हो गया था।

कुबूल है

"साहब आगे रास्ता बंद है। वहाँ लोगों की भीड़ जमा है। कुछ नारेबाज़ी भी हो रही है। मेरी मानें तो आप थोड़ी देर यहीं रुकें।"

बारामूला से श्रीनगर जा रहे मेजर आशीष गहलोत की गाड़ी अभी पट्टन शहर के संकरे से बाज़ार के पास पहुँची ही थी कि चौक पर खड़े पुलिस कांस्टेबल ने उनको आगे रास्ता बंद होने की जानकारी दी।

"अब क्या हुआ भाई। यह तो रोज़ का ड्रामा है यहाँ। आज तो कोई बंद या हड़ताल भी नहीं थी। फिर अचानक यह क्या सियापा हो गया।" खिजलायह हुए मेजर आशीष ने कुछ और तफ़्तीश की तो पता चला कि आगे तहसील ऑफ़िस के सामने तीस-चालीस औरतें इकट्ठा हो कर प्रदर्शन कर रही हैं। उन्हीं के कारण वहाँ पर भीड़ तमाशाई बन कर जमा हो गई है और रास्ता बंद हो गया है।

वैसे तो कश्मीर में लोगों का सड़कों पर विरोध करना आम बात थी और आज भी है। कभी-कभी तो यूँ लगता है कि लोगों को बस एक बहाना चाहिए नारे लगाने का। फिर चाहे सुरक्षा बलों की किसी कार्यवाही की बात हो या बिजली का ट्रांसफार्मर खराब होने का मसला। भीड़ का कहीं भी उमड़ आना जैसे उनकी स्वाभाविक सी प्रकृति बन चुकी थी।

लेकिन आज मामला ज़रा अलग था और ऐसा इसलिए क्योंकि ये औरतें कश्मीरी नहीं बल्कि पाकिस्तानी थीं। वे महिलाएँ जिन्होंने 90 के दशक में जिहाद की उमंग में कश्मीर से भाग कर पाकिस्तान जा पहुँचे कश्मीरी मर्दों से शादी कर ली थी। और जब इनमें से कुछ युवकों ने अपने फ़िज़ूल के जज़्बे की नाकामी से हताश होकर वापिस कश्मीर में आकर सुरक्षा बलों के सामने आत्मसमर्पण कर दिया तो ये महिलाएँ भी उनके साथ यहाँ आ कर बस गई थीं। वैसे तो हथियार डालने वाले आतंकवासियों के लिए सरकार ने एक आकर्षक 'सरेंडर पॉलिसी' ईजाद की थी लेकिन ना तो इन महिलाओं और इनके बच्चों को यहाँ पहुँच कर भारत की नागरिकता मिली और ना

मिली बाकी कोई भी सहूलियत। अब इनकी बेबसी का यह आलम था कि यह सब परिवार ना यहाँ के रहे ना वहाँ के।

बहराल, थोड़ी देर इंतज़ार करने के बाद रास्ता खुल गया और मेजर आशीष ने अपना सफ़र उस छोटे से अनचाहे विराम के पश्चात् फिर शुरू कर दिया। मगर पाकिस्तान से इक नई ज़िन्दगी की उम्मीद लेकर आए इन परिवारों के खस्ता हाल ने आशीष के दिमाग में कई सवाल खड़े कर दिए थे।

कश्मीर वादी में कई साल बिताने के कारण वह यहाँ की अनगिनत इन्सानी त्रासदियों से बखूबी वाकिफ़ था लेकिन इन महिलाओं की मुसीबतों का यह पहलू उसके लिए कुछ नया था। उसने तय किया कि इस बारे में वह जल्द ही ज़्यादा-से-ज़्यादा जानकारी जुटाएगा।

उसकी जगह कोई और होता तो शायद इस पूरे घटना क्रम को आसानी से नज़रअंदाज़ कर देता लेकिन मेजर आशीष का ताल्लुक मिलिट्री इंटेलिजेंस से था। आमतौर पर इंटेलिजेंस के क्षेत्र में काम करने वाले अफ़सरों को बाकियों से ज़्यादा सचेत, ज़्यादा जिज्ञासु और अधिक परिपक्व रहने की ज़रूरत होती है क्योंकि उनकी ज़िम्मेवारी का दायरा ज़्यादा बड़ा होता है। ऐसे में उनको किसी भी इलाके के सभी पहलुओं, जैसे कि सामाजिक हालात व आर्थिक स्थिति और सांस्कृतिक तरीके वगैरह से हमेशा अवगत रहने की आवश्यकता रहती है।

वैसे आशीष को इसमें अपना स्वार्थ भी नज़र आ रहा था। यह कोई निजी स्वार्थ नहीं बल्कि अपने काम के लिहाज़ से कुछ मदद हासिल करने का स्वार्थ था। उसे लगा कि चूँकि कश्मीर में आतंकवाद की डोर-पाकिस्तान में बैठे आकाओं के हाथों में है तो यह लाचार महिलाएँ उन तक पहुँचने का एक ज़रिया बन सकती हैं।

अगले कुछ दिनों में आशीष ने अपने आस-पास के इलाक़े में ऐसे लोगों का पता लगाया जो पाकिस्तान से वापिस आए थे। वैसे तो पूरे कश्मीर में ऐसे तीन सौ से ज़्यादा लोग थे लेकिन आशीष के क्षेत्र बारामूला में ऐसे तकरीबन बीस परिवार मौजूद थे।

यह सभी लोग कश्मीर में आतंकवाद शुरू होने के बाद लाइन ऑफ़ कंट्रोल के उस पार चले गए थे। लेकिन वहाँ पर ना उनका आज़ादी का सपना पूरा हुआ और ना ही उन्हें चैन की ज़िन्दगी नसीब हुई। अलबत्ता यह ज़रूर हुआ कि वहाँ पर उन्होंने शादियाँ करके अपना परिवार बना लिया था। लेकिन जल्द ही गरीबी और गैर मुल्की आबोहवा के चलते वे अपने वतन वापस आने का ज़रिया ढूँढने लगे थे।

चूँकि सीमा पर भारतीय सेना का चुस्त पहरा था और कश्मीर का बॉर्डर क्रॉस करने में जान का खतरा था तो इसलिए इन में से ज़्यादातर के लिए नेपाल के रास्ते भारत आने का तरीका कारगर साबित हुआ।

आशीष की इस खोजबीन को एक कुदरती मदद मिली जब उसके दोस्त शमीम ने बातों-बातों में एक ऐसी महिला का ज़िक्र किया जो उसके स्कूल में अध्यापक बनने की ख़्वाहिश लेकर आई थी।

वह थी फरीदा बेगम। ज़िला मुज़फ़्फ़राबाद। पाकिस्तान अधिकृत कश्मीर में रिहायश करने वाली।

शमीम आशीष का खास दोस्त था। वह कई साल पहले आतंकवादी संगठन हिजबुल मुजाहिदीन में शामिल तो हुआ था लेकिन चंद महीनों में ही उसे इस पूरी तहरीक के असल मायने समझ में आ गए थे। अपने साथी आतंकियों की हरकतों से निराश होकर उसने सुरक्षाबलों के सामने आत्मसमर्पण कर दिया और एक नई ज़िन्दगी की शुरुआत की थी। एक समृद्ध परिवार से होने के कारण उसने अपने घर वालों की मदद से बारामूला शहर में एक प्राइमरी स्कूल भी स्थापित कर दिया था। ना सिर्फ़ इसमें अच्छी-खासी कमाई थी बल्कि समाज में एक रुतबा भी था। और अब वह अपने परिवार के साथ खुशी-खुशी अमन शुदा जीवन बसर कर रहा था।

आशीष ने तो बस पाकिस्तानी महिला का ज़िक्र सुनते ही शमीम को यह फ़रमान दे डाला कि जल्द-से-जल्द वह उसकी मुलाकात फरीदा बेगम से कराए।

दो दिन के बाद ही शमीम फरीदा को लेकर आशीष के ऑफ़िस आ गया था। आशीष ने उनका बड़ी गर्मजोशी से स्वागत किया मगर उसको यह देखकर ताज्जुब हुआ था कि फरीदा का खाविंद उसके साथ नहीं आया था।

थोड़ी देर बाद शमीम ने आशीष के समझाए अनुसार बाहर जाने का बहाना बना लिया।

"अच्छा आप लोग बातें करो। मुझे बाज़ार में कुछ ज़रूरी काम है। मैं तकरीबन एक घंटे में आता हूँ।"

"फरीदा, इतने तुम तसल्ली से साहब के साथ बात करो।"

आशीष को लगा था कि शमीम के इस तरह अचानक चले जाने से फरीदा थोड़ी असहज हो जायहगी। लेकिन फरीदा को तो जैसे कोई फ़र्क ही नहीं पड़ा था।

यह उनकी पहली मुलाकात थी और आज आशीष का मकसद सिर्फ़ उसके बारे में ज़्यादा-से-ज़्यादा जानकारी हासिल करना था।

"माफ़ कीजिए, आप को कुछ परेशानी तो नहीं हुई। मैंने इस तरह आपको यहाँ बुला लिया। वो क्या है ना कि जब मैंने सुना..."

आशीष ने बोलना शुरू किया ही था कि फरीदा ने उसे बीच में ही टोक दिया।

"कोई बात नहीं सर। यहाँ आकर इतने सरकारी दफ़्तरों के चक्कर लगा चुकी हूँ कि मुझे अब कोई फ़र्क नहीं पड़ता। और आप तो कम-से-कम मुझे यहाँ बिठाकर तसल्ली से गुफ़्तगू कर रहे हो।"

फरीदा को अपनी दास्तान सुनाने में ज़्यादा वक्त नहीं लगा था। मुज़फ़्फ़राबाद में उसके पिता सरकारी मुलाजिम थे। चार बहनें और तीन भाइयों की लाडली फरीदा ने वैसे तो कॉलेज से ग्रेजुएशन किया था लेकिन जब उसके वालिद साहब ने उसका निकाह कश्मीर से जिहाद की फिराक में आए मुज़फ़्फ़र डार से तय किया तो उसने ज़रा भी आनाकानी नहीं की थी।

"कमाल है, तुम तो खासी पढ़ी-लिखी हो। और मुज़फ़्फ़र ने तो शायद इंटर भी मुश्किल से पास किया था। फिर ऐसे कैसे तुम दोंनो की ज़ोड़ी जम गई।"

"सब वक्त का खेल है सर। जब आपके यहाँ कश्मीर से जिहाद का परचम लहराए हज़ारों लोग हमारी तरफ़ आए तो उस मज़हबी जज़्बात में बाकी सब पहलुओं का किसी को कोई ख़याल ही नहीं रहा। उनको अपनी बेटियाँ सौंप कर हमारे इलाके के लोग शायद इस तहरीक में अपना फ़र्ज अदा करने की कोशिश कर रहे थे।

"और मुज़फ़्फ़र ने तो जल्द ही सब कुछ छोड़ कर वहीं हमारे घर के पास एक दुकान खोल ली थी। मेरे घरवालों ने भी सोचा कि अब तो यह यहीं रहेगा। बेटी भी पास में रहेगी और बाकी कोई झंझट नहीं होगा। बस, मैंने भी कबूल कर लिया। हालाँकि मेरे रज़ामंद होने या न होने से शायद उनके फ़ैसले पर कुछ खास फ़र्क नहीं पड़ता।"

"तो फिर आप लोग यहाँ वापिस क्यों आ गए।"

"बदकिस्मती से साहब।" फरीदा ने इक दुख भरी गहरी सांस खींची।

"सब कुछ अच्छा चल रहा था। मैं अपनी घर-गृहस्थी संभाल रही थी। हमारा एक प्यारा सा बेटा है, छह साल का। फैसल नाम है उसका। लेकिन पिछले कुछ सालों से मुज़फ़्फ़र का मन वहाँ नहीं लग रहा था। और जब से इस तरफ़ कश्मीर में हालात थोड़े ठीक हुए तो उसकी वापस आने की कसक और बढ़ गई। वतन की मिट्टी की पुकार में बहुत ताकत होती है ना सर। बस इसलिए पिछले साल हम अपनी बनी-बनाई दुनिया छोड़ कर यहाँ आ गए।"

"तुम और तुम्हारा परिवार खुश तो हो ना यहाँ आकर।" आशीष अपने इस

सवाल का जवाब जानता था पर इससे पहले फरीदा अपना दुख बयान करती शमीम आ धमका था।

''हो गई बात आपकी। कुछ इसकी मदद हो सके तो करना भाईजान। प्लीज़।''

''देखते हैं। अगली बार मुज़फ़्फ़र को भी साथ लाना। और अगर तुम्हारे पास वक्त ना हो तो इन दोनों को ही भेज देना।'' आशीष ने कुछ बेरुखी से शमीम को नसीहत दी।

यह सुन कर फरीदा तुरंत ही बोल पड़ी थी। ''मुज़फ़्फ़र नहीं आएगा सर। पूरा दिन किसी काम–धंधे की तलाश में पता नहीं कहाँ–कहाँ घूमता रहता है। सच कहूँ तो अब अपने मुस्तकबिल के बारे में सोच कर डर लगता है। तभी तो मैंने शमीम भाई के स्कूल में टीचर की नौकरी की है।''

उनके जाने के बाद आशीष काफ़ी देर तक मुज़फ़्फ़र और फरीदा के बारे में सोचता रहा था। यहाँ बारामूला में हर रोज़ उसके पास कोई–ना–कोई कश्मीरी किसी मदद की गुहार लेकर आता था। लेकिन आज फरीदा से मिलने के बाद भी उसको यह अंदाज़ा नहीं हुआ था कि आख़िर फरीदा को उससे किस तरह की मदद की उम्मीद थी।

उनकी अगली मुलाकात बाबा शुक्रुद्दीन की ज़ियारत के पास हुई थी। सोपोर से कुछ किलोमीटर दूर वुलर झील के क़िनारे एक छोटी–सी पहाड़ी पर बनी इस जियारत की लोगों के दिलों में एक खास जगह है। रोज़ यहाँ आने–जाने वालों का तांता लगा रहता है। आने वालों में कोई मुरीद होता है और कोई बीमार। कुछ तिजारती होते हैं और कुछ लोग तो सिर्फ़ कुदरत का खूबसूरत नज़ारा लेने के लिए यहाँ अक्सर आते हैं। इसी कारण किसी से भी मिलने के लिए वह जगह बिलकुल मुनासिब थी।

ऐसे में जब फरीदा ने उसे बताया कि वह अपने नन्हे से बेटे फैसल के साथ ज़ियारत पर जा रही है तो आशीष ने उसे वहीं इंतज़ार करने को कहा था। और वह भी बताए हुए समय पर ज़ियारत के पास पहुँच गया था।

''आज क्या मुराद माँगने आई हो फरीदा। कुछ खास मौका है क्या।'' आशीष के इस सवाल पर उसके चेहरे पर एक सूखी सी मुस्कान आ गई थी।

वह धीरे--धीरे एक दरख़्त की ओर बढ़ी और उस पर एक धागा बाँधते हुए बोली—

''साहब मेरे मन में तो इतनी मुरादें है कि यह जो हर तरफ़ ताबीज और रंग–बिरंगे धागे बँधे हुए हैं ना वे भी शायद कम पड़ जाएँ।''

"इतना लालच अच्छा नहीं फरीदा।" आशीष में हँसते हुए कहा और फिर फैसल के छोटे-छोटे हाथों को पकड़कर उनकी एक नन्ही सी डाली में धागा बाँधने में मदद करने जुट गया।

"सब ख़ैरियत तो है ना। कुछ परेशान लग रही हो।"

"घरवालों की याद आ रही है सर। यहाँ आकर सब कुछ अनजाना सा लगता है। ऊपर से मुज़फ़्फ़र के परिवार वाले भी हम से कुछ खास खुश नहीं लगते।"

"क्या मतलब।" आशीष अब थोड़ा संजीदा हो गया था।

"मतलब यह कि उनको लगता है कि घर में तीन लोगों का खर्चा और बढ़ गया है। उसके भाइयों को लगता है कि घर की ज़मीन-जायदाद में एक और हिस्सेदार आ गया है। मेरा स्कूल जाना भी उनको पसंद नहीं है। यहाँ तक कि हमारी खाने की आदतें भी नही मिलतीं। वो भात ज़्यादा खाते हैं। नून चाय पीते है। छोड़ो सर अब आपको क्या-क्या बताऊँ।"

"तुम्हारी वहाँ मुज़फ़्फ़राबाद में अक्सर बात तो होती होगी ना।"

"होती है सर लेकिन ज़्यादा नहीं। आपको पता है उस पार वाले कश्मीर में हालात यहाँ की तरह नहीं हैं। मुझे लगता था कि यहाँ पर सुरक्षाबलों और एजेन्सी के कारण लोगों पर बहुत बंदिशें होंगी। लेकिन उस तरफ़ तो हाल और भी बुरा है सर। यहाँ से आने वाले हर इंसान को तो क्या हर कॉल को भी वहाँ मॉनिटर किया जाता है। बस इसलिए मेरे परिवार वाले थोड़ा डरते हैं।"

"एक गुज़ारिश है आपसे सर। किसी तरह मेरे घर वालों से मेरी और फैसल की मुलाकात करा दो। बड़ा एहसान होगा आपका।" फरीदा की आँखें भर आई थीं।

"ठीक है। ठीक है। मायूस मत हो। मैं तुम्हारी मदद करने की कोशिश करूँगा। लेकिन मैं अगर थोड़ी देर और यहाँ रुका तो मुझे लगता है कि तुम्हारी आँखों के आँसुओं की वजह से इस वुलर झील के पानी का स्तर कुछ और बढ़ जायहगा।" आशीष ने माहौल को हल्का करने की कोशिश की।

"चलती हूँ सर। मैंने सुना है कि बॉर्डर पर कोई तंगधार नाम की जगह है जहाँ से नीलम नदी के आर-पार दोनों तरफ़ के लोग मुलाकात करते हैं। बस एक बार घर वालों का दीदार ही हो जाए। इससे उनका मन तो हल्का हो जायेगा।"

फरीदा के जाने के बाद आशीष कुछ असमंजस में पड़ गया था। उसकी घर वालों से मुलाकात की ख़्वाहिश पूरा करना कुछ खास मुश्किल नहीं था लेकिन उसको यह समझ नहीं आ रहा था कि फरीदा को थोड़ा ज़ेहनी सुकून मिलने के अलावा इस

मुलाकात से क्या हासिल होगा। और इस पूरे मसले में मुज़फ़्फ़र की सोच का पता लगाना भी तो ज़रूरी था।

इसके बावजूद भी एक उम्मीद थी आशीष के दिल में। यह कि मुज़फ़्फ़र और फरीदा की मदद करके शायद वहाँ पाकिस्तान में किसी से राब्ता हो जाए और उनके ज़रिए वहाँ से कुछ खबर हासिल कर सके। वैसे अब तक आशीष को वे दोंनो किसी खास फायदे के काबिल नहीं लग रहे थे लेकिन उसने सोचा कि क्या पता मदद के लालच में यह दोनों और इनका परिवार मुखबिर बन जाए और किसी दिन उसके काम आ सकें।

कुछ दिनों बाद शमीम उन दोंनो को लेकर आशीष के दफ़्तर आया था। मुज़फ़्फ़र ज़्यादातर वक्त चुपचाप ही बैठा था जबकि फरीदा की शिकायतों का सिलसिला जारी था। उस दिन आशीष को अंदाज़ा हुआ कि मुज़फ़्फ़र अपने परिवार के कारण दो हिस्सों में बँटा हुआ है। एक तरफ़ माता-पिता, भाई-बहन, घर-गाँव वाले और दूसरी तरफ़ फरीदा। और इस बंटवारे की शिकन उसके चेहरे पर साफ़ नज़र आ रही थी। यकीनन वह पहले बहुत खूबसूरत रहा होगा पर अब वह अपनी उम्र से कहीं ज़्यादा अधेड़ नज़र आ रहा था।

"ना राशन कार्ड बन रहा है साहब और ना आधार कार्ड। यहाँ तक कि फैसल के पुराने स्कूल के सर्टिफ़िकेट को भी यहाँ नहीं मान रहे हैं। यह तो गनीमत है कि वह अभी छोटा है। अगर कहीं मैट्रिक या कॉलेज में दाखिला लेना होता तो सोचो साहब कितनी परेशानी होती। कानिस्पोरा गाँव वाले शौकत को भी तो यही तकलीफ़ है।"

आशीष के पास उनकी इन तकलीफ़ों का कोई समाधान नहीं था। पाकिस्तान से वापिस आए परिवारों के बारे में जो निर्धारित नीतियाँ थीं उन्ही के अनुसार सभी सरकारी तंत्र इन लोगों से सुलूक कर रहे थे। हाँ यह ज़रूर था कि इसमें इंसानियत के साथ बर्ताव करने की बहुत गुंजाइश थी।

"अच्छा, आप लोग तो बाकियों की तरह ही नेपाल के रास्ते आए हो ना। तो आपका पासपोर्ट कहाँ है।" आशीष अब भी उन्हें कुरेदने की कोशिश कर रहा था।

"सर हमारे पासपोर्ट तो सलीम के पास हैं।"

"सलीम। सलीम कौन।" आशीष ने मुज़फ़्फ़र से पूछा।

"सलीम ट्रैवल एजेंट है साहब, इस्लामाबाद में। वहाँ से यहाँ कश्मीर आने वाले हम जैसे सभी लोगों के पासपोर्ट वही बनाता है। पचास हज़ार रुपए लिए थे हमसे और काठमांडू एयरपोर्ट से निकलने के बाद उसके एक आदमी ने हमसे वह पासपोर्ट वापस भी ले लिया। यह कहकर कि अब इसकी कोई ज़रूरत नहीं है। उसने हमें गोरखपुर

बॉर्डर के पास छोड़ दिया। फिर उसने बोला कि आप लोग यहाँ से पैदल बॉर्डर पार कर लो और फिर आगे जाकर गोरखपुर स्टेशन से ट्रेन पकड़ लेना।''

''समझ गया। और आपके यह पासपोर्ट वे लोग पता नहीं और कितने गैर कानूनी कामों के लिए इस्तेमाल करते होंगे। ख़ैर मुझसे जो बन सकेगा वैसे आपकी मदद करने की कोशिश करूँगा। आप इत्मीनान रखें।'' आशीष के पास इस वक्त उनको दिलासा देने के अलावा कुछ भी नहीं था। लेकिन उसने यह ठान लिया था कि वह फरीदा की उसके परिवार से मुलाकात कराने की कोशिश ज़रूर करेगा।

मगर इसके लिए उन्हें तंगधार के इलाके में जाने की ज़रूरत थी। इसलिए उसने पहले वहाँ तैनात मिलिट्री इंटेलिजेंस की अपनी टीम से विचार-विमर्श किया। और उनकी रज़ामंदी के बाद फरीदा को पैगाम भेज दिया कि अगले जुम्मे को अपने घर वालों को तंगधार आने का संदेशा दे दे।

फरीदा तो यह सुनते ही खुशी से झूम उठी थी। आशीष ने उसको हिदायत दी कि वो मुज़फ़्फ़र और फैसल के साथ जुम्मे को सुबह छह बजे ऑफ़िस में आ जाए। साथ ही उसने शमीम को भी उनको वक्त पर लाने की ज़िम्मेवारी थमा दी।

जाने वाले दिन आशीष सुबह-सुबह तैयार होकर उनका इंतज़ार करने लगा था। वे लोग भी छह बजने के कुछ देर बाद ही हाज़िर हो गए थे।

''मुझे पता था तुम पक्का देर करोगे। अनुशासन नाम की भी कुछ चीज़ होती है।'' आशीष उनके आते ही मज़ाक करने लगा था।

''माफ़ करो सर। बिलकुल वक्त पर आए हैं। देखो यह बेचारा फैसल तो अब भी नींद में है,'' शमीम ने सफ़ाई देते हुए कहा।

''अच्छा-अच्छा ठीक है। मैं तुम्हारी आदतें बखूबी जानता हूँ। मुज़फ़्फ़र कहाँ है। वह नहीं आया क्या। और यह साथ में किसे लाए हो।'' आशीष ने शमीम की टवेरा गाड़ी में झाँकते हुए पूछा।

''वह नहीं आया साहब। कहता था, इतनी सुबह-सुबह उठना उसके बस की बात नहीं। और वह भी उस जगह को देखने जाने के लिए जिसे वह छोड़ कर आ चुका है।''

''यह जाकिर है। मेरा चचेरा भाई। गाड़ी अच्छी चलाता है। बड़ा शौक है इसको बॉर्डर देखने का। इसको पता लगा कि हम तंगधार जा रहे हैं तो पीछे ही पड़ गया।'' शमीम ऐसे बोल रहा था जैसे वे सैर करने जा रहे हों।

''चलो अब आ ही गया है तो ले चलते हैं। पहले ही देरी हो गई है।'' आशीष

ने उनको अपने साथ आने का इशारा करते हुए कहा।

बारामूला से तंगधार का सफ़र तकरीबन चार घंटे का था। कुपवारा शहर तक तो रास्ता ठीक था लेकिन उसके बाद सरकार की नाकामी सड़कों पर साफ़ दिखाई देती थी। तीन घंटे के सफ़र के बाद वे मीलों ऊँची शमशाबारी पहाड़ी की नस्ताचून गली पर पहुँचे जहाँ एक बड़ा फ़ौजी चेक पोस्ट था। कई गाड़ियाँ वहाँ कतार में लगी थीं और अपनी जाँच का इंतज़ार कर रही थीं। आशीष हालाँकि बिना रुके वहाँ से निकल गया लेकिन वहाँ इंतज़ार कर रहे बाकी लोगों के चेहरे उनको ऐसे जाते देख ईर्ष्या से भर उठे थे।

कहते हैं कि सालों पहले मशहूर फ़िल्म अभिनेत्री साधना यहाँ आई थी और इसलिए सब इस जगह को 'साधना पास' के नाम से ज़्यादा जानते थे। वैसे अगर साधना जी को पता होता कि बदमिजाज़ मौसम, खराब सड़क और लापरवाह ड्राइविंग के कारण उनके नाम वाली इस जगह पर हर साल कई इन्सानों की जान चली जाती है तो शायद इस पहाड़ी को अपने नाम से जाने जाने पर पक्का एतराज़ करतीं।

आशीष का मकसद बारह बजे से पहले तंगधार पहुँचने का था ताकि दिन रहते वह फरीदा को अपने परिवार से मिलाने ले जा सके और फिर शाम तक वापस बारामूला पहुँच जाए।

तंगधार में भारत और पाकिस्तान की सीमा के बीच एक दरिया है। बस इसी के दोंनो तरफ़ आकर बिछड़े हुए परिवारों के लोग अक्सर एक-दूसरे को देखते हैं। साथ ही बहते दरिया के शोर को दबाने के लिए ज़्यादा-से-ज़्यादा ऊँची आवाज़ में बातें करने की कोशिश करते हैं।

वहाँ खड़े होकर किसी भी इंसान को कुदरत की नायाब खूबसूरती का अंदाज़ा होता लेकिन आशीष के लिए यह नज़ारा मानवीय रिश्तों का एक दर्दनाक पहलू था। दरिया के दोनों तरफ़ खड़े लोग एक-दूसरे को इशारे कर रहे थे।

आशीष की टीम ने पहले ही एक ऐसी जगह चुनी हुई थी जहाँ पर दरिया थोड़ा संकरा था और एक-दूसरे को दरिया के पार देख पाना थोड़ा-सा आसान। फरीदा ने जब अपने परिवार वालों को दरिया के इस तरफ़ खड़े हुए देखा तो आशीष ने उसे उनको चुनी हुई जगह आने के लिए इशारा करने को कहा।

वह बहुत दयनीय दृश्य था। वीडियोकॉलिंग और तमाम तकनीकी साधनों के बावजूद यहाँ लोग एक-दूसरे की झलक देखने के लिए एक नदी के आर-पार खड़े थे। और उन पर नज़र रख रहे थे दोनों देशों के खुफ़िया तंत्रों के कर्मी।

"वह देखो नानू, नानी आए हैं। वहाँ उस बड़े पत्थर के पास और साथ में छोटी खाला भी है। हाथ हिलाओ बेटा। देखो वे भी अपना सलाम भेज रहे हैं।" फरीदा फैसल को इशारों से बता रही थी। फैसल बेचारा बस टकटकी लगाए उस तरफ़ देख रहा था। और कहे अनुसार कभी हाथ हिलाता और कभी मुस्कुराता।

थोड़ी देर बाद आशीष ने फरीदा को वापिस लौटने का इशारा किया। किसी और को शायद ऐसे मुलाकात करना फ़िज़ूल लगता पर फरीदा को तो जैसे अपने परिवार को देख कर सुकून मिल गया था। आँखों में आँसू लिए वह आशीष के कहे अनुसार वापस गाड़ी में बैठ गई थी।

कहीं से भी लौटने का सफ़र आमतौर पर छोटा लगता है पर आज उन सब को यह सफ़र कुछ ज़्यादा ही लंबा लग रहा था। आशीष इसी सोच में डूबा हुआ था जब शमीम ने थोड़ी मायूसी के साथ कहा था।

"लकीरें भी कितनी अजीब चीज़ होती हैं ना। बदन पर खींचो तो ज़ख़्म बना देती हैं और ज़मीन पर खींचो तो सरहद बना देती हैं। और इस सरहद ने तो जिस्मों के साथ-साथ रूह को भी लहू-लुहान कर दिया है।"

वे देर शाम बारामूला वापस पहुँचे थे और आशीष तुरंत ही अपने काम में मशगूल हो गया था। अगले कुछ दिन उसकी ना तो फरीदा से कोई बात हुई और न शमीम ने उनका कुछ ज़िक्र किया।

~

फिर एक दिन अचानक फरीदा उसके दफ़्तर में आ पहुँची थी।

"माफ़ कीजिए सर, आपको पहले नहीं बताया। वह आज शहर में कुछ काम था तो सोचा आपसे भी मुलाकात कर लूँ।"

फरीदा के इस तरह अकेले आने से आशीष थोड़ा सकपका सा गया था।

"नहीं-नहीं कोई बात नहीं। मैं सोच ही रहा था कि तंगधार से वापिस आने के बाद तुम से राब्ता ही नहीं हुआ। कैसी हो। फैसल कैसा है। और मुज़फ़्फ़र को कोई काम मिला या नहीं।" आशीष ने सवालों की झड़ी लगा दी थी। लेकिन फरीदा चुप थी।

"अरे, अब अपनी खामोशी का रोज़ा तोड़ो और कुछ बोलो तो सही।" आशीष ने माहौल को हल्का करने की कोशिश की।

"मुझे पाकिस्तान वापिस जाना है सर। प्लीज़ कुछ करें। अब यहाँ नहीं रह

सकती।'' काफ़ी देर चुप रहने के बाद फरीदा ने धीमे से कहा था। और इसी के साथ वह फूट-फूट कर रोने लगी।

''रोइए मत। प्लीज़। यह लो थोड़ा पानी पी लो।''

''आप कैसे पाकिस्तान जाओगे। पासपोर्ट भी नहीं है। आपकी मुल्क की एम्बेसी वाले तक आपको लेने को तैयार नहीं हैं। ऐसे बहुत सारे परिवार हैं। आपको तो पता ही है। वैसे मैंने सुना है कि सरकार इस बारे में जल्द ही कुछ करने का विचार कर रही है।''

''मुझे नहीं पता सर। मुझे बॉर्डर से भेज दो। वहीं तंगधार से ही चली जाऊँगी। दरिया के पार।''

''अच्छा। और फैसल कैसे जाएगा।''

''ले जाऊँगी उसको भी पीठ पर बाँध कर। बस जाना है साहब।''

''वाह फरीदा, बहुत समझदार हो ना। दोंनो तरफ़ से गोलियाँ चलेंगी और तुम बेवजह मारी जाओगी।''

''जाना तो है सर। अब चाहे जान का खतरा ही क्यों न हो। यह ज़िल्लत की ज़िन्दगी अब नहीं जी सकती। इतने सालों से कश्मीर के नाम पर लाशों की सियासत ही तो हो रही है। दो और लाशें गिर गईं तो क्या फरक पड़ता है।''

''पागल मत बनो फरीदा। अभी तुम घर जाओ। मुझे सोचने दो ज़रा।'' आशीष ने उसे समझाते हुए कहा।

''कुछ करो सर। मुझे बस आप पर ही भरोसा है। हमारी नई ज़िन्दगी की शुरुआत करा दो। अल्लाह आपको तरक्की देगा।''

आशीष को अब तक ऐसी मदद भरी गुजारिशों और दुआओं की आदत पड़ चुकी थी और इस मामले में तो वह कर भी क्या सकता था।

''अच्छा, मुज़फ़्फ़र का क्या कहना है। वह भी वापिस जाना चाहता है क्या?'' आशीष के इस सवाल का फरीदा के पास कोई सीधा जवाब नहीं था।

''मुझे नहीं पता सर। मैंने उसके साथ निकाह कुबूल किया। अपना सब कुछ छोड़ कर यहाँ पर आई। अब मैं वापिस जाना चाहती हूँ तो उसे भी मेरा साथ देना चाहिए। लेकिन वह ऐसा करेगा या नहीं यह तो वक्त ही बताएगा। अभी तो उससे इस बारे में बात नहीं हुई।''

थोड़ी देर बाद फरीदा वापिस चली गई थी। आशीष भी उसके जाने के बाद अपना बाकी काम समेटने में लग गया था। फरीदा की मदद करने में उसे कुछ खास फ़ायदा नज़र नहीं आ रहा था। लेकिन उसे इस बात का ज़रूर अंदाज़ा था कि अगर

फरीदा वापिस चली जायेगी तो कम-से-कम वहाँ पाकिस्तान में उसके पास एक ऐसा शख्स तैयार हो जाएगा जो वक्त-बेवक्त काम आ सकता है।

वक्त बीतता जा रहा था। फरीदा की बेचैनी बढ़ती जा रही थी। वह अक्सर आशीष से मदद की गुज़ारिश करती। आशीष भी कभी-कभार मुज़फ़्फ़र की कुछ माली मदद करता लेकिन उसके पास उनको वापिस भेजने का कोई ज़रिया नहीं था।

उस रात तकरीबन एक बजे आशीष के सरकारी फ़ोन की घंटी ज़ोर-ज़ोर से बजने लगी।

"अबे सो रहा है क्या?" आशीष के फ़ोन उठाते ही दूसरी तरफ़ से ठहाकों भरी आवाज़ आई।

"अरे यार, तुझे आधी रात को ही मेरी याद आती है। पक्का दारू पी रहा होगा।" नींद में भी आशीष उस भारी आवाज़ को पहचान गया था।

मेजर गौतम उसका जिगरी यार था। दोंनो ने एक साथ ट्रेनिंग तो की ही थी लेकिन ट्रेनिंग के बाद भी दोंनों एक दूजे के साथ खासे जुड़े रहे थे। कुछ महीने पहले ही गौतम की यूनिट कश्मीर में आई थी। वह आजकल बारामूला से थोड़ी दूर बोनियार के इलाके में लाइन ऑफ़ कंट्रोल पर तैनात था।

"अरे दोस्त कल श्रीनगर जा रहा हूँ। कोई बकवास सी कांफ्रेंस है। रास्ते में तेरे पास रुकूँगा। दोपहर तक पहुँचता हूँ।"

"वाह, तुझसे मिले हुए बहुत दिन हो गए यार। सुन तू दोपहर को खाना मेरे साथ ही खाना। कल मिलते हैं। अब सोने दे।" आशीष ने तुरंत ही प्लान बना कर फ़ोन रख दिया था।

अगले दिन दोंनो बहुत गर्मजोशी से मिले थे। आशीष को पता था कि ठंडी बीयर और विल्स सिगरेट के बगैर गौतम को खाना हज़म नहीं होगा। उसने सारा इंतज़ाम पहले ही कर लिया था।

"यार, बड़ी बोरिंग सी ज़िन्दगी है लाइन ऑफ़ कंट्रोल पर। हमारे इलाके से तो ज़्यादा इंफिल्ट्रेशन भी नहीं होती लेकिन फिर भी पूरी रात पहरा तो देना पड़ता है। साले यह आतंकवादी भी पता नहीं कहाँ से घुसपैठ करने की कोशिश करने लगें। और ऊपर से आस-पास के गाँव में रहने वाले। वैसे तो उनकी ज़रूरतें ही खत्म नहीं होतीं पर चलो इस बहाने उनकी मदद से अमन कायम रहता है हमारे इलाके में।"

गौतम जो कुछ बोल रहा था उस से आशीष बखूबी वाकिफ़ था पर वह कुछ कह कर गौतम के उत्साह को बीच में भंग नहीं करना चाहता था।

"अच्छा सुन यार, तेरे इलाके में बॉर्डर पर जो तार लगी है उसके आगे भी कुछ घर बार है क्या? मतलब लोग रहते हैं क्या, तार के दूसरी तरफ़।" जब से गौतम ने लाइन ऑफ़ कंट्रोल की बात शुरू की थी तब से आशीष के दिमाग में यही सवाल घूम रहा था।

"हाँ-हाँ सात-आठ घर हैं मेरी कंपनी के इलाके में। तार के उस तरफ़ और लाइन ऑफ़ कंट्रोल के इस तरफ़। बड़ी परेशानी है यार उनको। सामने पाकिस्तान की फ़ौज है और पीछे हमारी। जब भी उनको कहीं जाना होता है तो हमारे चेक पोस्ट से निकल कर जाते हैं। कुछ बदमाश भी हैं उनमें। साले वहाँ से चरस, हेरोइन ला कर इस तरफ़ बेचते हैं। अबे, तुझे तो सब पता ही होगा। इतने सालों से यहाँ रगड़ा जो खा रहा है।"

"क्यों क्या हुआ। कुछ करना है क्या।" गौतम अपने दोस्त को इतना तो पहचानता था कि उसने ऐसे सवाल के पीछे उसकी कुछ गहरी सोच का अंदाज़ा लगा लिया था।

"हाँ, एक लड़की को पार भेजना है।" आशीष ने जैसे ही यह कहा तो गौतम ने अपने होंठों से सिगरेट निकाल कर ज़मीन पर पटक दी और तिलमिलाते हुए बोला, "अबे, पागल है क्या?"

"अरे, इसमें इतना घबराने वाली क्या बात है। और तूने यह जो सिगरेट इतनी नौटंकी के साथ फेंकी है ना वह वैसे भी खत्म होने वाली थी।" आशीष के यह कहते ही दोंनो ठहाके मार कर हँसने लगे थे।

गौतम के आने से आशीष को फरीदा के लिए आशा की एक किरण नज़र आई थी। उसके दिमाग में जो तरकीब थी उसको सिर्फ़ गौतम की मदद से पूरा किया जा सकता था। गौतम न सिर्फ़ एक उम्दा अफ़सर था बल्कि एक आला दर्जे का इंसान भी था। और आशीष को यह भी भरोसा था कि गौतम उसके कहे अनुसार आँख मूँद कर कुछ भी करने को तैयार हो जाएगा।

हालाँकि वह अब भी इस कशमकश में था कि फरीदा की वह क्यों इस तरह खतरा मोल ले कर मदद करे और वह भी ऐसी मदद जिसमें उसके परिवार की जान भी जा सकती थी।

उसने यह तय किया कि वह इसका फ़ैसला फरीदा और मुज़फ़्फ़र पर छोड़ देगा। और तब तक इस विषय में कोई बात नहीं करेगा जब तक वह खुद उस से वापिस पाकिस्तान जाने की ज़िद न करे।

आशीष को ज़्यादा इंतज़ार नहीं करना पड़ा था। कुछ हफ़्तों बाद ही फरीदा

दोबारा उस के पास आकर वापिस अपने माँ–बाप के घर जाने का रोना रोने लगी थी। पर इस बार आशीष अपने बनाए हुए प्लान के साथ तैयार था।

जब फरीदा ने उसे यह बताया कि मुज़फ़्फ़र ने वापस जाने से मना कर दिया है तो आशीष फिर सोच में पड़ गया। फरीदा को इस तरह अपने पति की मर्ज़ी के बगैर भेजना न सिर्फ़ गलत था बल्कि इससे भविष्य में कुछ कानूनी पेचीदगी भी हो सकती थी। वैसे भी इस बारे में उसने अपने किसी उच्च अधिकारी से कोई रज़ामंदी नहीं ली थी।

~

''देखो फरीदा, मुज़फ़्फ़र को तो मैं पार भिजवा नहीं सकता और तुम्हारा बिना मुज़फ़्फ़र के जाना ठीक नहीं है। रास्ते में भी खतरा है। फिर फैसल भी तो साथ में होगा। तुम दोंनो को कुछ हो गया तो खुदा मुझे कभी माफ़ नहीं करेगा।

''आप मुतमईन रहो साहब। मुझे आप बस यह बताओ कि करना क्या है। मुझे मुज़फ़्फ़र के बगैर जाना कुबूल है।'' फरीदा की बातों में दृढ़ता साफ़ झलक रही थी।

''ठीक है, अगर तुम नहीं मानती तो सुनो। यहाँ से थोड़ी दूर बोनियार के इलाके में कुछ घर लाइन ऑफ़ कंट्रोल पर लगी तार से आगे बसे हुए हैं। उस तरफ़ जाने के लिए चेक पोस्ट के गेट से जाना होता है। तुम्हें और फैसल को मैं वह चेक पोस्ट पार करा दूँगा। लेकिन उसके आगे तुम्हें खुद जाना होगा। मेरा एक दोस्त है जो यह यकीन कर लेगा कि हमारी फ़ौज की तरफ़ से कुछ कार्यवाही नहीं होगी। लेकिन अगर पाकिस्तान आर्मी की तरफ़ से कोई हरकत हुई तो मेरी कोई ज़िम्मेदारी नहीं है।''

''समझ गई सर। अगर आप इजाज़त दो तो मैं उस तरफ़ अपने घर वालों को बुला लूँ। वे वहाँ से मुझे ले लेंगे। मेरे वालिद साहब सरकारी मुलाजिम हैं तो कोई न कोई जान–पहचान निकाल ही लेंगे।''

''ठीक है, जैसी तुम्हारी मर्ज़ी। और सुनो आज के बाद मुझसे कोई बात नहीं करना। अगले महीने की सत्ताइस तारीख को मुझे नए पुल वाले मोड़ पर मिलना। शाम को ठीक चार बजे। और हाँ तुम बुर्का पहन कर रखना उस दिन।''

''ठीक है सर, लेकिन अभी तो पूरा एक महीना है। अगर बीच में कुछ ज़रूरत पड़ी तो आपसे कैसे बात करूँगी।'' फरीदा को यह सुन कर कुछ घबराहट होने लगी थी।

''तुम्हें अगर कुछ भी बात करनी हो तो मुज़फ़्फ़र के फ़ोन से ही करना। तुम्हारे

जाने के बाद वह परेशान होगा और उसका शक हम पर ही जायेगा। ऐसे में मैं नहीं चाहता कि किसी तरह का कोई सबूत उसके पास हो।'' आशीष ने उसे समझाया।

''कमाल है, बहुत दूर की सोचते हो आप। लेकिन आपने अब तक यह नहीं बताया कि मेरे लिए यह सब कुछ क्यों कर रहे हो। इतनी तो समझ मुझ में भी है सर।'' फरीदा के इस सवाल पर हमेशा हाज़िरजवाब रहने वाले आशीष को कुछ खास नहीं सूझा था।

''ऐसे ही, मुझे लगा कि तुम्हारी और फैसल की मदद करनी चाहिए। जब तुम वहाँ जाओगी तो क्या पता हमारे कुछ काम आ सको। बस इसलिए।''

''जानती हूँ सर। आपका एहसान चुकाने का अगर मौका मिला तो ज़रूर पूरी कोशिश करूँगी।'' जाते वक्त फरीदा ने यह कह कर आशीष की दुविधा थोड़ी कम कर दी थी।

फरीदा के लिए अगला एक महीना कई सालों जितना लम्बा था। उसने आशीष के समझाए अनुसार मुज़फ़्फ़राबाद में अपने वालिद साहब को भरोसा दिला दिया था कि वह बॉर्डर तक सकुशल आ सकती है। वह शुरू में तो बहुत घबराए थे लेकिन फिर आश्वस्त हो गए थे। इस सब से बेखबर मुज़फ़्फ़र अपने काम की तलाश में लगा रहा था। फरीदा ने उस से एक-दो बार वापस जाने की कोशिश करने के लिए बोला तो उसने साफ़ मना कर दिया था। पाकिस्तान उसके लिए जैसे एक खराब सपना था, जिसे वह दुबारा नहीं जीना चाहता था।

इधर आशीष ने गौतम को अपना प्लान समझा दिया था। रोज़ तार के आगे रहने वाले लोग अपना शिनाख़्ती कार्ड चेकपोस्ट पर दिखा कर अपने घर जाते थे। बाकी किसी को जाने की इजाज़त नहीं थी। गौतम को बस यह करना था कि उस दिन अपने सिपाहियों को फरीदा और फैसल को तार से आगे जाने की इजाज़त दिलवानी थी। फरीदा ने चेकपोस्ट पर यह बोलना था कि वे अपने रिश्तेदार से मिलने जा रहे हैं और थोड़ी देर में वापिस आ जायेंगे।

सब कुछ तय था लेकिन जाने से एक हफ़्ता पहले फरीदा ने आशीष से राब्ता किया था।

''सॉरी सर। वह मुझे लगता है कि मुज़फ़्फ़र भी हमारे साथ जाना चाहता है।''

''क्या? वह तो पहले तैयार नहीं था। तुमने उसको बता दिया क्या, सब कुछ। बस मुझे यही डर था।'' आशीष की आवाज़ में जरा सा गुस्सा शामिल था।

''नहीं-नहीं साहब। मैंने उसे कुछ नहीं बताया। लेकिन वह कह रहा था कि

अगर कुछ तरीका मिल जाए तो हम सब वापस लौट सकते हैं। जब मैंने उसे कहा कि बगैर पासपोर्ट कैसे जायेंगे तो कहने लगा कि बॉर्डर क्रॉस करके जा तो सकते हैं लेकिन उसमें बहुत खतरा है। तभी मैंने सोचा कि आपसे पूछूँ कि क्या हम उसको भी साथ ले जा सकते हैं।''

''देखो फरीदा। तुम्हें वापिस भेजने के लिए मैंने बहुत जोखिम मोल लिया है। अपने डिपार्टमेंट में भी किसी को कुछ नहीं बताया। यह जो मैं कर रहा हूँ वह सरकारी लिहाज़ से शायद मुनासिब भी नहीं है। अब अगर इसमें मुज़फ़्फ़र भी जायेगा तो मेरे खुद के लिए यह ठीक नहीं है। तुम्हें पार भेजना अलग बात है लेकिन एक कश्मीरी को बॉर्डर पार कराने के कुछ अलग मायने हैं। चेकपोस्ट से एक लड़की और बच्चा तो किसी बहाने से निकल कर जा सकते हैं लेकिन एक कश्मीरी युवक, वह भी एक पुराना आतंकी कैसे चला गया इसका जवाब देना मेरे और मेरे दोस्त के लिए मुश्किल हो जायेगा।''

फरीदा आशीष की बात चुपचाप सुन रही थी।

''देखो, मैंने तुमसे पहले ही पूछा था। और तुमने कहा था कि तुम तैयार हो। अगर मुज़फ़्फ़र को साथ ले जाने की बात है तो मेरी मानो यहीं रहो। मेरे लिए भी तो अच्छा है कि यह सब छुप कर जुगाड़ नहीं करना पड़ेगा।''

''सर, मुझे तो कुछ समझ नहीं आ रहा।'' फरीदा ने बड़ी मायूसी से फ़ोन काट दिया था।

सत्ताइस तारीख को बताए हुए वक्त पर आशीष अपनी सफ़ेद रंग की स्कॉर्पियो गाड़ी लेकर नए पुल वाले मोड़ पर पहुँच गया।

उसको लगा था कि फरीदा नहीं आयेगी क्योंकि उसे शायद इस तरह सब कुछ छोड़ कर वापिस जाना कुबूल नहीं होगा।

पर वह फिर भी तैयार था। उसने सोचा कि थोड़ी देर इंतज़ार करने के बाद वो वापस दफ़्तर आ जायेगा। और फिर गौतम को प्लान रद्द करने की इत्तिला कर देगा।

लेकिन उस के वहाँ पहुँचने के कुछ मिनटों में ही काला बुर्का पहने फरीदा चुपचाप गाड़ी में आ कर बैठ गई थी। साथ ही नन्हा फैसल उछल कर आशीष की गोद में कूद पड़ा था।

''अरे-अरे यह तुम्हारे गले में क्या है बेटा।'' आशीष ने सफ़र में वक्त बिताने के लिए फैसल से खेलना शुरू कर दिया।

''यह तावीज है। अम्मी कहती हैं कि मैं बहुत सुंदर हूँ। इसलिए उन्होंने नज़र

से बचाने के लिए मेरे गले में पहनाया है। है ना अम्मी।'' फैसल की मासूमियत भरे जवाब को सुनकर सभी हँसने लगे थे।

आशीष ने फरीदा और फैसल को चेक पोस्ट के थोड़ा पहले उतार दिया था। जाते वक्त फरीदा ने नम आँखों से आशीष की ओर देखा और फिर किसी तरह खुद को आशीष के गले लगने से रोक लिया।

आशीष तब तक वहीं रुका रहा था जब तक वे दोंनो आँखों से ओझल नहीं हो गए। फिर उसने मन–ही–मन में उनकी सलामती की दुआ की और वापस बारामूला आ गया।

कुछ दिनों बाद शमीम आशीष के पास आया था। यह खबर ले कर कि फरीदा कई दिनों से स्कूल नहीं आई। उसे बड़ा ताज्जुब हो रहा था कि वह पता नहीं कैसे अपने बेटे को साथ लेकर वापस मुज़फ़्फ़राबाद पहुँच गई है।

ट्वेन्टी-ट्वेन्टी

"तुम सबको मालूम है ना कि कल का दिन कितना अहम है। पूरा कश्मीर कल बंद रहेगा। ऐसे में यहाँ अलगाववादी तत्व मौके का फ़ायदा उठा कर हमेशा की तरह हिंसा भड़काने की कोशिश करेंगे।"

82 राष्ट्रीय राइफ़ल्स के कमान अधिकारी कर्नल अभिमन्यु राय की रौबदार आवाज़ फ़ोन पर गूँज रही थी। फ़ोन के दूसरी तरफ़ इन निर्देशों को ध्यान से सुन रहे यूनिट के सभी कंपनी कमांडरों के लिए उनका बोला हुआ हर लफ़्ज़ बेशकीमती था।

"इसलिए हमारे जवानों को बहुत एहतियात के साथ काम करना होगा। मैंने पुलिस और सीआरपीएफ़ को पहले ही आगाह कर दिया है। लोगों पर काबू पाने की पहली ज़िम्मेदारी नियमानुसार उनकी ही होगी लेकिन अगर हालात बिगड़ने की आशंका हो तो हमें उनकी मदद के लिए तैयार रहना है। द डे मस्ट पास पीसफुली।"

कर्नल राय ने फ़ोन रखा और अपने छोटे, मगर खूबसूरत से आशियाने की बालकनी में आ कर पसर गए। उन्हें बड़ा सुकून मिलता था उस बालकनी में वक्त बिता कर। वहाँ कुछ खिले हुए फूल थे और कुछ सलीके से रखी किताबें थीं। थोड़ी-सी दूरी पर नज़र आते बर्फ़ से ढके पहाड़ भी थे और इन सब के दरमियान लहराते खेत और घने बागान के नज़ारे पूरे माहौल को खुशनुमा बना देते थे।

वहाँ बैठ कर वह अक्सर सोचते कि काश, ऐसा सुकून पूरे इलाके में होता। मगर उन्हें इस बात का एहसास भी था कि इस नेक ख़याल को असलियत का जामा पहनाना कितना मुश्किल था।

दक्षिण कश्मीर में बसा त्राल कट्टरपंथियों का गढ़ माना जाता था। तकरीबन सौ से ज़्यादा गाँवों से बना हुआ यह इलाका सैलानियों के लिए भले ही बड़ा अद्‌भुत हो सकता था लेकिन सुरक्षा बलों के लिए अत्यंत दुर्गम था।

हालाँकि विडंबना यह थी कि इसके बावजूद कश्मीर वादी के बाकी इलाकों की तरह यहाँ के भी जितने नौजवान आतंकी दलों में शामिल हुए थे उससे कहीं ज़्यादा

युवक भारतीय सेना और पुलिस में कार्यरत थे। मगर फिर भी यहाँ पर अब तक अमन पूरी तरह से कायम नहीं हुआ था।

उस रात कर्नल राय को आने वाले कल की फ़िक्र थी। पिछले दो सालों में ऐसे कई मौके आए थे जब बंद और हड़ताल की आड़ में उनकी ज़िम्मेदारी के इलाके में हिंसा और पत्थरबाज़ी हुई थी।

लेकिन पिछले कुछ महीनों में पुलिस और सुरक्षाबलों ने भी नए-नए तरीके ईजाद करके हालात पर काफ़ी काबू पा लिया था।

अगले दिन भी खुदा की मेहरबानी से त्राल में अमन कायम रहा। क़हीं भी कुछ खास गड़बड़ नहीं हुई थी सिवाय नूरपुरा के।

नूरपुरा नेशनल हाईवे से चंद किलोमीटर दूर था। पिछले कुछ सालों में वहाँ पर हालात कुछ ज़्यादा ही खराब हो गए थे। यहाँ के चंद लड़के अलग-अलग आतंकवादी तंज़ीमों में शामिल हो गए थे और जब उनमें से कुछ मारे गए तो फिर एक सिलसिला शुरू हो गया। नूरपुरा का कोई नौजवान आतंकी किसी मुठभेड़ में मारा जाता तो उसके जनाज़े पर भड़काऊ तकरीरें और नारेबाज़ी होती। जोश में आई हुई भीड़ सुरक्षाबलों पर पत्थरबाज़ी करती। फिर एक दो लड़के किसी आतंकी दल में शामिल हो जाते। कुछ दिनों बाद उनमें से कोई सुरक्षा बलों के हाथों मारा जाता और यही सिलसिला चलता रहता।

नूरपुरा गाँव और नेशनल हाईवे के बीच 82 राष्ट्रीय राइफ़ल्स की डेल्टा कंपनी तैनात थी जिसके कंपनी कमांडर थे मेजर रोहित फर्नांड्स। नूरपुरा के बेकाबू हालात से परेशान रोहित ने जब कर्नल राय को आज फिर से हुई पत्थरबाज़ी के बारे में बताया तो कर्नल ने उसको धीरज रखने की सलाह दी। उन्होंने मन-ही-मन तय किया कि अब उनको इस बारे में कुछ ठोस और कारगर कदम उठाने पड़ेंगे।

यही सोच कर अगले ही हफ़्ते उन्होंने नूरपुरा में पूरा दिन गुज़ारने का प्लान बना डाला। वह अपने साथ त्राल के एसपी इरशाद अहमद को भी ले जाना चाहते थे। इरशाद के साथ उनके बहुत दोस्ताना ताल्लुक थे। लेकिन नूरपुरा में इस तरह जाने की योजना सुन कर इरशाद भी थोड़ा सकपका गया था।

"क्या फ़ायदा होगा सर। वे लातों के भूत हैं। हम जायेंगे तो फ़िज़ूल में उन्हें एक मौका और मिलेगा। बस हो जायेगा वहाँ ट्वेंटी-ट्वेंटी शुरू।"

ट्वेंटी-ट्वेंटी से इरशाद का मतलब पत्थरबाज़ी से था। कश्मीर में क्रिकेट का इस क़दर जुनून था कि रोज़मर्रा की ज़िन्दगी में भी क्रिकेट की बोलचाल ने अपना स्थान बना लिया था। और क्रिकेट के शौकीन नौजवान लड़कों ने पत्थरबाज़ी को नया

नाम दे दिया था—ट्वेंटी-ट्वेन्टी।

पत्थर बरसाना भी तो उनके लिए एक गेम ही था। कम समय में भरपूर रोमांच। बिलकुल क्रिकेट की तरह।

"कुछ तो करना पड़ेगा ना इरशाद भाई। हर हफ़्ते नूरपुरा में ही तमाशा होता है। चलो लोगों से मिलते हैं। बात करते हैं। कुछ तो हल निकलेगा।"

"कुछ नहीं निकलेगा सर। इन नौजवान लड़कों को मज़ा आता है इसमें। वे अपने गाँव के बुज़ुर्गों की भी नहीं सुनते। और खासकर पुलिस वालों पर पत्थर मार कर यह अपनी खुंदक निकालते हैं। चलने दो ऐसे ही। इसी बहाने इनकी थोड़ी-बहुत गर्मी निकल जाती है।"

इरशाद के सोचने का तरीका कर्नल राय से थोड़ा मुख़्तलिफ़ था लेकिन दोनों के बीच कमाल का तालमेल था। कर्नल राय ने इरशाद को फिर से समझाया और अगले हफ़्ते सोचे हुए कार्यक्रम के मुताबिक उन्होंने नूरपूरा का दौरा भी किया।

इस दौरान दोनों ने वहाँ के सरपंच और मौलवी समेत कुछ खास लोगों से मुलाकात भी की लेकिन वहाँ की आम जनता के चेहरों पर छाई बेरुखी उनसे छुपी ना रही।

वापसी में कर्नल राय ने मेजर रोहित से वहाँ के नौजवानों को मसरूफ़ रखने के लिए कुछ खेल-कूद के कार्यक्रम आयोजित करने को कहा।

"सर, यहाँ तो लड़के सिर्फ़ क्रिकेट के शौकीन हैं।"

"तो ठीक है। एक क्रिकेट का टूर्नामेंट ही कराते हैं। मैं और इरशाद फ़ाइनल मैच देखने आएँगे। कोशिश करेंगे कि कुछ और वीआईपी मेहमान भी आएँ। तुम अपनी तैयारी करो।"

अगले कुछ दिनों में मेजर रोहित ने क्रिकेट मैच आयोजित करने के लिए जी-जान लगा दी। फिर भी कुल मिलाकर चार टीमें ही तैयार हो पाईं और उनमें से भी दो स्थानीय स्पोर्ट्स क्लब वाली टीमें थीं जो वैसे भी जगह-जगह जाकर मैच खेलती थीं। पहले तो वे फ़ौज के किसी भी कार्यक्रम में भाग लेने के लिए हिचकिचाए थे लेकिन जब रोहित ने उन्हें क्रिकेट का पूरा सामान तोहफ़े में देने की पेशकश की तो दोनों क्लब एकदम तैयार हो गए थे।

बस उन्हीं चार टीमों के साथ जैसे-तैसे टूर्नामेंट भी करा दिया गया। उस दिन खेल से ज़्यादा ध्यान सुरक्षा बंदोबस्त पर दिया गया था। कर्नल राय खुद फ़ाइनल के दौरान मौजूद थे। फ़ाइनल मैच में नूरपुरा लायंस ने त्राल टाइगर्स को हरा कर ट्रॉफ़ी

जीत ली। यूँ तो टूर्नामेंट कुछ खास रोचक नहीं था पर एक खिलाड़ी ने अपने प्रदर्शन से सबको अचंभित कर दिया था।

वह था नूरपुरा का जाकिर अहमद वानी। सिर्फ़ 18 साल के जाकिर की फ़ाइनल में बैटिंग और बॉलिंग देख कर कर्नल राय भी खासे प्रभावित हुए थे। फ़ाइनल में मैन ऑफ़ द मैच का पुरस्कार देते वक्त उन्होंने उसे शाबाशी दे कर और ज़्यादा मेहनत करने का सुझाव भी दे डाला था।

लेकिन मैदान से वापिस आते वक्त उन्हें रोहित का चेहरा कुछ उखड़ा-उखड़ा लग रहा था।

''वेल डन रोहित। नई पीढ़ी के साथ क्रिकेट के माध्यम से जुड़ने की यह अच्छी कोशिश है।''

''थैंक यू सर।''

''तुम कुछ परेशान लग रहे हो। क्या सोच रहे हो। स्पीक अप रोहित।''

''सॉरी सर। मुझे नहीं लगता कि यह मैच कराने से कुछ खास हासिल होगा। यहाँ के नौजवानों के दिलो दिमाग में जो ज़हर भर दिया गया है, वह इतनी जल्दी और ऐसे तो खत्म नहीं होगा सर।''

''आपने देखा ना कि दोनों टीमों ने कैसे हरी चाँद तारे वाली ड्रेस पहनी थी। जैसे कि पाकिस्तान की टीम हो।''

''कम ऑन रोहित। हरे रंग पर सिर्फ़ पाकिस्तान का हक तो नहीं है ना।''

''नो सर। पर यह लोग सब जानबूझकर करते हैं। एक खास पैगाम देने के लिए। और वह जो मैन ऑफ़ द मैच था जाकिर वानी।

''हाँ, द बॉय इज़ रियली टैलेंटेड। वह कम-से-कम आईपीएल तो खेल ही सकता है अगर उसे सही मौका मिले तो।''

''वह तो है सर लेकिन जब आपने पूछा कि सबसे पसंदीदा खिलाड़ी कौन है तो उसने कैसे आँखें निकाल कर शाहिद अफ़रीदी का नाम लिया। अफ़रीदी को तो रिटायर हुए कई साल हो गए सर। और ऐसा कोई खास कैरियर भी नहीं था उसका। वह कोहली या तेंदुलकर नहीं बोल सकता था क्या। लेकिन उसने जानबूझकर शाहिद अफ़रीदी बोला। जानबूझ कर सर। एंड दिस इज़ द रियल प्रोब्लम सर।''

मेजर रोहित फर्नांडिज़ के भावुक आवेग को सुन कर कर्नल राय के चेहरे पर हल्की-सी मुस्कुराहट आ गई।

"रिलेक्स माय बॉय। मैं समझ रहा हूँ कि तुम क्या कहना चाहते हो। लेकिन ऐसे हर छोटी-छोटी बात में कोई इशारा ढूँढ़ोगे तो मायूसी ही हाथ लगेगी।"

"रोहित, जब मर्ज़ दिल का हो तो इलाज गुर्दे का नहीं किया जाता। हम शायद इतने सालों से यही गलती कर रहे हैं।"

"और रही बात उस स्टार क्रिकेटर जाकिर की। उसका ज़रा ध्यान रखो। बहुत प्रतिभाशाली है। कुछ मदद करनी पड़े तो कर देना।"

"वैसे शाहिद अफ़रीदी की बैटिंग मुझे भी बहुत पसंद थी। बिलकुल टाइम वेस्ट नहीं करता था। हिट आउट और गेट आउट।"

~

अपने कमांडिंग ऑफ़िसर की बातें सुनकर मेजर रोहित फर्नांडिस भी मुस्कुरा दिया था।

बहरहाल उस टूर्नामेंट के बाद भी नूरपुरा में पत्थरबाज़ी में कोई कमी नहीं आई थी। कभी सरकार के खिलाफ़ तो कभी मारे गए आतंकियों के जनाज़े पर और कभी यूँ ही जुम्मे की नमाज के बाद वहाँ के युवाओं के लिए ट्वेंटी-ट्वेन्टी यानि पत्थरबाज़ी करना ज़िन्दगी का हिस्सा बन गया था।

ऐसे में पुलिस के पास इन नौजवानों की धरपकड़ के अलावा कोई ज़्यादा विकल्प नहीं था। 15 अगस्त के दिन भी जब नूरपुरा में पत्थरबाज़ी हुई तो पुलिस ने उस में शामिल कई युवकों को गिरफ़्तार किया। और उनमें से एक था जाकिर वानी।

उस दिन शाम को मेजर रोहित ने अपनी रिपोर्ट देते वक्त बातों-बातों में जाकिर के भी पकड़े जाने का ज़िक्र किया तो कर्नल राय ने उसकी मदद करने का मन बना लिया। वैसे इतनी सारी गिरफ़्तारियों के बीच सिर्फ़ जाकिर के लिए उनके दिल में इतनी दया शायद इसलिए उमड़ आई थी क्योंकि उन्हें अब तक उस दिन फ़ाइनल में जाकिर का शानदार प्रदर्शन याद था।

उसी रात उन्होंने इरशाद से बात की।

"सुनो भाई, नूरपुरा थाने में जाकिर वानी नाम का लड़का भी पकड़ा हुआ है। एस.एच.ओ. को बोल कर उसे रिहा करा दो।"

"क्या हुआ सर। कुछ खास मसला है क्या उसका। आज तक तो आपने ऐसी कोई गुज़ारिश नहीं की।"

"अरे कुछ नहीं। वह बड़े कमाल का खिलाड़ी है। उस दिन देखा नहीं था उसको फ़ाइनल में। क्या खेला था वह। मगर एक बार किसी कानूनी झमेले में फंस

गया तो उसका मुस्तकबिल बिगड़ जाएगा।''

यह सुन कर इरशाद से रहा नहीं गया।

''कमाल तो आप हो सर। ऐसे कितने लड़के कश्मीर के गली-कूचों में भरे हुए है। मुस्तकबिल की जितनी फ़िक्र आपको है उतनी अगर खुद उसको होती तो सड़कों पर निकलने की बजाय घर में आराम से बैठा होता।''

''और ये खिलाड़ी लड़के ज़्यादा जोश दिखाते हैं। पता है सर, हमने एक और लड़का पकड़ा हुआ है। साकिब अहमद। उसे सब गिलेस्पी कहते है। वह ऑस्ट्रेलिया वाला फास्ट बॉलर। वह उसी की तरह तेज़ बॉलिंग करता है। और बड़ी तेज़ पत्थर मारता है। एक इरफान भी है हवालात में। वो खब्बे हाथ से तिरछा होकर पत्थर फेंकता है। निशाना भी सटीक है। जडेजा के थ्रो की तरह। इसलिए उसे सब जड्डू बुलाते हैं। ऐसे ही कई सूरमा और भी हैं। किस-किस को समझाएँगे सर।''

''अच्छा-अच्छा ठीक है। अभी तो इसको रिहा करवाओ। साथ में दो-तीन लड़के और भी छोड़ देना। अकेला रिहा होगा तो लोग बेकार में शक करेंगे।'' कर्नल राय को जाकिर की सच में फ़िक्र थी।

उसी रात को पुलिस ने जाकिर समेत तीन-चार लड़कों को महज़ चेतावनी देकर छोड़ दिया।

कुछ दिनों बाद कर्नल राय को एक अनजान नंबर से फ़ोन आया था।

~

''गुड मॉर्निंग सर। मैं ज़ाकिर। जाकिर वानी। नूरपुरा से। आपका शुक्रिया अदा करने के लिए फ़ोन किया।''

''अरे जाकिर। कैसे हो। प्रैक्टिस कैसी चल रही है तुम्हारी। और शुक्रिया किस बात का बच्चे।''

''सर, थाने के मुंशी ने बताया कि उस दिन आपने मुझे छुड़वाया था। मुझ से ज़्यादा मेरे घर वालों को तसल्ली हुई।''

''सुनो जाकिर, तुम अभी बहुत कमउम्र हो। आगे पूरी ज़िन्दगी पड़ी है। मुझे लगा इन झमेलों में फंस गए तो बुरी तरह उलझ जाओगे।''

''थैंक्यू सर, लेकिन पुलिस ने जितने लोगों को पकड़ा था वे भी तो कम उम्र के ही थे। सभी के आगे पूरी ज़िन्दगी पड़ी है। सिर्फ़ मैं ही क्यों।''

''अरे, तुमने मुझे शुक्रिया अदा करने के लिए फ़ोन किया है या बहस करने के

लिए जाकिर।'' कर्नल राय के इतना कहते ही जाकिर थोड़ा झेंप गया था।

''जब त्राल शहर आओगे तो ज़रूर मिलना। उस दिन तुम्हारा गेम देख कर बहुत अच्छा लगा था।''

''जी सर, कोशिश करूँगा।''

कर्नल राय ने तो उसे यूँ ही मिलने की पेशकश कर दी थी और उन्होंने सोचा भी न था कि जाकिर उनके किलेनुमा सुरक्षित परिसर में आने की ज़हमत करेगा। इसलिए जब कुछ दिनों बाद उन्हें मुख्य द्वार के इंचार्ज से संदेश आया कि कोई जाकिर वानी नाम का लड़का उनसे मिलने नूरपुरा से आया है तो वह अचंभित हो गए थे।

''गुड मॉर्निंग सर। वह आज यहाँ तहसील ऑफ़िस में कुछ काम था तो सोचा आपसे भी मुलाकात कर लूँ।''

''अच्छा किया जाकिर। आते रहा करो। घर में सब ठीक हैं ना। आजकल खेल रहे हो या नहीं।''

''सब ठीक हैं सर। थोड़ी बहुत प्रैक्टिस भी चल रही है। लेकिन सर्दियाँ भी आने को हैं। एक बार बर्फ़बारी शुरू हो गई तो फिर कहाँ खेलेंगे।''

''वो तो है। लेकिन अभी तो दो-तीन महीने हैं। तब तक जम कर खेलो। तुम सच में बहुत अच्छा कर सकते हो।''

कर्नल राय उसको प्रोत्साहित करने का कोई मौका नहीं छोड़ रहे थे। लेकिन जाकिर के चेहरे पर जैसे कोई भाव उमड़ ही नहीं रहे थे।

''क्या हुआ जाकिर। चुप क्यों हो।''

''माफ़ कीजिए सर। कुछ पुरानी यादें ताज़ा हो गईं। त्राल डिग्री कॉलेज का एक लड़का था, मुद्दसिर। हमसे दो साल सीनियर। बहुत अच्छा क्रिकेटर था।''

''था मतलब। अभी कहाँ है वो।''

''मर गया सर। दरअसल मार दिया गया। उसके मोहल्ले में एनकाउंटर हुआ था। वह अपने घर से बाहर निकला था बाकी लड़कों के साथ। फ़ौज की गोली लगी और शहीद हो गया।''

अब कर्नल राय चुपचाप सुन रहे थे।

''सब यही कहते थे। बहुत अच्छा खेलता है। आईपीएल तो खेल सकता है। स्टेट की टीम में तो आ ही जायेगा। इंडिया की टीम में भी आ सकता है। जैसे आप मुझे बोल रहे हो। और हुआ क्या, कैरियर शुरू होने से पहले ज़िन्दगी खत्म हो गई। क्या पता मेरा भी यही हाल हो।''

"देखो जाकिर, जो हुआ बड़ा दुखद हुआ। और क्यों हुआ इस बारे में मेरा नज़रिया मुख़्तलिफ़ है। लेकिन किसी एक हादसे को लेकर तुम अपनी ज़िन्दगी को उस पैमाने में तो नहीं तोल सकते ना। यह सब भूल जाओ और अपनी गेम पर ध्यान दो। और हाँ पढ़ाई भी करते रहना। बहुत अच्छे प्लेयर हो लेकिन सचिन तेंदुलकर नहीं हो। खूब मेहनत करते रहो।"

कर्नल राय के नर्म लहज़े से जाकिर थोड़ा सामान्य हो गया था। उस दिन उन्होंने काफ़ी देर तक बातें कीं। जाते-जाते जाकिर ने कर्नल राय को एक गुज़ारिश भी की थी।

"सर, वो हमारे ग्राउंड की हालत बहुत खराब है। आपके पास तो डोजर रोलर जैसी सब मशीनें हैं। अगर वहाँ थोड़ा काम हो जाता तो खेलने में आसानी रहती।"

"हो जायेगा। तुम बेफ़िक्र घर जाओ।"

"और सर, एक गुज़ारिश और है। किसी को यह न पता लगे कि मैंने आपसे कह कर यह मदद करवाई है। लोग बहुत गलत मतलब निकालते हैं। खामख़्वाह मुझे और घर वालों को परेशानी होगी।"

"अरे चिंता मत करो। मैं यहाँ के लोगो की फितरत खूब समझता हूँ।"

इसके कुछ दिनों बाद ही सेना की एक टुकड़ी ने नूरपुरा के ग्राउंड की मरम्मत कर दी। वहाँ के लड़के खुश तो बहुत हुए लेकिन खुले आम फ़ौज का शुक्रिया अदा करने के लिए कोई भी सामने नहीं आया।

हाँ, यह ज़रूर हुआ कि मैदान की हालत अच्छी होने के बाद खेलने वाले लड़कों की तादाद थोड़ी बढ़ गई। हालाँकि इसके बावजूद पत्थरबाज़ी और प्रदर्शनों में हिस्सा लेने वाले युवकों की संख्या में कुछ कमी नहीं आई।

फिर एक दिन अचानक जाकिर कर्नल राय से मिलने दोबारा त्राल आया। मगर इस बार मसला कुछ संगीन था।

"सर, हमारे गाँव का एक लड़का है बुरहान। कुछ साल पहले हिज़्बुल मुजाहिदीन में चला गया था और अब तंज़ीम में बड़ा कमांडर है। वह गाँव के कुछ लड़कों को हिज़्बुल की मदद करने के लिए उत्साहित कर रहा है। मुझे भी बोला कि मोटरसाइकिल पर पुलवामा जाओ और एक साथी के पास कुछ अमानत रखी है जिसे लेकर आना है। मैं डर गया सर। आप ही बताओ क्या करूँ।"

यह सुन कर कर्नल राय बहुत असमंजस में पड़ गए। यह बड़ा सुनहरा मौका था हिज़्बुल जैसे गोपनीय आतंकवादी संगठन के बारे में जानकारी हासिल करने का। उन्होंने सोचा कि अगर वह जाकिर का सही इस्तेमाल करें तो उसके सहारे बुरहान तक

पहुँचा जा सकता था।

लेकिन फिर उन्होंने मन-ही-मन खुद को दुत्कारा। कहाँ वह जाकिर के लिए क्रिकेट के ख़्वाब बुन रहे थे और कहाँ मौका मिलते ही उसे आतंकवादी तंज़ीम में शामिल करके अपने हथियार की तरह इस्तेमाल करने का ख़याल दिमाग में पाल बैठे। यह तो इंसानियत का तकाज़ा न था।

इसलिए कर्नल राय ने ठान लिया कि वह जाकिर को आतंकवाद के दलदल में नहीं फंसने देंगे। उन्हें नहीं पता था कि जाकिर क्रिकेट की दुनिया में कितना सफल हो पाएगा लेकिन वह कम-से-कम उसको एक अच्छी और महफ़ूज़ ज़िन्दगी बसर करने में तो मदद कर ही सकते थे।

उन्होंने जाकिर को सलाह दी कि वह ऐसा कोई गैर क़ानूनी काम न करे और खुद को बुरहान और उसके बाकी साथियों से दूर रखे। चूँकि सर्दियाँ नज़दीक थीं इसलिए वह चाहते थे कि जाकिर दो-तीन महीनों के लिए जम्मू चला जाए। इस तरह वह वहाँ क्रिकेट भी खेल सकेगा और गाँव के असामाजिक तत्वों से भी दूर रहेगा।

''लेकिन सर, मैं जम्मू में कहाँ रहूँगा और कहाँ खेलूँगा। मैं तो वहाँ किसी को भी नहीं जानता।''

''उसकी तुम चिंता मत करो। कोई घर किराए पर ले लेंगे। थोड़ा-बहुत खर्चा होगा। हम उसका भार उठा लेंगे। वहाँ दो-तीन स्पोर्ट्स क्लब हैं। उनसे मैं बात कर लूँगा।''

जाकिर खुशी-खुशी तैयार हो गया। इसके लिए तो यह एक सुनहरी मौका था। ना कुछ खर्चा, ना कुछ बंदोबस्त करने की ज़िम्मेवारी।

''शुक्रिया सर। आपके बहुत एहसान हैं मुझ पर। मेरे घर वाले भी हमेशा आपके लिए ही दुआ करते हैं।''

''शुक्रिया कैसा जाकिर। तुम लोग खुशहाल रहो। बस हमारी यही कोशिश है!''

''सर, एक और गुज़ारिश है। अगर आप बुरा न मानें तो।''

''हाँ-हाँ बोलो। कुछ ज़रूरत है क्या।''

''सर, प्लीज़ किसी को बताना नहीं कि आप मेरे लिए यह सब कर रहे हैं। खास कर यह कि मुझे जम्मू भी भेज रहे हैं। यहाँ लोग तरह-तरह की बातें बनाते हैं। कश्मीर में तो मुखबिरी की तोहमत जानलेवा होती है।''

''मुझे पता है। तुम बेफ़िक्र रहो और अपनी गेम पर ध्यान दो।''

वैसे तो कर्नल साहब काम–काज में बहुत मसरूफ़ रहते थे। राष्ट्रीय राइफ़ल्स की यूनिट की कमान संभालना और इतने संवेदनशील इलाके की देखभाल करने की ज़िम्मेवारी जो थी। आतंकवादियों के खिलाफ़ ऑपरेशन और स्थानीय प्रशासन के साथ तालमेल करने में उनका ज़्यादातर वक्त निकल जाता था।

लेकिन फिर भी उन्होंने जाकिर के जम्मू में खेलने का बंदोबस्त कराने में कोई कसर नहीं छोड़ी। उन्हें सच में यकीन था कि उसको क्रिकेट को संजीदगी से लेना चाहिए और उम्मीद भी थी कि एक दिन जाकिर ज़रूर राष्ट्रीय स्तर पर नाम कमाएगा।

सर्दियाँ शुरू होते ही जाकिर जम्मू चला गया। उसके वहाँ जाने के बाद कर्नल साहब की कभी–कभार ही उस से बात होती। वैसे भी वह यही चाहते थे कि वह वादी की गड़बड़ से दूर जाकर अपना पूरा ध्यान खेलने पर लगाए।

यूँ भी कश्मीर में हालात का कोई भरोसा नहीं था। हिंसा का दौर उसी तरह कायम था और नई पीढ़ी में भी किसी बहकावे में आकर हथियार उठाना एक आकर्षण सा बन गया था। बाकी की कसर पत्थरबाज़ी ने पूरी कर दी थी।

तीन–चार महीनों बाद जाकिर ने कर्नल राय को इत्तिला दी कि चूँकि सर्दियाँ खत्म हो गई हैं इसलिए वह जल्दी ही वापिस आ जायेगा।

"अच्छा है। जब तुम आओगे तो हम फिर एक मैच का आयोजन करेंगे। हम भी देखें कि तुम्हारे खेल में कितना निखार आया है।"

"जी सर, पहुँचते ही राब्ता करूँगा।"

बस फिर क्या था। उन्होंने दो हफ़्ते बाद त्राल टाइगर्स और नूरपुरा लायंस के बीच मैच कराने की तैयारी शुरू करवा दी। मेजर फर्नांडिस ने कर्नल साहब को आश्वासन दिया कि इस बार मैच को देखने के लिए पिछली बार से ज़्यादा लोग आएँगे।

अच्छे–खासे इनाम की घोषणा की गई और दोनों टीमें अपनी–अपनी तैयारी में जुट गईं।

वापिस आने के बाद कर्नल राय की जाकिर से मुलाकात तो ना हो सकी हालाँकि फ़ोन पर ज़रूर उसने उनके साथ थोड़ी देर गुफ़्तगू की थी।

मैच का दिन भी आ गया। उस ट्वेंटी–ट्वेंटी मुकाबले को देखने के लिए अच्छी–खासी भीड़ भी उमड़ी। कर्नल राय और एसपी इरशाद समेत कई अफ़सर भी मौजूद थे।

बड़ा रोमांचक मैच हुआ जिसमें त्राल टाइगर्स ने आख़िरी ओवर में जीत हासिल

की। बड़े उत्साह और उमंग का माहौल था लेकिन कर्नल राय ज़रा परेशान थे।

पूरे मैच के दौरान उनकी निगाहें जाकिर को ढूँढ रही थी लेकिन वह नदारद था। उनके दिमाग में अजीब से ख़याल आ रहे थे। कहीं बीमार तो नहीं हो गया या फिर नूरपुरा वालों ने उसे मुखबिर करार दे कर अलग तो नहीं कर दिया। जो भी कारण हो वह फ़ोन तो कर ही सकता था। वगैरह-वगैरह।

लेकिन क्योंकि अपनी इस कशमकश का सीधा किसी से ज़िक्र करना अनुचित होता तो इसलिए उन्होंने मैच खत्म होने के बाद ही इस बात की तफ़्तीश करना ठीक समझा।

उस शाम को इरशाद जब उनके पास आया तो कर्नल राय उसी बारे में सोच रहे थे।

"कर्नल साहब, आप कहीं वह नूरपुरा वाले जाकिर के बारे में तो नहीं सोच रहे।"

"हाँ, आज मैच खेलने भी नहीं आया वह। पता नहीं क्या हुआ है। अगर आज वह खेल रहा होता तो त्राल टाइगर्स कतई नहीं जीत पाते।

"अब वह कोई मैच नहीं खेलेगा सर। कल रात को ही बुरहान के साथ हिज़बुल मुजाहिदीन में शामिल हो गया। आज शाम को उसके घर वालों ने थाने में यह बताया है।"

कर्नल राय यह सुनते ही एकदम सकपका गए थे।

"और सर, यह भी पता चला है कि पिछले कई महीनों से वह इस ग्रुप के लिए काम कर रहा था। सुना है सर्दियों में हिजबुल के कुछ आतंकी जम्मू चले गए थे तो उस शातिर दिमाग ने वहाँ भी उनकी मदद की थी।"

~

कर्नल राय की आँखों के सामने जाकिर का मासूम चेहरा छा गया था। उन्होंने इरशाद की ओर देखा। उनके चेहरे की मांसपेशियाँ हल्की से खिंच गई थीं। उनकी आवाज़ में एक दृढ़ निश्चय साफ़ नज़र आ रहा था।

"खैर अब होनी को कैसे टाल सकते हैं इरशाद। माना वह बहुत अच्छा खिलाड़ी था पर वह गलत टीम में चला गया है। अब उसकी ज़िन्दगी की इनिंग्स हमारे हाथों ही खत्म होने वाली है। बहुत जल्द।"

ये दिल

"दिल पे पत्थर रख के मुँह पे मेकअप कर लिया। मेरे सैयां जी से आज मैंने ब्रेकअप कर लिया।"

दिल्ली जयपुर हाईवे पर तेज़ी से दौड़ती सफ़ेद रंग की महिंद्रा एक्सयूवी में यह फ़िल्मी गाना पूरे ज़ोर-शोर से बज रहा था। लेकिन उससे कहीं ज़्यादा तेज़ और बेसुरा शोर उस कार में बैठे चार जिगरी दोस्त कर रहे थे।

गाड़ी आकाश चला रहा था। वैसे आकाश को ड्राइविंग करना बिलकुल पसंद नहीं था लेकिन अपने ज़िद्दी दोस्तों के सामने उसकी पसंद-नापसंद ज़्यादा मायने नहीं रखती थी।

"अरे यार, इतना मस्त गाना है मगर तुम लोग चैन से सुनने दो तो ना। तुम लोग अगर इस तरह शोर मचाते रहे ना तो मैं यहीं बगल में गाड़ी रोक दूँगा। फिर कोसते रहना मुझे।" आकाश ने उन्हें अपने अंदाज़ में धमकी देने की कोशिश की।

"चुप कर बे।" पिछली सीट पर बैठे हनीफ़ और आयशा एक साथ चिल्लाए।" तू बस गाड़ी ढंग से चला। और हमें ऐसे ही मौज-मस्ती करने दे। आज इतने दिनों बाद तो घर से बाहर निकलने का मौका मिला है।"

"ठीक ही तो है। ऐसा करो तुम ना गाड़ी साइड में पर लगा ही दो। फिर हम नीचे उतरकर इसी सड़क पर नाचेंगे। और अगला गाना होगा राउडी बेबी। क्या कमाल का डांस है उसमें। क्या लचक-लचक कर नाच रही है साई पल्लवी इस पूरे गाने में।"

आगे की सीट पर पसर के बैठी हुई शिल्पा क्यूँ भला आकाश को छेड़ने में पीछे रहती।

"यार, तुम बड़े ढीट लोग हो। भगवान ही मालिक है तुम्हारा। जो करना है करो।" यह कहकर आकाश अपना ध्यान वापिस उस सपाट हाई वे पर ले आया।

कुछ ज़्यादा ट्रैफ़िक नहीं था उस दिन। शायद इसलिए कि अगले दिन 15 अगस्त की छुट्टी थी। स्वतंत्रता दिवस वैसे तो उल्लास का दिन है लेकिन विगत सालों

में राष्ट्र विरोधी ताकतें भी इस दिन कुछ कार्यवाही करके अपनी मौजूदगी का एहसास कराने की कोशिश करती हैं। सुरक्षा प्रबंध कड़े हो जाते हैं और तभी रास्ते में कई जगह पुलिस के नाके भी लगे थे।

लेकिन वे चारों जिगरी दोस्त इस ख़ाली सड़क का खूब मज़ा लूट रहे थे। कभी फ़ोटो खींचने के लिए रुकना। कभी तेज़ संगीत सुनना और कभी एक-दूसरे से प्यार भरी छेड़छाड़।

बस यही सिलसिला चल रहा था कि अचानक शिल्पा ज़ोर से चिल्लाई।

"अरे, अरे, ध्यान से।"

इससे पहले कि आकाश ब्रेक लगाता दुर्घटना हो चुकी थी। वैसे कुछ खास गंभीर नहीं हुआ था। बस पता नहीं कहाँ से एक छोटा-सा हिरण सड़क पर भागते हुआ आया और उनकी चलती कार से टकरा गया था।

कार को कुछ ज़्यादा नुकसान नहीं हुआ लेकिन वह बेचारा हिरण ज़रूर इस दुनिया से चल बसा था।

आकाश को तो मानो साँप सूँघ गया। उसने उतर कर उस बेजान पशु की लाश को देखा। फिर उसने इधर-उधर नज़र घुमाई मगर पूरा इलाका सुनसान था। आकाश को यूँ खड़ा देख कर बाकी तीनों भी चुपचाप गाड़ी से उतर कर नीचे आ गए। सबने एक-दूसरे की ओर देखा मगर अब तक चिल्ला रहे दोस्तों के पास इस वक्त कहने के लिए कुछ नहीं था।

आकाश ने कार के बंपर पर थोड़ा पानी छिड़क कर उस पर लगे खून के चंद धब्बे साफ़ किए और वापिस आकर गाड़ी में बैठ गया। स्टीयरिंग पर रखे उसके हाथ अब भी काँप रहे थे। शिल्पा ने यह देखा और उसके हाथों पर अपना हाथ रख दिया।

कुछ मिनटों बाद उन्होंने दोबारा अपना सफ़र खामोशी से धीरे-धीरे शुरू किया लेकिन लाख कोशिशों के बावजूद भी आकाश की आँखों से वह दृश्य ओझल हो ही नहीं पा रहा था।

"शिट, यार। कैसे हो गया। सब मेरी ग़लती है। वह बेचारा छोटा-सा हिरण। जाने कहाँ से आ गया। मैंने ब्रेक तो लगाया था मगर।"

"ठीक है, यार। कभी-कभार ऐसे हो जाता है। कोई जान-बूझ कर तो नहीं मारा ना उसे। अब तुम यूँ दिल छोटा मत करो।" शिल्पा खुद भी आत्मग्लानि में डूबी हुई थी।

"अरे तुम दोनों मातम मनाना बंद करो। पता नहीं ऐसी कितनी दुर्घटनाएँ इन सड़कों पर रोज़ होती हैं। खुदा का शुक्र करो कि ज़्यादा नुकसान नहीं हुआ।" आयशा भी उनको समझाने में लग गई।

"अरे यार, ज़्यादा नुकसान नहीं हुआ का क्या मतलब। वह बेचारा हिरण मर गया। मैंने उसको मार दिया। ऐसे ही बेवजह। और तू बोल रही है कि..." आकाश सचमुच सदमे में था।

अब बारी हनीफ़ की थी।

"अबे आकाश, क्या हो गया है। तू इतना कमज़ोर मत बन। चिड़िया से भी छोटा दिल है क्या बे तेरा। ज़बरदस्ती घबरा रहा है। जो होना था हो गया।"

हनीफ़ इसके आगे कुछ बोलता, शिल्पा ने उसे इशारे से चुप करा दिया था। वह मामले की नाज़ुकता को समझती थी।

आकाश बहुत भावुक प्रवृत्ति का था और इस वक्त वह सच में बहुत परेशान था। शिल्पा को तो यह डर था कि उसकी आँखों से आँसू ना टपकना शुरू हो जाएँ। वह आकाश को मज़ाक में रोंदू कह कर भी चिढ़ाती ज़रूर थी लेकिन इस समय हालत ज़रा संजीदा थी।

उस रात को आकाश बड़ी मुश्किल से सो पाया था। वह बहुत देर तक बिस्तर में करवटें बदलता रहा था। बहुत बेचैन था वह उस हादसे को लेकर।

शायद इसलिए रोज़ सवेरे जल्दी उठने वाला आकाश अगले दिन कुछ ज़्यादा देर तक बिस्तर में पड़ा रहा था।

उसके मोबाइल की घंटी भी लगातार बज रही थी। लेकिन उसने आधी नींद में फ़ोन उठाने की कोई कोशिश नहीं की।

तभी हनीफ़ और आयशा उसके पास अचानक से धमक पड़े थे।

उसके उठने से भी पहले। इतनी जल्दी उनका जागना और उसके पास आना भी अपने आप में एक अजूबा था।

"उठ जा मेरे शेर। तूने तो कमाल कर दिया।" हनीफ़ आकाश के ऊपर कूद पड़ा और उसे अपनी बाँहों में भर लिया।

उसकी इस बचकाना हरकत से आकाश के गालों पर दो सुंदर से छोटे-छोटे डिंपल भी अचानक प्रकट हो गए थे।

"कितना अच्छा लगेगा ना शिल्पा।" हनीफ़ ने आकाश को अभी तक पकड़ा हुआ था।

''जब हम बोलेंगे, इनसे मिलिए। यह हैं मेजर आकाश सूद। शौर्य चक्र। तीन आतंकवादियों को अकेले मौत के घाट उतार दिया था इन्होंने।''

''बधाई हो दोस्त।'' कह कर हनीफ़ ने उसे और भी तेज़ जकड़ लिया था।

आयशा भी उनके ऊपर कूद पड़ी थी।

''अबे छछून्दर। कल रात को तो एक हिरण के मरने से तेरी हवा निकल गई थी। इतना सा दिल हो गया था तेरा। और आज 15 अगस्त को तुझे शौर्य चक्र मिल गया। तू तो बड़ा दिलेर निकला बे। तीन आतंकवादियों को टपका दिया तूने, वाह।''

आकाश हँस पड़ा था।

''अरे यार, वो अलग बात है। वहाँ फ़र्ज़ था। वर्दी थी। देशभक्ति थी। इन सब में बहुत ताकत होती है ना।''

और फिर उसने शिल्पा को देखते हुए एक ठंडी सी आह भरी।

''लेकिन कल वो बेचारा हिरण। काश, हम उसे बचा पाते।''

कोड वर्ड

"अच्छा अब तुम फ़ोन रखो। मैच शुरू होने वाला है। अब रखो भी। यार, जल्दी रखो ना। हम बाद में बात करते हैं।" सिमरन ने बनावटी गुस्से और हल्की-सी मुस्कुराहट के साथ फ़ोन कॉल को काटा तो बगल से गुज़र रही उसकी दोस्त प्रेरणा हैरत में पड़ कर वहीं रुक गई।

"मैच, अरे तू भूल गई क्या कि हम अभी ऑफ़िस में हैं। यहाँ कौन-सा मैच चल रहा है। पागल कहीं की।"

"कुछ नहीं यार, तू अपना काम कर।" कह कर सिमरन वापिस अपने कंप्यूटर की स्क्रीन में खो गई थी। अब वह उस बेचारी प्रेरणा को क्या समझाती कि मैच से उस का मतलब ऑफ़िस में होने वाली मीटिंग से था।

यही तो कोड वर्ड रखा था सिमरन और सिद्धार्थ ने आपस में मिलकर। वे दोनों ऑफ़िस की मीटिंग और कांफ्रेंस को मैच कहते थे।

सिद्धार्थ इंडियन आर्मी में मेजर था। वह दो साल पहले मिली थी मेजर सिद्धार्थ से। यहीं बैंगलुरू मे। जुलाई का महीना था। तभी सिमरन की नई-नई नौकरी लगी थी। इन्डियन स्पेस रिसर्च ऑर्गेनाइज़ेशन यानी इसरो में बतौर तकनीकी असिस्टेंट।

सिमरन को वह शाम अब तलक हू-ब-हू याद है। जैसे कल ही की बात हो। उसके दोस्त राहुल के घर पर पार्टी थी। वह ऑफ़िस से सीधा वहाँ चली गई थी और इसलिए उसे वहाँ पहुँचने में थोड़ी देर भी हो गई थी। सिद्धार्थ उसके भी बाद में आया था। शायद किसी को पता भी नहीं चला था कि वह कब घर के अंदर दाखिल हुआ। वह ऐसा कोई खास खूबसूरत भी नहीं था। उस दिन तो सांवले रंग के चेहरे पर लम्बी सी दाढ़ी, बिखरे बाल और जींस के साथ ढीला सा कुर्ता पहने तो वह किसी भी तरह से आर्मी अफ़सर नहीं लग रहा था।

"माफ़ करना दोस्तों, बस एक हफ़्ते की छुट्टी है। इसके बाद मुझे वापिस जाना है, कश्मीर में। वहाँ तो हमें ज़्यादातर ऐसे ही घूमना पड़ता है। बस इसलिए यह

खानाबदोशों वाला भेष बना रखा है।'' जब सिद्धार्थ ने राहुल के साथ खड़े बाकी लोगों से यह कह कर सफ़ाई दी थी तो सिमरन ने उस पर ज़्यादा ध्यान नहीं दिया था। लेकिन शायद यही वजह थी कि उस पार्टी में बाकी सब दोस्त सिद्धार्थ के बारे में और ज़्यादा जानने के लिए आतुर हो गए थे।

''टेल अस अबाउट इट यार। तुम लोग करते क्या हो वहाँ। मस्ट बी एक्साइटिंग। काफ़ी खतरा भी होगा ना वहाँ।'' आई टी सिटी बैंगलुरू के उन युवाओं को इंडियन आर्मी के बारे में जिज्ञासा होना स्वाभाविक था।

अक्सर फ़ौजी लोग अपनी मुश्किलों और बहादुरी के किस्से सुना कर किसी भी महफ़िल में लोगों का ध्यान और वाहवाही बटोर लेते हैं लेकिन सिद्धार्थ थोड़ा अलग किस्म का था। उसे ऐसी भीड़ में वैसे कोई भी बात करने में संकोच महसूस होता था।

''अरे कुछ खास नहीं। वी आर जस्ट डूइंग अवर ड्यूटी। नॉर्मल-सी लाइफ़ है हमारी भी। आप सब की तरह। चीयर्स।'' मुस्कुराते हुए अपने नींबू पानी से भरे गिलास को सिद्धार्थ ने इस ढंग से उठाया जैसे कि पूरी महफ़िल में सबसे बड़ा शराबी वही हो।

राहुल ने जब सिद्धार्थ को यह बताया कि सिमरन के पिताजी भी भारतीय सेना से सेवानिवृत्त हो कर बैंगलुरू में बस गए थे तो उन दोनों के बीच फ़ौज की ज़िन्दगी के बारे में गुफ़्तगू शुरू हो गई थी। फिर बातों-बातों मे दोनों ने अपने फ़ोन नंबर एक-दूसरे को दे दिए थे।

सिद्धार्थ तो कश्मीर पहुँच कर अपने काम में मशगूल हो गया था। कुछ दिनों बाद पहला फ़ोन सिमरन ने किया था। यूँ ही बस हाल-चाल पूछने के लिए। सिमरन को पता नहीं कि उसने ऐसा क्यूँ किया था। बस कुछ था सिद्धार्थ की बातों में जो उसे भा गया था। उसे लगा कि वह कुछ अलग है। साधारण मगर दिलचस्प। जब कुछ दिनों बाद सिद्धार्थ ने कश्मीर से उसे खत लिख कर भेजा था तो उसकी दिलचस्पी में थोड़ा और इज़ाफ़ा हो गया था।

दोनों के बीच बातचीत की शुरुआत इसी तरह हुई। और फिर उनके ताल्लुकात बढ़ते चले गए। शुरू-शुरू में सिद्धार्थ उसको कश्मीर के किस्से सुनाता। सिमरन अपने ऑफ़िस की बातें बताती। फिर एक-दूसरे की रुचियों और दिनचर्या के बारे में बातें होने लगीं।

दोनों को ही फ़िल्में देखने और गानों का बड़ा शौक था। वे फ़िल्मी दुनिया के बारे में खूब चर्चा करते। और दोनों को पसंद थी बारिश। तेज़ नहीं बल्कि छोटी-छोटी

बूंदों वाली बारिश। ऐसी हल्की बारिश जिसमें वे आराम से बेपरवाह टहल सकें।

इन्हीं बातों–बातों में पहले–पहले दो चार मिनिट की कॉल ना जाने कब और कैसे लंबी होती गई और घंटों चलने लगी थी। उन्हें पहले तो एक–दूसरे को गुड मॉर्निंग और गुड नाईट कहने की आदत पड़ी और फिर एक दूजे की आवाज़ के साथ उठने और सोने की।

इतनी ढेर सारी बातों के बाद भी उन दोनों के पास बहुत कुछ कहने को बच जाता था जो वे एक–दूसरे को चिट्ठियों में लिख डालते थे। फ़ोन के साथ–साथ चिट्ठियों के आने–जाने का सिलसिला भी तेज़ हो गया। सिमरन को बस यह शिकायत थी कि सिद्धार्थ की लिखाई बहुत खराब थी जैसे कागज़ पर कीड़े–मकोड़े दौड़ रहे हों। और सिद्धार्थ को बस यह अफ़सोस कि सिमरन के लिखे खतों की लंबाई उसकी उम्मीद से ज़रा कम होती थी।

अलग–अलग शहरों में रहने के बावजूद सिमरन और सिद्धार्थ को लगता था कि जैसे वे हर पल साथ हों।

''पता है सिम, फ़ौज में हमें कोड में बात करने की बहुत आदत है और खासकर कश्मीर जैसे इलाक़े में। पता नहीं कौन हमारी बातें सुन रहा है। इसलिए बातों में कोड इस्तेमाल किया जाता है। जैसे कमांडिंग ऑफ़िसर को ओल्ड मैन बोलते हैं। उप कमान अधिकारी को लैंब और।''

''हाँ–हाँ भापो।'' हँसते हुए सिमरन ने उसको आगे बोलने का मौका ही नहीं दिया।

''भापो, क्या मतलब।''

''यह भी एक कोड वर्ड है मेजर साहब। भापो मतलब समझ में आ गया। तुम्हें क्या लगता है सिर्फ़ तुम ही कोड बना सकते हो। हम भी तो सॉफ्टवेयर इंजीनियर हैं जनाब।'' सिमरन की शरारत जितनी मासूम थी उतनी ही हसीन भी।

बस ऐसे ही उनकी बातों में कोड वर्ड ने अपनी खास जगह बना ली। यह उनकी एक अपनी अलग दुनिया थी जिसमें किसी दूसरे के लिए कोई जगह नहीं थी।

~

सिद्धार्थ की कार धन्नो बन गई और सिमरन की स्कूटी जस्सी। कश्मीर का नाम कर्मभूमि पड़ गया और बैंगलुरु का नाम रंगभूमि।

सिद्धार्थ ने सिमरन की मुस्कान को कातिलाना करार देते हुए उसे डब्लू एम डी

यानी वेपन ऑफ़ मास डिस्ट्रक्शन का नाम दे दिया। सिमरन जब सिद्धार्थ से पूछती कि ऐट लेन हाईवे में क्या चल रहा है तो सिद्धार्थ समझ जाता कि सिमरन का इशारा उसके दिमाग की तरफ़ है।

वे मिलकर नए कोड बनाते। कभी फ़िल्मों के नामों पर तो कभी रोज़मर्रा की चीज़ों के नाम पर और कभी लोगों के नाम पर।

वैसे तो यूँ कोड बनाने की शुरुआत मस्ती-मस्ती में हुई थी लेकिन अब उनको लगने लगा कि इसका सबसे बड़ा फ़ायदा यह था कि अब चाहे उनके आस-पास दोस्तों का जमघट हो, ऑफ़िस का स्टाफ़ हो या फिर घर के लोग। वे अपनी बातें बिना किसी फ़िक्र के कर सकते थे।

नए कोड बनाने में उनको अनोखा मज़ा आता। अक्सर सिद्धार्थ कुछ ऊल-जुलूल बात बोल कर शुरू करता। सिमरन उसमें थोड़ा मिर्च-मसाला लगाती। दोनों एक-दूसरे की बेवकूफ़ियों पर हँसते और फिर एक बिना सिर-पैर का नया कोड उनकी गुफ़्तगू में शामिल हो जाता।

''आज मुझे अर्चना के साथ शॉपिंग जाना है।'' सिमरन ने जब अपनी दोस्त का नाम सिद्धार्थ को बताया तो हमेशा की तरह बाकी सब छोड़ कर नया कोड बनाने में लग गया।

''यार, यह अर्चना को हम क्या नाम दें। ऐसा करते है कि हम उसका कोड प्रेयर रखते हैं।''

''तुम भी ना सिद्धार्थ। बिलकुल लल्लू हो। कोई गधा भी समझ जाएगा कि प्रेयर यानि अर्चना ही होगा। ऐसा करते हैं उसको बिशन बुलाएँगे।'' सिमरन भी कहाँ पीछे रहने वाली थी।

''बिशन, वो क्यूँ।''

''अरे देखो, अर्चना यानि पूजा। और पूजा से पूजा बेदी। और बेदी से बिशन बेदी। तो आज से हम अर्चना को बिशन कहेंगे।'' सिमरन की हर बात की तरह यह दलील भी सिद्धार्थ ने एकदम मान ली थी।

कुछ इसी तरह सिमरन का खड़ूस बॉस भेडू बन गया और सिद्धार्थ का घर ताजमहल। सिमरन ने अपनी बुआ को शशिकला की उपाधि दे दी लेकिन जब सिद्धार्थ ने अपने पापा को हिटलर बनाने की कोशिश की तो सिमरन ने गुस्से में मना कर दिया।

''यार, हमें अपने से बड़ों की इज़्ज़त करनी चाहिए। खासकर माता-पिता की। बचपन से बोर्डिंग स्कूल में रह कर तुम्हारी आदतें खराब हो गई हैं।'' सिमरन की प्यार

भरी डाँट की सिद्धार्थ को आदत हो चुकी थी।

अब इतने सारे कोड वर्ड रखने से थोड़ा बहुत कन्फ़्यूज़न होना भी लाज़िमी था।

''यार बहुत पेट दर्द हो रहा है।'' उस दिन सिमरन के यह कहने पर सिद्धार्थ एकदम घबरा गया था।

''कुछ उल्टा सीधा खाया था क्या। दवाई लेनी थी। कब से हो रहा है।''

''अरे डंब। पेट दर्द का मतलब तुम्हें एक बात बतानी थी। सुबह से तुमसे बात जो नहीं हुई थी। तुम्हें याद नहीं क्या कि हमने किसी भी अनकही पेंडिंग बात का कोड वर्ड पेट दर्द रखा था।'' सिमरन को किसी सख़्त मास्टरनी का रूप लेते हुए ज़्यादा देर नहीं लगती थी।

''ओह हाँ, मैं तो भूल ही गया था।''

''हाँ-हाँ ऐसे ही भूल जाओगे ना तुम, एक दिन। सब कुछ भूल जाओगे क्या।'' सिमरन ने शोले फ़िल्म की बसंती के नाटकीय अंदाज़ में शिकायत की।

''अरे, कम ऑन सिम। अच्छा यह बताओ माँ की तबीयत कैसी है?''

''माँ की तबीयत तो ठीक है। लेकिन तुम यह जो टराटर करने की कोशिश कर रहे हो ना, यह मैं खूब समझती हूँ।'' सिमरन शरारत का कोई मौका हाथ से नहीं जाने देती थी।

टराटर करने का मतलब किसी बात का एकदम से विषय बदलना। यह था उनका एक और बचकाना कोड वर्ड।

बस ऐसे ही हँसते-खेलते वे दोनों अपनी बेतुकी बातों की बेपरवाह दुनिया बसाने लगे थे। अब सिद्धार्थ मौका मिलते ही बैंगलुरू पहुँच जाता। दोनों अपनी छुट्टियाँ एक-दूसरे के साथ बिताने की कोशिश करते।

इस बीच सिद्धार्थ का तबादला इंदौर के नज़दीक महु छावनी में हो गया। सिमरन का भी प्रोमोशन हो गया। काम में मशगूल रहने के बावजूद भी उनकी बातों में कुछ कमी नहीं आई और उनकी गुफ़्तगू में कोड वर्ड बढ़ते ही चले गए।

कभी सिमरन को जब फ़ोन पर सिद्धार्थ से बात क़रने का वक्त मुकर्रर करना होता तो उसने पांडे जी का सहारा लेना शुरू कर दिया।

''सुनो, पांडे जी चार बजे आएँगे।'' जब सिमरन यह कह कर फ़ोन रखती तो उसके आस-पास वाले यह कतई अंदाज़ा नहीं लगा पाते कि उसने सिद्धार्थ को यह बता दिया है कि वह चार बजे उसे दोबारा फ़ोन करेगी।

इसी तरह जब एक दिन सिमरन को बाज़ार में ट्रफले नाम की कोई नई चॉकलेट नज़र आई तो उन्होंने तुरंत एक-दूसरे के साथ प्यार से फ़्लर्ट करने का कोड वर्ड ट्रफले रख दिया।

इतना वक्त एक साथ बिताने के बावजूद दोनों अपने भविष्य को लेकर ज़्यादा नहीं सोचते थे। हाँ सिमरन ज़रूर कभी-कभी सिद्धार्थ से इसका ज़िक्र करती थी लेकिन सिद्धार्थ इस रिश्ते के बारे में इतना आश्वस्त था कि वह इसको कोई खास मुद्दा नहीं मानता था।

एक दिन सिमरन ने उस से ज़्यादा ज़िद की तो सिद्धार्थ बहुत संजीदगी से बोला—

''मैंने सोच लिया है कि हमें आगे क्या करना है। ध्यान से सुनो।''

''बोलो, और देखो कोई बकवास मत करना।'' सिमरन को डर था कि सिद्धार्थ फिर इस बात को मज़ाक में उड़ा देगा।

''सिम, यह जो तुम्हारे इसरो वाले अंतरिक्ष में इतने सारे सैटेलाइट भेजते हैं ना तो क्यूँ ना हम दोनों वहाँ से एक सैटेलाइट चुरा लें। सोचो कितना मज़ा आएगा।''

''यार, तुम भी ना। हर बात को मज़ाक में लेते हो। ऐसे कब तक चलेगा। और मेरे भोले-भाले लल्लू चोर। अब लगे हाथ यह भी बता दो कि उस सैटेलाइट को चुरा कर हम रखेंगे कहाँ। इस दुनिया से कैसे छुपाएँगे इतने बड़े सैटेलाइट को।''

सिमरन के यह कहते ही दोनों की हँसी छूट गई। चोरी का घटिया प्लान सैटलाइट छुपाने की कोई महफ़ूज़ जगह ना मिलने के कारण रद्द हो गया। ख़यालों वाला चोरी का सैटेलाइट तो नहीं मगर हाँ वो दोनों अपने प्यार को दुनिया से छुपाने में ज़रूर अब तलक सफल हो गए थे। शायद उन्हें ऐसा नहीं करना चाहिए था लेकिन इस तरह बिना सोचे-समझे एक बार फिर उन्होंने अपने मुस्तकबिल को खुदा के हवाले कर दिया था।

यूँ ही दो साल गुज़र गए। सिद्धार्थ फिर से तबादला हो कर कश्मीर में पहुँच गया। नया इलाका, नया ओहदा और नई ज़िम्मेवारी मगर अपने उसी पुराने जुनून के साथ।

उन दिनों कश्मीर में हालात खराब होने लगे थे। आतंकवाद के साथ-साथ हड़ताल, आगजनी, बंद और पत्थरबाज़ी का नया खेल शुरू हो चुका था। कश्मीर में मोबाइल और इंटरनेट कई-कई दिन बंद रहते। सिद्धार्थ इसके बावजूद सिमरन से बात करने के लिए हमेशा मौके तलाशता रहता था। उन दोनों की बातों में थोड़ी कमी आना

लाज़िमी था। यह कुछ तो वहाँ के मुश्किल हालात का नतीजा था और कुछ दोनों के काम में मसरूफ़ रहने का असर।

फिर भी सिद्धार्थ को पिछले कई दिनों से लग रहा था कि शायद सिमरन ज़रा परेशान है। वह अपनी बातों में थोड़ा असहज लग रही थी। उसको लगा कि शायद वह उन दोनों के भविष्य को लेकर चिंतित है और ऐसा हकीकत में था भी। सिमरन के कई बार कहने के बावजूद भी सिद्धार्थ उसे कोई ठोस निर्णय नहीं दे पाया था। सिमरन को कुछ सूझ नहीं रहा था। लेकिन उसे यह नहीं पता था कि सिद्धार्थ ने अब ठान लिया है कि वह सिमरन के साथ घर बसाने के अपने इरादे को सार्वजनिक करके उसे जल्द आश्वस्त कर देगा।

एक दिन वह किसी सरकारी मीटिंग में बैठा बहुत बोर हो रहा था जब उसके फ़ोन पर सिमरन का वह छोटा-सा मैसेज आया था।

"एंगेजमेंट हो रही है।"

उसने मैसेज मिलने के थोड़ी देर बाद सिमरन को फ़ोन किया था।

"अरे तुमने यह क्या मैसेज भेजा था यार। एंगेजमेंट का क्या मतलब है। थोड़ा सोचने दो। क्या था एंगेजमेंट। एंगेजमेंट याने।" सिद्धार्थ ने अपने दिमाग पर ज़ोर डालने की कोशिश की पर उसे याद नहीं आ रहा था।

"रहने दो तुम। यह कोई कोड वर्ड नहीं है। मम्मी-पापा ज़िद कर रहे हैं। उन्होंने लड़का देख लिया है। मेरी भी उससे मुलाकात हुई। अगले महीने मेरी सगाई है। सब कुछ बहुत तेज़ी से हो रहा है। मुझे कुछ समझ नहीं आ रहा। अब तुम्हीं बताओ क्या करना है।" सिमरन का गला भर आया था। आँखों से आँसुओं की झड़ी लग चुकी थी।

हर पल मज़ाक सूझने वाले सिद्धार्थ को जैसे सांप सूंघ गया था।

"लेकिन क्यूँ सिम। पापा को बोलना था ना। यह सब अचानक कैसे हो गया। अब सोचते हैं क्या करना है। मैं छुट्टी आने की कोशिश करता हूँ।"

सब कुछ बहुत जल्दी हुआ। सिमरन अपने माता-पिता से कुछ ना बोल पाई। सिद्धार्थ भी बस सोचता रह गया।

थोड़े दिनों में सिमरन की सगाई हो गई और उसकी शादी की तारीख भी तय हो गई। दोनों बेहद दुखी तो हुए थे लेकिन इसके बावजूद दोनों के रिश्ते पर कोई असर नही पड़ा। यह ज़रूर था कि वे आगे आने वाले वक्त के लिए अपने रास्ते को तय नहीं कर पा रहे थे।

सिद्धार्थ ज़्यादा असमंजस में था। उसने कुछ दिन की छुट्टी ली और बैंगलुरू

पहुँच गया। वह एयरपोर्ट से सीधा सिमरन के ऑफ़िस गया था। उसकी डेस्क पर शादी का कार्ड सामने ही पड़ा था। सिद्धार्थ खुद को बहुत मजबूत समझता था लेकिन पीले रंग के उस खूबसूरत कार्ड को देख कर उसकी आँखें बिलकुल नम हो गई थीं। और बेचारी सिमरन। उसका हाल और भी बुरा था। ना चाहते हुए भी वह तो जैसे एक अजीब से बवंडर में कैद हो गई थी।

इस सब के बावजूद सिद्धार्थ पता नहीं क्यूँ सिमरन के घर वालों से बात करने की हिम्मत नहीं जुटा पा रहा था। शायद उसे यकीन था कि सिमरन अपने पिताजी को इस शादी के लिए मना कर देगी। सिमरन भी घर में कुछ कहने का साहस नहीं कर पाई। शायद उसके संस्कार माता-पिता की मर्ज़ी के खिलाफ़ जाने की इजाज़त नहीं देते थे। या फिर अब वह सिद्धार्थ पर हर काम के लिए इतना निर्भर हो गई थी कि उसे लगा कि सिद्धार्थ सब संभाल लेगा।

शादी में अभी कुछ महीने बाकी थे। दोनों की बातें घटने की बजाय कुछ ज़्यादा ही बढ़ गई थीं। लेकिन अब उनकी बातों में हँसी-मज़ाक कम और बिछड़ने का गम ज़्यादा नज़र आता था।

एक दिन जब सिमरन की मायूस आँखों के कोने में सिद्धार्थ ने थोड़ी-सी नमी देखी तो उन्होंने एक और कोड वर्ड ईजाद कर लिया।

कॉर्नर यानि आँसू।

अब जब कभी फ़ोन पर बातें करते वक्त उन दोनों में से कोई रोने के कगार पर होता तो उसके कॉर्नर कहते ही दूसरा समझ जाता कि आँसुओं के प्रवाह का माहौल बन चुका है।

जैसे-जैसे शादी का दिन नज़दीक आ रहा था वैसे-वैसे दोनों की बेचैनी भी बढ़ती जा रही थी। अब उनका एक-दूसरे से मुलाकात करना भी मुश्किल होता जा रहा था। सिद्धार्थ और सिमरन नहीं जानते थे कि क्या सही है और क्या ग़लत। और वे शायद यह जानना भी नहीं चाहते थे।

सिमरन शादी की तैयरियों में मशगूल हो गई थी। जब भी मौका मिलता वह सिद्धार्थ से बात करती। वह अपनी इस आदत से मजबूर थी। उसे सुकून मिलता था सिद्धार्थ की आवाज़ सुन कर। इसके अलावा वह सिद्धार्थ को यूँ मंझधार में छोड़ने के लिए खुद को दोषी मानती थी और यूँ बातें करके उसका हाल ठीक करना चाहती थी

लेकिन सिद्धार्थ को क्या मजबूरी थी यह समझना मुश्किल था। वह चाहता तो कभी भी सिमरन के घर जा कर शादी की बात कर सकता था। सिमरन के घर वालों के

लिए सिद्धार्थ अजनबी तो नहीं था पर वह सोच भी नहीं सकते थे कि उन दोनों के बीच कोई इस तरह का रिश्ता है। शायद यही भरोसा था जो वे दोनों नहीं तोड़ना चाहते थे।

सिमरन भी तो अक्सर कहती थी कि भगवान जो करेगा ठीक करेगा। सिद्धार्थ सिमरन के इस तर्क से कतई इत्तिफ़ाक नहीं रखता था लेकिन फिर भी उसने इसी बात का बहाना लेकर सब कुछ किस्मत पर छोड़ दिया था। फ़ौजी ज़िन्दगी में कदम-कदम पर खतरा मोल लेने वाला सिद्धार्थ पता नहीं क्यूँ अपनी निजी ज़िन्दगी में यह हल्का-सा जोखिम नहीं उठा पाया था।

इस बात को दस साल बीत चुके हैं। सिद्धार्थ रोज़ सोचता है कि उसको ज़रा सी हिम्मत दिखा कर कोशिश तो करनी चाहिए थी और सिमरन के प्रति अपनी ज़िम्मेवारी को निभाना चाहिए था।

आज इतने सालों बाद भी सिद्धार्थ अपने सारे फ़ैसले सिमरन से सलाह करके लेता है। सिमरन भी उसको अक्सर ताना मारती है कि वह हमेशा असमंजस में ही रहता है और कभी भी ज़िन्दगी में खुद कुछ निर्णय नहीं ले पाता।

और फिर वह अकेले में खुद को भी कोसती है। क्योंकि जब सबसे अहम फ़ैसले का वक्त आया था तो वह भी दुविधा में पड़ गई थी और उसने सब कुछ सिद्धार्थ पर छोड़ दिया था।

लेकिन इतना सब होने के बावजूद दोनों का रिश्ता कायम रहा। ऐसा पावन रिश्ता जो इस दुनिया के रिवाजों से बिलकुल परे है। और उनकी बातें अब भी किसी दूसरे को समझ नहीं आ सकतीं।

"अच्छा फ़ोन रखो। साइना की स्कूल बस आ गई है। अरे अब रखो भी।" सिमरन ने जब सिद्धार्थ को फ़ोन रखने को कहा तो वह झट से समझ गया था।

साइना-यानी सिमरन की आठ साल की लाड़ली बेटी।

सिमरन ने यह सोचा था कि वो उसका नाम संजना रखेगी लेकिन फिर सिद्धार्थ के ज़िद करने पर सिम ने उसका नाम साइना रख दिया।

यह था उनकी ज़िन्दगी का एक और हसीन कोड वर्ड।

❑❑❑